LA ESTRATEGA DE LA CÍTARA

LA ESTRATEGA DE LA CÍTARA

JOAN HE

Traducción de Juan Naranjo

Argentina – Chile – Colombia – España
Estados Unidos – México – Perú – Uruguay

Título original: *Strike The Zither*
Editor original: Roaring Brook Press
Traducción: Juan Naranjo

1.ª edición: septiembre 2023

© 2022 by Joan He
All Rights Reserved
Publicado en virtud de un acuerdo con Folio Literary Management, LLC
e International Editors' Co.
© de la traducción 2023 *by* Juan Naranjo
© 2023 *by* Urano World Spain, S.A.U.
Plaza de los Reyes Magos, 8, piso 1.º C y D – 28007 Madrid
www.mundopuck.com

ISBN: 978-84-19252-27-2
E-ISBN: 978-84-19497-75-8
Depósito legal: B-12.958-2023

Fotocomposición: Ediciones Urano, S.A.U.

Impreso por: Rodesa, S.A. – Polígono Industrial San Miguel
Parcelas E7-E8 – 31132 Villatuerta (Navarra)

Impreso en España – *Printed in Spain*

Para Heather, mi 孔明

PERSONAJES PRINCIPALES

Tierras del Norte / Capital del imperio Xin / Reino de los Milagros

Emperatriz: Xin Bao*
Primera ministra: Miasma
Estratega: Cuervo
Consejera: Ciruela
Generales importantes: Víbora, Garra, Leopardo

Tierras del Sur / Reino del Conocimiento

Señora: Cigarra
Estratega: Noviembre

Tierras del Oeste

Gobernador: Xin Gong*
Consejero: Sikou Hai
Generales importantes: Sikou Dun, Aster, Helecho

Sin tierra

Señora: Xin Ren*
Hermanas de juramento: Nube, Loto
Estratega: Céfiro
Generales importantes: Turmalina

---

* El apellido precede al nombre. Por ejemplo, Xin Bao y Xin Ren comparten el apellido Xin.

辛仁

Xin Ren, miembro del clan Xin y primera de las tres hermanas de juramento

高云

Nube (Gao Yun), segunda hermana de juramento

黄莲子

Loto (Huang Lianzi), tercera hermana de juramento

潘奇林

Céfiro (Pan Qilin), estratega de Xin Ren

Recuerda, por favor, que esta es una novela de fantasía. La dinastía Xin no existió, y esta historia ni está ambientada en China ni es un retrato fidedigno de la estructura social o demográfica de ese país. Además, *La estratega de la cítara* no se debería usar como referencia educativa a la hora de hablar de la filosofía o de la espiritualidad de China, de la metafísica del *qi*, de la mitología o de las técnicas para tocar el *guqín*, solo por citar algunas áreas en las que me he tomado libertades artísticas.

POEMA PRIMERO

Al norte, una miasma
descendió sobre la capital
e hizo de la emperatriz su esclava.

Al sur, una cigarra
entonó un cántico de venganza
mientras el pueblo lloraba a su difunta reina.

Entre los territorios, una dama
sin nada
trató de cambiar su destino.

Y arriba, en los cielos,
el paraíso perdió una deidad.

—

ALGO DE LA NADA

Hay quien dice que los cielos dictan el ascenso y la caída de los imperios.

Está claro que ninguno de esos campesinos sabe quién soy yo.

Mis habilidades como estratega me han hecho ganarme muchos apodos: de Sombra del Dragón a Estratega de Puerta del Cardo. Mi favorito es Céfiro Naciente. Aunque a mí me basta con que me llamen Céfiro.

—¡Pavo real!

Salvo que sea Loto quien me llama, claro. Para ella, eso es mucho pedir.

Me cuesta que mi yegua obedezca las órdenes que le doy. Los caballos no respetan la genialidad. Y Loto tampoco.

—¡Oye, Pavo real! —me grita por encima del crujir de los carros, del llanto de los bebés y del restallar de los látigos. Impulsa a su semental por el lado contrario hasta que estamos frente a frente, con los bueyes y la gente desplazándose entre nosotras—. ¡Nos están alcanzando!

No me sorprende lo más mínimo. Miasma (que, aunque es la primera ministra del Imperio Xin, en realidad ejerce como emperatriz) está a punto de alcanzar a nuestros soldados y campesinos, que ahora, por culpa de Loto, acaban de darse cuenta de que van a morir. Un bebé rompe a llorar, una abuelita tropieza, una pareja joven espolea sin suerte a su mula para que vaya más rápido. El escarpado sendero del bosque, pisoteado por los cientos de campesinos a los que hemos evacuado, está embarrado después de las lluvias de anoche.

Y aún faltan otros cientos por evacuar.

—¡Haz algo! ¡Usa el cerebro! —me grita Loto.

El pelo se le ha encrespado y le forma una impresionante melena alrededor de la cara. Agita el hacha como si estuviera deseando usarla.

No serviría de mucho. Miasma no es lo único a lo que nos enfrentamos: las cifras están en nuestra contra. «Tenemos que evacuar a todo el mundo. Miasma aniquilará a todo ser viviente solo por habernos dado asilo», afirmó Ren con severidad cuando sugerí que había llegado el momento de dejar esa ciudad para irnos a la siguiente.

Aunque a Miasma le fastidie, no hay discusión posible respecto a la bondad de Xin Ren, nuestra señora. Casi ninguna estratega sería capaz de lidiar con ella. Pero yo sí.

—¡Piensa algo! —ruge Loto.

Gracias por la confianza, Loto. Ya he pensado algo: de hecho, he tenido tres ideas. La idea uno (deshacerse de los campesinos) puede que esté descartada, pero hay una idea dos (talar árboles y rezar para que llueva) y una idea tres (enviar a un general de mi confianza al puente de la base de la montaña para mantener a raya a Miasma).

La idea dos está en marcha, si es que la humedad es un indicador de algo. He puesto a la general Turmalina y a sus soldados a talar árboles conforme avanzamos. La tormenta que se avecina arrastrará los troncos, y el dique resultante debería retrasar un par de horas a la caballería de Miasma.

Con respecto a enviar a una general de mi confianza al puente… Miro alternativamente a Loto y a Nube, la otra hermana de juramento de Ren. Está ayudando a los evacuados a subir por la pendiente enlodazada. Envuelta en su manto azul ultramar, destaca contra el verde apagado de los abetos.

Nube es mejor que Loto decidiendo bajo presión. Una pena, porque no estoy segura de que sea a ella a quien debo otorgarle el encargo. El mes pasado, libró a Miasma de una de mis trampas porque «el sabio maestro Shencio prohíbe asesinar mediante el uso de trampas». Me parece estupendo, Nube, pero ¿el sabio maestro Shencio alguna vez tuvo que tratar de escapar del imperio? Lo dudo.

—Tú. —Apunto a Loto con mi abanico—. Baja cabalgando hacia el puente con un centenar de tus mejores combatientes y lleva a cabo un *Algo de la nada*. —Loto me mira fijamente—. Simplemente intenta que parezca que al otro lado del río tenemos más fuerzas de las que en realidad tenemos. Levanta polvo. Gruñe. Intimídalos.

No debería ser muy difícil para Loto, cuyo apodo solo le pega si piensas en las raíces y no en la flor. Su grito de guerra puede espantar a los pájaros de los árboles en el radio de un *li*. Forjó su propia hacha y lleva como saya la piel de un tigre que ella misma mató. Es una guerrera de pies a cabeza, justo lo opuesto de lo que yo simbolizo. Por su parte, Nube al menos se sabe los poemas clásicos.

Pero Loto tiene algo de lo que Nube carece: la habilidad de obedecer una orden.

—*Intimídalos* —repite entre murmullos—. Entendido. —Entonces empieza a galopar montaña abajo en su grandioso semental y, refiriéndose a sí misma en la torpe manera en la que lo hacen algunos contendientes antes de entrar en batalla, añade—: ¡Loto no decepcionará!

Los truenos engullen el estruendo de su partida. Las nubes se arremolinan en el cielo y las hojas giran a mi alrededor en una brisa más hedionda que el aire. Me aumenta la opresión en el pecho: respiro con dificultad y me concentro en mi pelo, todavía recogido en una coleta alta. Aún tengo el abanico en la mano.

Esta no va a ser la primera vez que le consiga a Ren algo imposible.

Y por supuesto que lo conseguiré. Miasma no es ninguna inconsciente: la suma de la lluvia inminente y la intimidación de Loto hará que se lo piense dos veces antes de seguirnos montaña arriba. Soy capaz de retrasarla. Pero también tengo que hacer que nos demos prisa.

Doy un tirón a las riendas y mi yegua se resiste. ¡Qué insubordinación!

—¡Después te doy higos y nabos! —le siseo.

Pego un tirón más fuerte y bajamos trotando por la pendiente.

—¡Olvidaos del ganado! —le grito a la lenta marea de gente—. ¡Abandonad los carros! ¡Es una orden de la estratega militar de Xin Ren!

Hacen lo que se les dice, aunque a regañadientes. Adoran a Ren por su sentido del honor, a Nube por su rectitud, a Loto por su espíritu. Mi cometido no es que me quieran, sino sacar a todos los campesinos de la montaña y llevarlos hasta el pueblo donde Ren debería de estar ya esperándonos con el primer grupo de refugiados, la otra mitad de nuestras tropas y, con suerte, un pasaje de barco hacia el sur para que yo pueda establecer algunas de las alianzas que tanto necesitamos.

—¡Rápido! —grito. La gente acelera un poco. Ordeno a alguien que ayude a un hombre con la pierna rota, pero justo aparece una mujer embarazada que parece estar a segundos de dar a luz, niños descalzos, bebés sin padres. La humedad se espesa hasta parecer una sopa y la presión del pecho me sube a la garganta. Intuyo que voy a quedarme sin aliento, si es que alguna vez lo tuve.

Ni se te ocurra, me digo mientras cabalgo entre nuestras líneas gritando hasta quedarme afónica. Paso junto a una chica que llama a aullidos su hermana. Diez personas después, me topo con una niña con el mismo chaleco que berrea por la suya.

—¡Ven conmigo! —resoplo. Apenas veo a las hermanas reunidas antes de que un relámpago deslumbre el bosque. Todos los animales gimotean a coro, mi yegua incluida—. Higos y…

El trueno estalla, la yegua se encabrita y las riendas… se me escurren entre los dedos.

La muerte y yo ya nos conocemos. En ese aspecto no soy tan diferente a otros cientos, si no miles, de huérfanos. Nuestros padres murieron por una hambruna, por la peste o por alguno de los señores de la guerra que se alzaban, desbocados, en tropel cuando el poder del imperio flaqueaba. Puede que entonces me librase de la muerte, pero sé que está ahí como una sombra pertinaz. Hay quien tiene la capacidad física de dejarla atrás. A mí no me molesta. Mi mente es mi luz, mi vela. Es esa sombra la que huye de mí, no al revés.

Así que no me asusta soñar con el paraíso. Me resulta familiar. Un cenador de mimbre blanco. Bancales de caliza escalonados. Cielos salpicados de magnolia. El repique de las campanas al viento, el canto de los pájaros y, siempre, siempre, esa melodía.

Esa melodía de cítara.

Persigo esa música tan familiar sobre lagos de nubes rosadas. Pero el rosa se desvanece en un recuerdo en forma de pesadilla.

Choque de acero. Corceles atronando calle abajo. Una punta de lanza emergiendo roja de un torso. Te doy la mano y corremos. No sé si estos guerreros son amigos o enemigos, ni qué señor de la guerra se ha escindido ahora del imperio y se ha autoproclamado rey, ni si son fuerzas imperiales que vienen a aliviarnos o a masacrarnos. Para esos guerreros solo somos huérfanos, ni siquiera personas. Lo único que podemos hacer es huir de ellos. Correr. Tu mano se suelta de la mía. Grito tu nombre.

—*¡Ku!*

La masa que huye es demasiado impenetrable. No te encuentro. Al final, la polvareda se asienta. Los guerreros se marchan. Tú también te has ido.

—¡Tranquila!

Me incorporo jadeando. Unas manos me sujetan por los brazos. Un rostro: las cejas con forma de pico de halcón, el puente de la nariz lleno de cicatrices. Es Turmalina, la tercera general de Xin Ren: la única general de Xin Ren con un sobrenombre acertado, ya que la voluntad de Turmalina es sólida como una gema. Nos toleramos mutuamente, tanto como se pueden tolerar una guerrera y una estratega. Pero, en este momento, Turmalina no es la persona a la que quiero ver.

No es ella la hermana con la que sueño.

—Tranquila, Céfiro —me alienta mientras trato de zafarme.

Entre bocanada y bocanada rehúyo la decepción. A cambio, Turmalina me suelta. Me ofrece un odre de agua. Indecisa, lo agarro. El agua me limpiará el nombre de la boca, ese nombre que no he pronunciado en seis años.

«Ku».

Pero el sueño no era real y, cuando la guerrera me dice que beba, bebo.

Turmalina vuelve a sentarse. El barro reseco le salpica la armadura plateada.

—Tú, Céfiro, estás bendecida por los dioses —me asegura. Escupo un buche de agua—. O eso o es que en una vida anterior hiciste algo muy bueno. —La reencarnación y los dioses son parte esencial de los mitos de los campesinos—. Te alcancé pocos segundos antes de que lo hicieran las ruedas de un carro —prosigue, estoica, Turmalina.

Yo podría haber vivido perfectamente sin esa imagen en la cabeza… pero si alguien tenía que encontrarme tirada en el suelo, mejor Turmalina que Loto o Nube. Ellas dos se lo habrían graznado tanto a sus madres como al resto del mundo. Así que, si hay que elegir…

Miro a mi alrededor. Estamos en una tienda, es de noche, fuera están asando alguna pieza de caza. Todas las señales dicen que no hemos sido diezmados por Miasma. Aun así, necesito escucharlo para asegurarme.

—¿Hemos llegado a Hewan?

—Estamos exactamente a diez *li*, una montaña y un río de Miasma —asiente Turmalina—. La lluvia llegó, tal como dijiste. Les llevará al menos un día abrir un camino, cuatro si tratan de rodearlo.

—¿Y Loto?

—Será la comidilla del Imperio. Imagina un millón de tambores y bramidos. Los generales de Miasma corrieron como si tuviésemos escondida una fuerza de diez mil combatientes.

Trago un poco más de agua. De acuerdo. Miasma es algo paranoica. Tras haber escuchado los tambores la guerra, observará la dificultad del terreno e ideará una emboscada. Una maniobra así requeriría más fuerzas de las que realmente tenemos... pero mientras Miasma siga creyéndose la estratagema de Loto, habremos ganado el tiempo que necesite para reunir refuerzos: lo que yo calculo que será un día.

En ese momento me acuerdo del hombre que cojeaba, de la mujer que gritaba, de las hermanas que lloraban... A saber si siguen con vida.

—Siguen con vida —confirma Turmalina—. Se la deben a los ideales de cierta persona.

—¿Y Ren?

—La última vez que la vi iba de camino a reunirse con la gobernadora de Hewan —dice Turmalina.

Me sostiene mientras me levanto. Me apoyo las manos en la parte baja de la espalda y le echo un vistazo al escaso montón de mis pertenencias que han sobrevivido al viaje. No hay salvación posible para mis túnicas blancas embarradas, y arrugo la nariz ante las que me ofrecen como recambio. Son de un horrible color beis. Puaj.

—No deberías cabalgar sola estando como estás —dice Turmalina rompiendo el silencio.

—Puedo cabalgar perfectamente. El problema es el caballo. Tu truquito del higo y el nabo no funciona. —O a lo mejor la culpa es mía por aceptar consejos de una guerrera.

—No vi que llevases encima ni higos ni nabos —observa Turmalina parpadeando despacio.

—Se los prometí como recompensa. —Está claro que no se los ganó.

—Salgo para que puedas vestirte —sentencia Turmalina tras un último parpadeo a cámara lenta.

Abandona la tienda. Sola, gruño y me pongo la túnica beis. Me ciño el fajín, me agacho para palpar el bulto envuelto en el que está mi cítara y agarro mi abanico. Sacudo las plumas de grulla para limpiarlas y alisar las que se han torcido, acariciando la única que es de martín pescador. Regalo de mi última mentora, que consiguió vivir más que el resto. «Una sola estrella no puede iluminar toda una galaxia», dijo mientras cosía la pluma. Yo le contesté: «No soy una estrella. Soy el mismísimo universo».

Pero incluso el universo está sometido a fuerzas invisibles. A la noche siguiente, un meteorito derribó su letrina y fulminó a mi mentora.

Ahora soy capaz de predecir los meteoritos, de trazar en el cielo el camino de las estrellas, de acertar nueve de cada diez veces el tiempo que hará. Tal como están las cosas, el medio ambiente es nuestro único aliado. Usarlo a nuestro favor me ha granjeado el apodo de Cambiadestinos. Pero lo que hago no es magia: es una cuestión de memoria, análisis y puesta en práctica de los conocimientos. Se trata de limitar los factores que se escapan de mi control, así como de reducir nuestra dependencia de los milagros.

Sin embargo, lo de hoy sí que ha sido, sin duda, un milagro. Odio tener que admitirlo, pero, a menos que la próxima vez a Miasma la mate un meteorito, ni yo misma seré capaz de salvarnos. No si seguimos viajando con tantos plebeyos.

Ha llegado el momento de hablar con Ren.

Deslizo el mango de bambú del abanico entre el fajín y mi cintura, me recojo el pelo en una coleta y salgo de la tienda hacia la noche.

La hilera de pebeteros colocados sobre estacas cruzadas marca el camino hacia la plaza pública de Hewan. En las hogueras están asando lechones. Bajo el dosel de ropa tendida y colchas de cáñamo de un pabellón, los lugareños y nuestras tropas levantan vasos de vino para brindar por Ren. Nunca hemos tenido problemas de popularidad. Los pueblos nos dan siempre la bienvenida. Los gobernadores que odian a Miasma nos ofrecen refugio. Los plebeyos prácticamente hacen cola para seguirnos por ríos y montañas. Esto tiene que acabarse ya.

Diviso a Ren en una de las mesas del pabellón, sentada con la gobernadora de Hewan y gente del pueblo. Con la túnica gris harapienta, el fajín remendado y su recatado moño, casi no se la distingue del populacho. Casi. Su voz tiene tal aplomo (tal tristeza, pienso a veces) que no encaja con su facilidad para sonreír. Ahora mismo, de hecho, está sonriendo por algo que le ha dicho un soldado. Me acerco a ella.

—¡Oye, Pavo real! —Otra vez no, por el amor de dios—. ¡Pavo real!

Ignórala, me digo. Pero entonces recuerdo la voz de mi tercera mentora, la maestra de ajedrez. «No puedes deshacerte de la gente como si fueran piezas en un tablero. Tienes que inspirar confianza». Pues a inspirar confianza se ha dicho.

—¿Para qué le dices que venga? —le pregunta Nube a Loto mientras me acerco a la mesa. La capa azul le cae sobre unos hombros anchos blindados por la armadura y el pelo se le posa sobre la espalda en una gruesa trenza—. ¿No has tenido suficiente con pasarte el día recibiendo órdenes?

—¡Quiero verla de cerca! —explica Loto, y la cara se le ilumina al acercarme—. ¡Menudo cambio de colores!

O Pavo real o Camaleón, Loto: decídete.

—¿Eh? —masculla Nube mirándome de arriba abajo—. ¿Qué ha sido del blanco? A ver si acierto, ¿te has cansado de los manchurrones de estiércol?

Los soldados que la rodean disimulan una risita. Doy un resoplido. Jamás entenderían lo que esto significa. El blanco es el color de las túnicas, de la pureza y de la sabiduría, y de...

—Dicen los rumores que hoy has tenido un pequeño tropezón... —continúa Nube, que no tiene intención de parar—. Ren me ha pedido que busque en este pueblo a un buen carpintero... Por desgracia, parece que no hay ninguno lo bastante habilidoso como para arreglar tu carruaje.

De carruaje, nada: cuadriga. La tartana que conduje antes de mi cuadriga también cayó víctima del barro. Le echo una mirada a Nube y ella, arqueándose, me la devuelve. No me cabe duda de que le caigo mal porque soy la enchufada de Ren, a pesar de no ser una de sus dos hermanas de juramento. Lo siento por ella. Me interesa bastante poco relacionarme con Loto o con Nube, dos chicas de diecinueve y veintitantos años que actúan como si tuvieran diez. Me dispongo a marcharme... y doy un grito cuando Loto me agarra del brazo.

—¡Espera! ¡Un brindis por Pavo real! —dice, y salpica un poco de vino al levantar el vaso—. ¡Hoy nos ha salvado!

—Seguid sin mí —murmuro mientras me zafo.

A Loto le cambia el gesto.

—Oye, no te vengas abajo —añade Nube. Su voz se impone sobre el ruido mientras me escabullo—. ¿Sabes lo que dicen de las estrategas?

Márchate.

—Que no aguantan la bebida.

Márchate.

—Una copa y ya están echando la pota...

Vuelvo sobre mis pasos, le quito el vaso a Loto y me lo bebo de un trago.

—¡Otra ronda! —exclama Loto dando un golpe en la mesa.

De repente estoy rodeada de guerreros que se agolpan para que les sirvan más alcohol. Rellenamos los vasos. Loto sirve bebida con la jarra.

—¿Quién de entre los presentes cree que Caracalavera es una deidad? —Caracalavera debe ser el mote que Loto le ha puesto a Miasma. Algunos levantan la mano y Loto gruñe—: ¡Cobardes! ¡Ren sí que es una deidad!

—Déjate de cháchara —la interrumpe Nube—. Ren no quiere que vayas por ahí diciendo eso. —Se da un puñetazo en el pecho y confiesa a la mesa—: ¡La deidad soy yo!

—¡No! Yo soy la deidad.

—¡La deidad soy yo!

—¡Yo sí que soy la deidad!

Unos campesinos, eso es lo que sois, pienso en tono sombrío mientras me cae más vino encima a mí que a ellos en la boca. Alguien eructa. Loto se tira un pedo. En cuanto encuentro un hueco, me escabullo y me alejo del tumulto.

Casi no me da tiempo de llegar a un arbusto antes de ponerme a vomitar.

Ahí llevas eso, Nube. Le pongo cara de asco a la plasta que he dejado en el arbusto. Un arbusto de tejo, para ser exactos. Corteza marrón escamosa, agujas que giran en espiral alrededor del tallo, frutos redondos y rojos… Es tóxico para los humanos (de quienes espero que sean lo suficientemente inteligentes como para no pastar de arbustos salvajes), así como para los caballos (en cuya inteligencia debería confiar algo menos). Tendría que avisar a la caballería…

Me da otra arcada.

—Aiya, te han pillado mis hermanas de juramento, ¿verdad? —escucho en la voz de Ren.

Me limpio la boca y me doy prisa en hacer una reverencia arqueando la cintura.

—Descansa, descansa… —Ren espera a que me ponga derecha—. Tendré una charla con ellas.

¿Para que me miren con peores ojos aún?

—No han sido tan…

—¿Quién ha dicho esta vez que era una deidad?

—Nube. —Puaj—. Bueno, al final lo ha acabado diciendo todo el mundo.

—Que el cielo los perdone por su sedición —comenta Ren con una sonrisa—. ¿Nos escapamos un rato por nuestra cuenta? ¿Exploramos el pueblo? —Se gira, me devuelve la mirada y la preocupación le ensombrece la sonrisa—. Si te apetece.

Me limpio la boca de nuevo y acompaño a Ren por nuestro improvisado campamento. Inspecciona las tropas, ayuda a un miembro del regimiento a arreglar un par de botas, le pregunta a una futura madre cuándo sale de cuentas. Yo me quedo al margen. Este no es el tipo de «exploración» que yo tenía en mente. Por fin, nuestros pasos nos llevan a la torre occidental de vigilancia de Hewan. Ren sube las escaleras de bambú la primera. Yo la sigo, a pesar de cuánto me arden los pulmones. Llegamos a lo más alto y observamos el pueblo. La noche está despejada y el cielo, salpicado de estrellas.

—Dime, Qilin. —Solo Ren me sigue llamando con mi nombre de nacimiento… y ya es demasiado tarde para decirle que lo aborrezco—. En una escala del uno al diez, ¿cómo de cerca estás de abandonar?

—Si he hecho algo que te haya decep… —me apresuro a decir mientras hago otra reverencia.

—Hoy nos has salvado —me interrumpe Ren con firmeza—. Pero tú no te alistaste para esto.

No tiene ni idea de todas las veces que me he lavado la túnica para quitarle la mugre y la suciedad, de las noches que he pasado en vela (con los ojos abiertos de par en par) con la sensación de ser más una pastora de campesinos que una estratega.

Aunque, en el fondo, todo eso no son más que pequeños inconvenientes. Incluso el tema de los campesinos. Nuestro problema más acuciante es que yo no tengo un pasaje para un barco que vaya hacia el sur. Ese es el problema.

—No voy a fallarte —le espeto.

—Lo sé. Lo que me preocupa es fallarte yo a ti. Y, quizás, a ella también —añade mirando al cielo.

Esa noche hay en el cielo cientos de estrellas, pero sé exactamente a cuál está mirando Ren. Es pequeña y opaca: la estrella de nuestra emperatriz, Xin Bao.

Ren la contempla como si fuera el sol.

Que yo sepa, Ren solo ha coincidido una vez con nuestra preadolescente soberana… que ya es una vez más de lo que ha coincidido la mayoría. Desde la antigüedad, las emperatrices han vivido recluidas en palacio. Su poder no reside en quiénes son, sino en su corte y en la antigua tradición que simbolizan.

En la corte de Xin Bao ha habido una larga lista de regentes. Miasma es solo la última de ellas.

Cuando Xin Bao le pidió a Ren que la librase de las garras de Miasma, Ren lo interpretó como la desesperada petición de ayuda de una niña pequeña. Dejó su cargo en el ejército imperial y se alzó en armas contra sus antiguos camaradas. Desde entonces, Miasma está empecinada en exterminarla… Y, para muchos campesinos, esa es razón suficiente para estar del lado de Ren. De todos los jefes militares que han desafiado al imperio en la última década, es Ren quien tiene la causa más legítima. Incluso si algún día decidiese codiciar el trono. Como miembros del clan Xin, ella y Xin Bao son de la misma sangre. Y aunque Miasma asegura ser la enviada del cielo, sé que hay quien piensa que la enviada es Ren. Porque junto a la estrella de la emperatriz Xin Bao hay una segunda estrella. Apareció hace ocho años. Puede que Miasma tenga a todos los cosmólogos del imperio comiendo de su mano, pero ni siquiera ella es capaz de acallar los rumores. Se dice que las estrellas nuevas traen dioses nuevos.

Esa estrella errante podría pertenecer a cualquiera.

Sé cuáles son mis estrellas, pero yo no creo en los dioses. Y, aunque creyese, nunca pensaría que se preocupan lo más mínimo por nosotros. Mientras miramos las estrellas, la mano de

Ren acaba sobre el colgante grabado con el apellido Xin que lleva al cuello. Me pregunto qué carga será más pesada: si la de tener tu destino ligado a un poder superior o vinculado a tu familia.

Qué suerte no tener que preocuparme por ninguna de las dos cosas...

—Duerme un poco, Qilin —susurra Ren tras despertar de su hechizo. Me acerca la mano a la espalda, pero me la acaba posando en la cabeza. Por alguna razón, eso hace que me vuelvan a doler las magulladuras—. Saldremos mañana temprano. Dejaremos aquí a los plebeyos... —El corazón me da un brinco—. Le brindaremos al pueblo parte de nuestras dotaciones.

No es una gran pérdida, me digo. Eso de «nuestras dotaciones» no significa demasiado cuando vives en constante retirada. Antes de que empiece a bajar de la torre, le digo:

—Mi señora, ¿cómo va lo de mi pasaje de barco hacia el sur?

—Lo siento, Qilin —me responde con una mueca—. En cien *li* a la redonda, todos los ríos están bajo el control del imperio.

—Encontraré la forma.

Siempre la encuentro.

Desde arriba, observo a Ren marcharse mientras la gente se inclina a su paso. Cierro los ojos, agotada de repente. No me he olvidado de lo más importante: mi papel en este mundo.

Soy estratega. La única que tiene Ren. Tres veces vino a mi cabaña de Puerta del Cardo rogándome que me pusiera a su servicio. Ya entonces yo había oído hablar mucho sobre los jefes militares como ella. Muéstrales la menor perla de sabiduría y vendrán a reclutarte. Así que le dije cuál iba a ser el objetivo de Céfiro Naciente: «Una alianza con el sur y una fortaleza en el oeste. Si marchas sobre las Tierras del Norte demasiado pronto, te van a masacrar. Pero si primero afianzas el sur y el oeste, tendrás el mejor imperio posible».

Ren se mantuvo firme: «El imperio pertenece a la emperatriz Xin Bao. Yo no soy más que su protectora».

Y, aunque la primera ministra Miasma también se definía como su protectora, las palabras de Ren despertaron algo en mí. Me movieron a marcharme con ella ese mismo día. Aún no sabía la razón. Ahora, tras un año a su servicio, sí que la sé. Que les den a los apellidos y a los rumores divinos... La razón fue su sinceridad. Su carisma. Si, aun no valorando yo especialmente estos rasgos, Ren consiguió sacarme de mi cabaña... ¿qué sería capaz de hacer con la gente corriente? Imaginé a los miles de partidarios de los Xin que se sumarían a su causa. Intuí mi futuro. Si ayudaba a Ren a devolverle el poder a Xin Bao y me convertía en la mejor estratega de este país, borraría a la niña que fui, a la niña a la que veo cuando me alcanza el sueño.

Junto al camino hay una figura solitaria vestida con una túnica beis.

Mi hermana perdida en la marea que remite.

Sangre y polvo. Eso es todo lo que los guerreros han dejado atrás. Se oyen sus gritos de guerra en la distancia. Cada vez se acerca más el olor del fuego...

Fuego.

Abro los ojos de golpe.

Hay humo. Surge de la cima de la montaña y difumina su gris en la noche. Nacen redes escarlatas en el bosque que acabamos de despejar y se extienden de árbol en árbol. No se escucha ningún fragor de tambores, no se oyen gritos de guerra... Pero el humo de la madera quemándose —demasiado húmeda como para arder por motivos naturales— me dice todo lo que necesito saber.

Ahí viene Miasma.

二

LA SONRISA QUE APUÑALA

A hí viene Miasma.

Y no debería de haber llegado aún. Tendríamos que haber tenido unas horas hasta que, al amanecer, hubiese vuelto con refuerzos. Ahora, como mucho, me quedan unos minutos antes de que los guardas del pueblo hagan sonar la alarma y provoquen la histeria colectiva.

Bajo a trompicones la escalera de la torre de vigilancia y corro hacia el pabellón, donde Loto está roncando tumbada sobre un banco con una jarra de vino vacía en la mano. Le doy un toque con el pie y se echa un brazo sobre la cara. Le doy una patada en el brazo y se pone de pie de un salto, blandiendo su hacha.

—¿Pero qué hiciste? —le espeto en cuanto se pasa el peligro de que me destripe.

—¿Qué hice cuándo? —murmura manoseándose la cara.

—En el puente. Cuéntamelo todo. No escatimes en detalles. —Aprieto el abanico hasta que se me ponen blancos los nudillos, que es todo lo que puedo hacer para no gritar.

—Pues asusté a Caracalavera y derribé el puente, lo que me ordenaste.

—¿Que hiciste qué?

—Que los asusté y derribé el puente...

—¿Que le hiciste algo al puente...?

Loto asiente. No. No, no, no. El objetivo de convocar *Algo de la nada* es crear una ilusión de fuerza, y Loto rompió esa ilusión cuando derribó el puente. Una señora de la guerra con diez mil combatientes nunca haría algo así. Una señora de la guerra con diez mil combatientes dejaría el puente tal cual para atraer al enemigo a una emboscada.

Como el buitre astuto que es, Miasma daría la vuelta, vería el puente destruido y caería en la cuenta del farol. Habríamos podido ganar días dando la apariencia de ser lo suficientemente poderosos como para justificar la necesidad de refuerzos. En lugar de eso, solo arañamos las pocas horas que los mejores ingenieros del imperio tardaron en construir un puente provisional por el que pasar.

—¿No es eso lo que se suponía que tenía que hacer? —pregunta Loto, pero yo ya tengo la mente en los árboles que están ardiendo.

Otro movimiento inteligente. El fuego hace salir a cualquier tropa que esté escondida, despeja el camino de troncos talados y anuncia las intenciones de Miasma. Quiere que entremos en pánico y huyamos. Desde Hewan, todo es una cuesta abajo. Seremos blancos muy fáciles para los arqueros enemigos. Como los ciervos en las cacerías reales, no podemos huir. Tampoco podemos luchar. Estamos en tal desventaja... que cualquier cosa que intentásemos nos mataría.

Mientras camino de un lado a otro, Loto levanta la cabeza y olisquea el aire.

—¿Eso es... fuego?

—¡Bravo! Has acertado a la primera. ¿Y quién crees que lo ha provocado?

—¿Quién?

—Piensa un poco.

Loto ladea la mandíbula. No debería ser tan difícil: solo hay una persona en todo el imperio que anhela tanto nuestras cabezas que es capaz de incendiar un bosque. Lentamente, los ojos se le ponen como platos. Se apresura hacia los establos. *Perfecto, eso es justo lo que necesitaba...* Salgo corriendo detrás de ella.

—¡Detente, Loto! ¡No des ni un paso más! ¡Te lo ordeno!

Alcanzo los establos en el momento en el que ella sale de ellos ya montada sobre su caballo. El semental se encabrita y yo freno en seco.

—¡Pon a salvo a Ren! —me grita, como si la estratega fuera ella. Y empieza a galopar dando un grito de guerra. Sus soldados salen de sus tiendas y saltan a sus monturas. Vuelvo a salvarme por los pelos de morir arrollada por un caballo.

—¡Loto!

Maldición. Aunque no sirva de nada, los persigo. Al pasar corriendo por los graneros, los guardas de las torres de vigilancia se espabilan. Las campanas de bronce resuenan contra los muros de tierra comprimida, y las tropas de Ren salen en tropel y agarran las lanzas y los raídos estandartes. Adormilados, los evacuados y los habitantes de Hewan los siguen unos minutos después, cargando sus arados y sus mazos.

Avanzo a empujones entre todos ellos. Civiles o soldados, todos son campesinos de camino a la muerte.

Loto no es una excepción. Llego a la entrada del pueblo demasiado tarde: no estoy hecha para competir con guerreros. Sin resuello y jadeante, frunzo el ceño ante las enormes huellas de los cascos de su semental mientras sus soldados me adelantan. Me pongo derecha. Me aprieto la coleta.

Todavía tengo el control. Aún puedo llevar a cabo mis estratagemas. Entonces me encuentro a Ren en los establos. Ya está montada en su caballo y tiene atadas a la espalda sus espadas dobles —que, con gran acierto, se llaman Virtud e Integridad—. La miro con desaprobación y ella me devuelve la mirada con expresión dura.

—Es a mí a quien quiere —me espeta, como si eso fuera una razón de peso para cabalgar hacia los cinco mil guerreros de Miasma.

—Así que te vas a entregar…

—Loto ya va de camino.

—Sin seguir tus órdenes. —*Y contra las mías.*

—Qilin…

—Permítame ir a su encuentro con veinte soldados —le digo. Cierro un puño y lo cubro con la otra mano, me inclino en señal de deferencia—. Dame permiso.

—¿Para qué? ¿Para morir? —Nube llega trotando en su enorme yegua, se acerca a Ren y me lanza una mirada glacial.

Puede que ese sea el plan de Loto, pero no es el mío.

—Para frenar a Miasma —digo con recato. No todas podemos dejar tanto que desear.

—Con veinte soldados.

Nube fija la mirada en mis muñecas huesudas. Sé lo que está pensando. Me he topado con muchos como ella: niños del orfanato, soldados en distintas ciudades… Cree que mis estratagemas son para gente débil y cobarde incapaz de plantarle cara a un enemigo. Que quiera partir con veinte soldados debe ser un truco o un farol, aunque Loto se haya puesto en marcha con la mitad de ese número. La derrota es algo inconcebible para un guerrero: mueren antes que verla llegar. Yo he luchado toda la vida contra la muerte.

—Si fracaso, aceptaré un castigo militar por mentir a mi señora.

—Si fracasas, tu cabeza acabará en una pica imperial junto a las nuestras —me corrige Nube asomándose desde su montura—. ¿Qué vas a hacer? ¿Matarla con tu palabrería?

—Nube —interviene Ren con tono de advertencia.

Pues la verdad es que sí, Nube, y esa estratagema tiene un nombre: la sonrisa que apuñala. Pero ¿para qué darle tantas explicaciones a una guerrera?

—Sea lo que sea lo que he planeado, es nuestra única opción —le contesto, y añado—: Te llevaría conmigo, Nube, pero no puedo arriesgarme a que liberes a Miasma por segunda vez.

—Te…

—¡Basta! —le interrumpe Ren alzando el brazo.

De mala gana, Nube retira la mano del asta de su guja de media luna.

—Veinte soldados. Contra Miasma —dice Ren dirigiéndose a mí.

—Sí.

Un instante de silencio.

—Confío en ti, Qilin.

Sígueme la corriente, entonces.

—Tendrás tus veinte soldados.

—Gracias —murmuro inclinándome de nuevo.

Cuando vuelvo a levantar la vista y cruzo la mirada con la de Ren, tiene los ojos inundados de preocupación. *Está así por Loto*, me digo. Pero cuando le juro que traeré de vuelta sana y salva a su hermana de juramento, Ren frunce el ceño y se me pasa por la cabeza el incómodo pensamiento de que tal vez, solo tal vez, Ren esté preocupada por mí.

¿Y por qué no iba a estarlo?, me pregunto. Soy la única estratega de este campamento. Ren no se puede permitir perderme. Pero no debería preocuparse. Aún no le he fallado nunca y no pienso empezar a hacerlo ahora.

Reúno con rapidez a mis veinte soldados. No son los más fuertes ni los más listos. Se quedan lívidos cuando les cuento nuestro objetivo, pero no remolonean y en pocos minutos estamos listos para partir.

Busco a Turmalina antes de marcharnos. En un susurro, le digo:

—Junto al pabellón encontrarás arbustos de tejo. En cuanto tengas oportunidad, dales algunas hojas a los caballos. Asegúrate de que nadie te pille y, también, de echarme a mí la culpa.

Turmalina no responde a la primera. Quizás también sabe lo que las hojas del tejo le pueden hacer a un caballo adulto. Si es así, no me interpela por el sabotaje. Su mirada se traslada al semental que hay junto a mí.

—¿Dónde vas?

¿Primero? Donde está Miasma. ¿Después? Donde quiera que Miasma me lleve. Pero… ¿como destino final?

—Al sur —digo convencida. Rezo para que no me pregunte cómo. Eso aún tengo que averiguarlo.

—¿Cuándo volverás?

—No lo sé —le contesto, sincerándome demasiado. Será cosa del vino—. Pase lo que pase, estoy de tu lado, ¿lo entiendes?

Turmalina me mira fijamente la mano como si le hubiera brotado de la muñequera. Le aprieto más.

—¿Lo entiendes?

—Lo entiendo.

—Cuando llegue el momento, volveré. Hasta entonces, olvida que hemos tenido esta conversación. Si Ren indaga, no digas nada. Haz que se quede aquí. Está más segura en Hewan. —*Una vez que despiste a Miasma, claro.*

—Lo entiendo —repite Turmalina—. Pero, una cosa…

Se aleja y vuelve con su caballo, una yegua de un blanco puro. Sostiene las riendas en la mano.

—Perla nunca falla, con higos y nabos o sin ellos.

Tardo un momento en entender sus intenciones. Me pongo suspicaz. Nube había dicho antes: «Dicen los rumores que hoy has tenido un pequeño tropezón». ¿Se lo contó Turmalina? ¿Y si este gesto amable es solo un insulto? La cabeza me da vueltas y frena en seco cuando Turmalina me ofrece el brazo para ayudarme a subir.

—Ya puedo yo.

Consigo montarme… al tercer intento. Resoplando, miro a Turmalina desde mi montura.

Si pudiera clonarme, lo haría para poder llevar a cabo mis planes. Pero, tal como están las cosas, tengo que confiar en que Turmalina ejecutará mis planes mejor que Nube o Loto. Me pasa las riendas y da un paso atrás.

—Cabalga con cuidado.

Asiento, tensa, y le echo una última mirada a Ren.

Huérfana desde los trece años. Sin el apoyo de su clan. En lucha por el imperio de Xin Bao, pero contra las tropas imperiales comandadas por Miasma. Donde otros pueden ver una causa perdida, yo veo una leyenda que vivirá durante generaciones.

No volveré de manos vacías. La próxima vez que las vea, tendré entre manos una alianza con las Tierras del Sur.

Me coloco correctamente. Con un estruendo, la puerta se abre para mis soldados y para mí. El sonido de las campanas de las torres de vigilancia se va amortiguando mientras penetramos en la noche. Nuestras monturas se vuelven a enfrentar al camino embarrado y lleno de baches por el que vinimos, con la montaña alzándose como una oscura cabeza en el horizonte. La luz de la luna se refleja en las huellas que han dejado Loto y sus subordinados, y salpica el camino de monedas de plata. Entonces, el bosque se cierra (diez *li* se pasan muy rápido cuando cabalgas en la dirección equivocada) y se acaba el camino. La oscuridad se cierne sobre nosotros como un puño. No puedo ver los abetos, pero siento en las mejillas las agujas de sus dedos mientras pasamos del galope al trote.

El humo se espesa. Los ojos me lloran mientras lucho contra el impulso de toser. Aparecen las primeras llamas, diminutas como luciérnagas. Perla relincha y la obligo a avanzar. Oigo un quejido detrás de mí. A mi derecha, la cuerda de un arco vibra cuando alguien coloca una flecha.

—¡Guarda eso! ¡No hagáis nada sin que os lo ordene! —le digo a mis soldados.

Nadie hace ningún ruido. Solo se oye el susurro de la maleza bajo los cascos y el tamborileo de mi corazón. Se me aflojan las riendas y me siento agradecida de que mis soldados no puedan ver cómo me estremezco ante la percusión de acero contra acero que se intuye en la distancia.

Está a punto de suceder, está a punto de suceder... La anticipación merodea como un lobo entre mis pensamientos.

—¡Alto!

Los soldados de Miasma emergen de entre los árboles. Tienen tiznados los rostros y los cuerpos, pero, bajo la suciedad, sus armaduras laminadas brillan. Solo lo mejor para los secuaces del imperio.

Una de ellas cabalga hacia mí. Su capa de piel de leopardo la diferencia de los soldados rasos. Es una general.

Una guerrera.

El corazón se me acelera.

Desmonto y doy gracias al cielo de que no se me atasque el pie en el estribo, lo que habría asustado a Perla y me habría hecho quedar en ridículo. Mis soldados tratan de acercarse a mí, pero los frenan los de Miasma. Una lanza en la barbilla me obliga a levantar la vista. Me acercan una antorcha a la cara.

Leopardo llama a uno de sus súbditos. Juntos, estudian a mi heterogéneo destacamento.

—Son de Ren —dice el soldado.

La general asiente y alza una mano. Se escucha el sonido de cómo se destensan las armas de los arqueros de Miasma escondidos entre los árboles cercanos.

Me mordisqueo la mejilla tratando de crear algo de saliva.

—Estoy aquí para hablar con tu señora —enuncio con voz firme.

Contenemos la respiración. Las cuerdas tiemblan.

—Me está esperando —continuo y, bajando la voz, añado—: y ya sabes cómo se pone cuando se le tuerce el gusto.

Leopardo guarda silencio.

—Mata al resto —sentencia.

—Vienen conmigo —me apresuro a decir sobre el rechinar de las cuerdas de los arcos.

Ordeno a mis soldados que desmonten y se deshagan de sus armas. La magnitud de nuestra incapacidad salta a la vista una vez que nuestras armas yacen sobre la maleza. Veinte contra, al menos, doscientos. Soldados desarmados contra combatientes pertrechados de espadas, arcos y flechas. No solo somos débiles, somos patéticos. Aplastarnos sería como usar un martillo contra una hormiga: desproporcionadamente sencillo.

Leopardo baja la mano con la que le hace señales a sus secuaces y los soldados del imperio entran en tropel. Me atan las muñecas con una cuerda mientras algo sospechosamente parecido a la punta de una lanza me obliga a empezar a andar hacia adelante.

Se me tensan los gemelos cuando el suelo empieza a empinarse. Después de lo que parecen horas, nos conducen a un claro del bosque cubierto por la niebla en la base de la montaña. Entorno los ojos para adaptarme a la luz rojiza de las antorchas y a los rayos de luna que la atraviesan. Una vez que lo consigo, inmediatamente distingo a Loto y a sus soldados.

Están atados como si fueran patos listos para ser desplumados. Tienen la cara magullada, las bocas sangrantes, los ojos hinchados. A diferencia de ellos, yo sí soy capaz de no precipitarme. Justo delante, con media cabeza afeitada y un solo cascabel rojo colgándole del lóbulo de la oreja como una gota de sangre, está ni más ni menos que Miasma.

Está de espaldas y no nos ve, pero debe de oír cómo nos aproximamos.

—¿Pavo real? —grazna Loto.

Ahora sí que es seguro que Miasma sabe que somos nosotros. Me alegro de que el anonimato no sea un requisito imprescindible para mi estratagema.

Leopardo se desliza hacia Miasma y le susurra algo en su oreja perforada. Como respuesta, la primera ministra del Imperio Xin desenfunda su espada. La hoja curvada surge de su vaina brillante como un espejo.

—Atenderé a mi invitada enseguida.

Y se gira.

Las campanas deben de tintinear y las cabezas deben de hacer un ruido sordo… Pero estoy muy confundida, y el sonido que hace la cabeza al caer sobre los helechos es un tintineo, mientras que el cascabel de Miasma repite un ruido sordo desde su oreja y se balancea violentamente hasta volver a ponerse en su sitio justo en el momento en el que el soldado se desploma sin cabeza.

Los pájaros salen espantados ante el aullido de Loto.

—Listo. Ya tienes toda mi atención. —Miasma pasa un dedo por la pringosa hoja de su espada y se lame la yema, entonces me señala con la espada y me ofrece—: ¿Quieres probarla?

El hedor del hierro impregna el aire. Me palpita el cuello.

—Me temo que mi estómago no es tan fuerte como el tuyo.

Ni mi estómago ni mi nada. Puede que Miasma mida menos de cinco *chi*, pero su chaleco laminar deja ver que tiene los brazos muy musculosos. Tiene el rostro afilado como una punta de flecha y una piel fina que deja intuir huesos y venas. Tiene veinticinco años, solo dos más que Ren, pero aparenta diez más y eso ha provocado mil rumores: que si Miasma puede matar a asesinos mientras duerme, que si hace picadillo el hígado de sus enemigos, que si es como un gusano y si la cortas por la mitad volverá a crecer...

El rumor más reciente dice que Miasma es una deidad enviada por los cielos para salvar al debilitado imperio. Prefiero los hechos a los rumores... pero tampoco es que los hechos sean mucho mejores. Cuando hace siete años un grupo de campesinos radicales llamados el Fénix Rojo se manifestó contra la capital del imperio, Miasma sofocó la rebelión y ascendió a general de caballería. Cuando hace seis años la Cábala de los Diez Eunucos conspiró para asesinar a la emperatriz Xin Bao, Miasma los aniquiló a ellos y a todos sus parientes vivos, con lo que «rescató» a Xin Bao y de camino consolidó su poder en el ejército y en la corte. Así que, cuando la humilde Xin Ren —una veterana de la rebelión del Fénix Rojo procedente de un pueblo sin nombre— la tachó de usurpadora, a Miasma, por decirlo de alguna manera, no le hizo demasiada gracia.

Ahora estoy frente a frente con el enemigo. Muchos la definen como una villana, yo la considero una oportunista (lo que, en mi opinión, es mucho más peligroso).

Miasma se encoje de hombros ante mi negativa, limpia la hoja y la envaina. Loto solloza. Trato de templar los nervios y doy un paso adelante.

—Yo no lo haría. A menos que quieras que rueden más cabezas de tus amigos —me advierte Miasma.

La luz de la antorcha se mueve y me permite echarle un vistazo a los cientos de soldados a caballo que rodean el claro.

Me obligo a dar otro paso.

—No son mis amigos. —Otro paso—. Llevo mucho tiempo esperando esta oportunidad.

Arrodillarse con las manos atadas es todo un reto, pero me las apaño inclinándome sobre unos brotes de hongos blancos.

—Mi señora…

Silencio.

La risa de Miasma suena como un graznido.

—No está mal para ser tu primera deserción. Se te irá dando mejor con la práctica.

—Soy de las que habla con hechos, no con palabras. Permíteme ofrecerte mi lealtad.

—¿La lealtad de quien ha traicionado a su señora…?

—Nunca juré lealtad a Xin Ren. Solo abracé su causa porque vino a mi cabaña suplicándomelo.

—¡Eres un pedazo de… traidora! —me grita Loto frenando en seco sus sollozos.

Miasma hace un vago gesto con la mano. Amordazan a Loto.

—Suplicándotelo… —paladea.

—Sí, suplicándomelo. De rodillas. Tres veces.

—Estoy segura de que lo hizo —murmura Miasma—. Ren la caritativa… menuda desesperada. Y tú… —alza la voz de repente—. Tú siempre tan creativa, Céfiro Naciente… —Escuchar mi apodo en su voz me produce escalofríos. Seguro que está pensando en todas las veces en que la hemos esquivado—. ¿Dices que hablas con hechos y no con palabras? —Mira hacia Loto—. De acuerdo, vamos allá. Demuéstrame tu lealtad matando a esta.

—¿Y hacer que pierdas la guerra...? De ninguna forma.

—¿Eh? —responde Miasma levantando una ceja—. Desarrolla tu respuesta.

Podrían cortarme la cabeza antes de que acabe la noche. Debería estar demasiado petrificada para hablar. Y lo estoy... pero solo hasta que toco mi abanico. Esto es lo que mejor sé hacer: descifrar los ataques de mi oponente, jugar con la información que tengo para usarla como contraataque.

Soy quien maneja el tablero.

—Conoces a Ren tan bien como yo —digo—. Quizás incluso mejor, si tenemos en cuenta todo lo que habéis compartido.

Miasma resopla al recordar los tiempos pasados, cuando dos mindundis (Miasma, la hija adoptiva de un eunuco, y Ren, la hija sin poder de un clan poderoso) sirvieron codo con codo a la dinastía.

—Xin Ren es una señora de la guerra sin un territorio fortificado en el que entrenar o abastecer a sus tropas. Si la dejas en paz, los elementos se encargarán de ella. Pero si matas a una de sus hermanas de juramento, se convertirá en un perro rabioso.

—¿Pero a qué esperamos? —grita Miasma—. La aplastaremos aquí y ahora mismo. Incluso te cederé el honor de reclamar su cabeza.

—¿Y para qué molestarse? Antes de venir he envenenado con tejo a dos tercios de sus monturas. —Loto, amordazada, da un grito. La ignoro y prosigo—. Xin Ren y sus soldados no se irán pronto de Hewan.

Eso frena a Miasma. Está claro que no creía que yo tuviese la capacidad de anular a toda una caballería. Probablemente envíe a un ojeador para comprobarlo. La sospecha está muy enraizada en su naturaleza.

—No has venido sola —me espeta.

—¿Te imaginas a alguien como yo cabalgando sola hacia vosotros? Incluso una tonta como Ren habría sospechado algo. Estos soldados no son más que una tapadera para mi deserción. Y, ahora, un sacrificio en honor de una digna señora. Mátalos. Interrógalos. Puede que veinte soldados no sean mucho contra tus cinco mil... pero ¿veinte bocas dispuestas a hablar? Pueden ser una gran fuente de información.

Un hedor agrio me azota la nariz: el olor de la orina de mis propias tropas. Debo tratar de sonar funcional, insensible, cruel. Ojalá pudiera decirles que hay muchas posibilidades de que Miasma les perdone la vida: tiene debilidad por el talento, independientemente del origen que este tenga.

—Un campamento lleno de traidores... —dice frotándose las manos—. A Ren le rompería el corazón. Así que los caballos...

—Al amanecer estarán muertos —le aseguro.

—Excelente.

Pero aún no la he convencido. No del todo. A la hora de la verdad, los caballos muertos y los soldados sacrificados podrían ser solo una estratagema muy elaborada. Necesito mostrarle a Miasma que de verdad puedo perder algo. Enseñarle que ahora soy enemiga de mi anterior campamento.

El suelo, por fin, empieza a temblar.

Ya era hora.

Venga. Enrosco los dedos alrededor del mango del abanico. He puesto el cebo. He sembrado la desconfianza. Pero lo que pase a continuación está fuera de mi control. *Venga. Sé que puedes ir más rápido.*

Dos de los generales de élite de Miasma, Garra y Víbora, acuden de inmediato junto a su señora y se preparan para desenvainar. El resto de las tropas de Miasma hacen un círculo a nuestro alrededor. En la oscuridad, un grito se corta en seco. Como un espíritu, la niebla avanza sobre los helechos y nos alcanza los pies. Miasma se pone pálida. Hay quien dice que la primera ministra cree en los fantasmas. Supongo que es lógico: los fantasmas y las deidades son un poco lo mismo.

Pero ningún fantasma podría escurrirse entre los helechos y los soldados como lo hace Nube.

Es como una bomba con capa azul y armadura de bronce subida a una yegua gigantesca. Levanta la guja por encima de la cabeza antes de hincarla. La hoja del arma se hunde en el pecho de uno de los secuaces de Miasma, mientras que el lado del asta golpea el casco de otro soldado. Se hunden huesos y armaduras, y ahora soy yo quien palidece al recordar a los guerreros de mis pesadillas. Pero todo esto es también parte de mi plan.

Nube también forma parte del mismo, aunque ella no lo sepa.

Su leonina mirada recorre el claro observando a mis soldados, a los de Miasma, a la propia Miasma... antes de centrarse en mí.

Distingo el momento exacto en el que se da cuenta de mi deserción.

Para cuando Loto se ha librado de su mordaza y grita que soy una traidora, Nube ya ha atravesado toda una línea de infantería de Miasma. Cuando se arrodilla, la hoja de su arma en forma de media luna está lubricada con sangre de guerrero. A su señal, las flechas de sus arqueros le pasan zumbando sobre la cabeza. Una de ellas se clava en el ojo de Leopardo. Otra, me hace un corte en el hombro. Bufo y trato de taponarme la herida mientras que las tropas de Miasma abren fuego.

Los arqueros de Nube caen de sus monturas como fruta madura. Pero Nube va abriéndose camino hacia mí dando golpes de guja hasta que esta parece un borrón, unas fauces afiladas que devoran todo lo que se interpone a su paso. Hacia mí, hacia la embustera. La traidora. La que se burló de Nube por dejar escapar a Miasma justo antes de cabalgar hacia ella para jurarle lealtad.

No llega a alcanzarme, por supuesto. Nube es capaz de matar a treinta secuaces, pero no a cientos. Los soldados la rodean y le apuntan con sus picas formando lo que parece un círculo de dientes. Un soldado menos experimentado habría entrado en pánico.

Pero Nube sigue con los ojos fijos en mí.

—¿Quieres que nos encarguemos de ella? —pregunta Víbora.

Miasma no responde. Mira a Nube embelesada.

—Qué hermosa estampa —dice tan bajito que me pregunto si Víbora la puede oír.

—¿Mi señora...?

—Déjala marcharse.

—Pero primera minis...

—Dale el caballo.

—El caballo —susurra Nube mirando fijamente a Miasma—. Perla.

Perla relincha al oír su nombre. Vuelvo en mí y miro a Miasma.

La primera ministra agita una mano.

—Concedido. ¡Víbora!

Víbora le acerca Perla a Nube y esta toma las riendas.

Exhalo. *Turmalina, gracias por hacerme llegar hasta aquí. A ti también, Nube. Gracias por haber tratado de matarme... de una forma tan convincente, y por hacer que Perla vuelva a casa. Cuida de Ren mientras estoy fuera.*

—¿De verdad que la estamos dejando irse? —pregunta Garra mientras Nube se monta en su yegua.

—De momento, Garra. Solo de momento. Un día de estos se dará cuenta de que su talento está desaprovechado con Ren la caritativa. Igual que le ha pasado a esta.

Miasma me sonríe. Me aprieto más la herida que me ha hecho la flecha. Sirvió para convencer a Miasma de mi deserción y, ahora, mi gesto de dolor la lleva a decirme:

—Bienvenida al imperio, Céfiro Naciente —dice mientras su sonrisa se ensancha hasta parecer una calavera—. Bienvenida a, como a mí me gusta llamarlo, el Reino de los Milagros.

三

EL REINO DE LOS MILAGROS

Bienvenidos al Reino de los Milagros.

El Norte, la Capital, el Reino de los Milagros. Todos son nombres que hacen referencia al imperio. Solo en un reino como este Miasma podría autoproclamarse reina sin renunciar a su lealtad a Xin Bao.

De hecho, es lo que esta tramposa desalmada acaba de hacer.

Estamos a algo más de cien *li* de la base militar más cercana del imperio, lo que le da a Miasma mucho tiempo para hacer de anfitriona. Hace que su médico personal me vea la herida de flecha del brazo. Cuando ve que estoy teniendo problemas con mi nuevo caballo, me ofrece «la yegua más tranquila del imperio».

Tal como me asegura, la yegua no se sobresalta ni una vez en todo el día: ni siquiera cuando Loto, a través de su mordaza, me grita que soy una traidora; ni en el momento en el que casi le arranca el dedo a Garra cuando este intenta volver a amordazarla. Él da una buena paliza. No intento taparme los oídos para no escucharlo. Garra le da un puñetazo en la mejilla y pienso que esa podría haber sido yo. Le da en la nariz con toda la fuerza de sus nudillos y me doy cuenta de que podría hacerle eso a todo Hewan. Soy lo único que se interpone entre el pueblo y los cinco mil soldados de Miasma.

Más me vale empezar a hacerle cumplidos.

—Mi señora Miasma es tan generosa como dicen los rumores —digo mientras cruzamos un arroyuelo en dirección a una pequeña arboleda.

—Llámame Mi-Mi —me contesta Miasma—. A diferencia de la de Ren la caritativa, mi reputación sí que está altura. ¿No crees, Cuervo?

En un primer momento pienso que está hablando consigo misma. No hay nadie a nuestro alrededor que responda a eso de Cuervo. Pero, entonces, un ruido gutural surge de entre la turbia oscuridad.

—Cuervo, Céfiro. Céfiro, Cuervo.

Miasma me presenta al jinete de su derecha. Es un mastodonte, sin rostro e informe, envuelto en una capa de plumas negras rematada con un sombrero cónico de paja amarillenta.

—Cuervo es uno de mis estrategas —me aclara Miasma mientras a él le da un flemático ataque de tos y yo contengo la respiración—. Te enseñará todo lo que tienes que saber del campamento. Puede que incluso aprendas alguna cosa de este viejo pájaro.

—Lo estoy deseando —miento entre dientes.

Cuervo deja de toser el tiempo suficiente como para soltar un gruñido. Me alegro bastante cuando se queda atrás.

Subimos varias lomas, cada una más alta que la anterior. Me agarro al fuste de la silla cuando subimos la pendiente más pronunciada. Respiro de forma agitada pero, llegado un momento, me quedo sin resuello.

Bajo nosotros, enorme como una ciudad, se extiende una de las muchas bases militares del imperio. Está construida en forma de cuadrícula y brilla como si la hubieran estampado con un hierro caliente sobre el paisaje añil.

Era consciente de que Miasma contaba con el apoyo financiero del imperio… pero, aun así, se me para el corazón cuando cruzamos las puertas empalizadas y entramos en el paraíso de los amantes de la guerra. Los sementales prácticamente relucen. Los soldados parecen mucho más fuertes, maduros y mejor alimentados que los de Ren. El ambiente está cargado de actividad: los martillos golpean los yunques, los generales ladran órdenes y una multitud de soldados jalea alrededor de un foso de lucha. Cuando pasamos por el cuadrilátero rodeado de sacos de arena, el ganador levanta un puño. No le doy mucha importancia al gesto pero, cuando Miasma frena a su caballo y da media vuelta, vuelvo a fijarme y distingo algo oscuro que sobresale de su puño cerrado: un buen mechón de pelo humano y su correspondiente cuero cabelludo.

Se me sube la bilis a la garganta.

Mientras tanto, Miasma se entretiene en manosear el sudoroso brazo del guerrero como si estuviese en una carnicería pensando si llevarse un verraco.

—Estás cada vez más fuerte —le adula palmeándole el bíceps—. Sigue trabajando así de bien.

—¡Sí, mi señora!

—Por aquí —continúa Miasma, mientras los soldados con los que cabalgábamos se separan y se dirigen por distintos caminos hacia sus barracones, dejándonos solas con Garra, Víbora y Cuervo. Pasamos por carpas de arpillera hacia pequeños y elegantes pabellones barnizados y dorados. Los guardias con trajes de láminas de color coral se ponen en guardia cuando atravesamos sus filas, y un eunuco muy delgado vestido de escarlata imperial se acerca apresuradamente a Miasma anunciándole sobre la marcha:

—Primera ministra del imperio Xin, comandante en jefe del ejército Xin, enviada por los cielos para proteger a la emperatriz Xin Bao…

—Ya es suficiente —le corta Miasma—. ¿No ves que tenemos una invitada?

Si al menos tuviera mi túnica blanca o un eunuco que anunciara todos mis sobrenombres… Pero la única ropa que tengo es esta cosa beis y la única persona que me anuncia es Loto cada vez que consigue zafarse de su mordaza a bocados.

—¡Traidora! —Puede que sea cosa del viento, pero juraría que puedo escuchar el sonido de su voz—. ¡Traidora!

—Ponedle un bozal y encerradla con los animales —dice Miasma.

Los soldados se apresuran a cumplir su orden.

—¡Traidora! —sigue gritando Loto mientras se la llevan—. ¡Sucia y asquerosa traidora! ¡Ren nunca debió confiar en ti! ¡Ojalá te atragantes con una espina de pescado y te mueras!

Qué poco inspirada. Me importa bien poco que Loto, Nube y el resto de los campesinos me odien. Ni siquiera me importa que me odie Ren. Una estratega odiada es una estratega que está haciendo algo bien.

Pero, incluso cuando me digo eso, pensar en la animadversión que ahora mismo Ren pueda estar sintiendo hacia mí me rompe el corazón. Cuando llegamos al pabellón más grande, mi torpeza al descabalgar hace que la capa se me enganche en los arreos.

Una mano me sujeta del brazo antes de que muerda el polvo. Echo una mirada al rostro de mi salvador. O al sitio donde estaría su cara.

Aún protegido con su sombrero cónico, a Cuervo le da otro ataque de tos. Me suelto de su agarre con la piel erizada y me hago a un lado para dejarle pasar. Con discreción, me sacudo el polvo del brazo.

Ascendemos por unas escaleras barnizadas y atravesamos un umbral dorado y unas cortinas de terciopelo negro impregnadas de humo de incienso. Entramos en un pabellón que, de alguna manera, parece más grande por fuera que por dentro. Los sirvientes, multiplicados por el reflejo en los muros de bronce pulido, van y vienen cargados con vino en jarras de tres patas. Desde las vigas cuelgan sedas de color escarlata con la insignia del fénix del imperio Xin. De los candelabros cae cera roja sobre platos dorados.

Puede que cualquier pueblerino se quedase deslumbrado ante tal opulencia, pero yo dirijo la mirada al grupo formado por generales, consejeros y estrategas. Se apiñan alrededor de una enorme mesa sobre la que se extiende un mapa del imperio. Hace unos años, el mapa estuvo más salpicado por los colores de los señores de la guerra disidentes, especialmente en la zona del norte. Ahora solo distingo cuatro amplias franjas: tinta salvia para la zona semitropical, donde están los valles llenos de lagos de las Tierras del Sur; tinta marrón para las Tierras del Oeste, un bastión del clan Xin que es el gran granero de trigo del continente; tinta anaranjada para las Tierras de los Pantanos, encajada entre el sur y el oeste; y tinta gris para el árido y montañoso Norte, sede de la capital del imperio y lugar de nacimiento de muchos ríos, representados como líneas de tinta negra que descienden hacia el sur para desembocar en el mar de Sanzuwu.

Al acercarme, distingo la base militar en la que estamos gracias a la bandera que brota justo en el punto en el que se tocan la región del norte, la del sur y la del oeste. Está rodeada de pequeños soldados de arcilla de los que a mi hermana le encantaban pero que no podíamos permitirnos comprar. Estos parecen incluso más elaborados. Están hechos a mano, pero no tienen un fin artístico, solo representan números. Ren los habría definido como: «Prescindibles. Como todos esos plebeyos que mueren cuando el imperio entra en guerra».

Intento dejar de pensar en Ren y una voz se eleva desde la presidencia de la mesa.

—Las Tierras del Sur pueden parecer fuertes —dice un orador de mediana edad—, pero nuestras fuentes dicen que están inmersas en luchas internas. Sugiero que las dejemos que se destrocen entre ellas y que acabemos con Xin Ren esta misma noche.

No, si puedo evitarlo. Cuando un sonido de acuerdo rotundo respalda las palabras del orador, me abro paso entre la parte trasera del grupo y me pongo de puntillas para ver mejor el mapa.

Las Tierras del Sur también tienen filas de soldados de arcillas. Menos que las Tierras del Norte, pero suficientes como para cubrir todo el valle de un río. Cigarra, su recientemente coronada señora de la guerra, está representada con una muy poco original cigarra de jade. Y su nueva estratega, una misteriosa figura a la que se conoce con el sobrenombre de Noviembre, se sitúa junto a la cigarra en forma de figura de marfil.

—¡No van a saber lo que se les viene encima hasta que no sean más que cenizas en el viento! —grita un general situado a mi derecha justo antes de lanzar una ristra de insultos hacia Ren.

Me da un tic en el ojo y miro a la zona donde se encuentra Hewan.

No hay nada. Ni tropas de arcilla, ni una figura que represente a Ren, ni (mucho menos) una que me represente a mí que soy su estratega. Ni si quiera un cartelito que ponga *Ren, la caritativa* que marque el lugar en el que está. Esa región está dolorosamente vacía, especialmente en comparación con las Tierras del Oeste, gobernadas por el tío de Ren, Xin Gong. Menudo gusano blandengue… Ha ignorado a Ren (y todas mis cartas pidiéndole apoyo) probablemente porque le da demasiado miedo ponerse de nuestro lado contra Miasma. Dudo que el imperio se preocupe de que trate de llevar a cabo una secesión… pero, al menos, está representado en el mapa.

Nosotros, sin embargo, ni siquiera existimos. Somos como todos los señores de la guerra sobre los que Miasma ha construido su carrera. El nombre más reciente de esta lista fue el de Xuan Cao. Pero, al contrario que Xuan Cao, nosotros sí que estamos aquí. Aún podemos contar conmigo. Nos conseguiré aliados. Cigarra de las Tierras del Sur no le tiene un gran aprecio al imperio. Si pudiera convencerla de que Miasma es nuestro enemigo común… Eso sí, justo después de convencer a Miasma de que nuestro mayor enemigo es Cigarra y no Ren, claro…

El aplauso aún no ha terminado cuando exclamo:

—¡Te equivocas!

Todos se callan, empezando por quienes están a mi lado. Giran la cabeza hacia mí, despejándome la visión del orador que preside la mesa.

Ciruela, registradora mayor del imperio. Su abuelo sirvió a la duodécima emperatriz, Xin Diao. Su madre sirvió a Xin Chan. Sus antepasados deben de estar revolviéndose en la tumba al saber que Ciruela no sirve a Xin Bao, hija de Xin Chan, sino a Miasma. Ciruela, que fue una joven prodigio, tiene ya treinta y muchos. Su figura es dominante y ligeramente encorvada. Está envuelta en una toga color vino. Tiene la barbilla cubierta por una mancha de nacimiento que parece un cardenal.

—Este lugar es solo para mayores —suelta mientras me abro paso hacia ella.

Ser mayor no siempre significa ser más listo, como demuestran las hermanas de juramento de Ren.

—Puede que Cigarra de las Tierras del Sur no tenga mucha experiencia —digo al llegar a la mesa—. Pero no es tan débil como creéis. Ella y su nueva estratega, Noviembre…

—¡Esto es una farsa! —me interrumpe el general que está a la derecha de Ciruela.

—…acabaron con los piratas Fen —concluyo.

—¿Piratas? —resopla alguien—. Más que piratas, ¡degenerados!

Degenerados que asaltaron y saquearon los pantanos y las vías fluviales de las Tierras del Sur durante años. Mataron a Grillo, heredera de las Tierras del Sur, una guerrera respetada por su inteligencia y su fuerza. Ahora, su hermana menor, Cigarra, ha derrotado por fin a los Fen, ha quemado sus barcos y eliminado a sus líderes solo unos meses después de su coronación. Ella ha conseguido aquello que el imperio no fue capaz de conseguir. No creo que sea necesario explicar este asunto.

Doy un toque con mi abanico en la parte verde del mapa.

—Las Tierras del Sur dedican los tiempos de paz a almacenar reservas y a fortalecerse. El imperio le estaría haciendo un favor a Cigarra al centrarse en la presa más fácil.

—¿Y se puede saber quién eres tú? —pregunta Ciruela.

—Mi talentoso nuevo descubrimiento. —El alboroto se calma cuando Miasma recorre la multitud con la mirada mientras el cascabel le tintinea en la oreja—. Por favor, Ciruela, dale la bienvenida a Céfiro Naciente. Debes mostrarle el mismo respeto que me muestras a mí.

—Por favor. —Extiendo los brazos en forma de círculo y me inclino sobre ellos—. El honor es mío.

Ciruela no dice nada. Al incorporarme veo que tiene las mejillas atezadas y que la marca de nacimiento se le ha puesto roja como la sangre.

—Tú eres de Ren.

—Lo que también me convierte en experta en la situación de Ren. —Ciruela empieza a farfullar y yo la ignoro y me dirijo al resto—. Xin Ren es débil. Le llevará años construir su propia base. Pero las Tierras del Sur tienen ejército y minas de plata. El rango de sus estrategas y sus generales sube cada día. Dadles un mes y supondrán una amenaza mucho más seria que la que Ren pueda suponer jamás.

—¿Y qué harías tú? —pregunta un asesor.

¿Yo? Yo solo estoy tratando de matar a dos faisanes de un ballestazo. Si puedo desviar la atención que el ejército de Miasma ha puesto sobre Ren y asegurarme un pasaje en barco para encontrarme con Cigarra, estaré haciendo honor a cada uno de mis sobrenombres.

Me acerco al mapa, levanto un soldado de arcilla y lo coloco donde se unen los ríos Mica y Yeso.

—¿Acaso no está claro? Llevaría la guerra a las Tierras del Sur. Aunque este bando no es tan débil como el de Ren, la victoria contra los piratas Fen tuvo un alto coste. Y tal como decía la secretaria mayor Ciruela, la corte de Cigarra no está exenta de conflictos. Todavía tiene que confirmar sus apoyos para asentar su soberanía. El imperio, sin embargo, está en el cénit de su fortaleza, y nuestra primera ministra tuvo la lucidez de expandir nuestra flota.

Tomo algunas figuritas en forma de barco y las empujo por la línea de tinta del río Siming.

—Naveguemos hasta los acantilados y llevemos el poder del imperio hasta el umbral del sur. Hagamos que nos juren lealtad y que paguen impuestos a la emperatriz Xin Bao. Y si se niegan... —Barro la mesa con mi abanico y derribo la flota y los soldados de las Tierras del Sur—. Estaremos en una posición perfecta para... mandarles un mensaje.

Levanto la mirada a los rostros endurecidos y curtidos del séquito de Miasma. Algún día recordarán este momento y se darán cuenta de que nuestro ascenso comenzó delante de sus narices. Algún día el sonido de mi nombre se les aparecerá en las pesadillas. Algún día...

Miasma se me acerca. *Lo sabe.* No puede ser de otra manera. *Sabe que todo lo que has arriesgado ha sido solo por tu única y verdadera señora, Ren.*

Se detiene a solo un brazo de distancia de mí y me recuerdo que no estoy indefensa, que no soy débil. Mueve la mano (*¿Tendrá aún restos de sangre en la hoja de su arma?*) y llama a una sirvienta.

Una chica vestida de rojo imperial se le acerca con una bandeja llena de jarras de tres patas. Miasma toma una y la levanta.

—Por Céfiro Naciente.

Los generales se apresuran a imitarla y a brindar por mí.

—Por Céfiro Naciente.

—Por Céfiro Naciente.

—Por Céfiro Naciente.

Miasma ordena a sus generales que estudien la logística de enviar una delegación al sur. Este es mi momento: debería presentarme como voluntaria. En lugar de eso, me excuso alegando cansancio. Floto hacia las oscuras galerías que festonean al pabellón agarrándome a las columnas doradas.

¿A qué viene este mareo? Ya no tenía nada que temer. Había engañado a Miasma, primera ministra del imperio.

Había engañado a un salón lleno de guerreros.

Llego al final de la galería y observo el aire libre del exterior. La luna brilla en el cielo nocturno y tomo nota de su fase. En menos de un mes, volveré con Ren en calidad de heroína. A Loto no le quedará otra que llamarme por mi auténtico sobrenombre. Nube se disculpará por tratar de darme muerte. Ren conseguirá su región del mapa y yo estaré a su lado como estratega.

«Por Céfiro Naciente».

Suena mejor en la voz del enemigo. Me río, nerviosa al principio pero después más relajada. Me tapo la sonrisa con el abanico. Me recompongo y empiezo a darme la vuelta.

—Sé lo que planeas —escucho mientras una mano me sujeta del brazo.

四

GLISSANDO

«Sé lo que planeas».

Mi asaltante me hace girar hacia atrás. Un rayo de luna se cruza entre ambos iluminando la mitad inferior de su cara. Deja escapar una sonrisa irónica cuando me ve levantar el abanico.

—Preciosa arma…

—Apuesto que nunca te han dado un buen abanicazo en la cara.

No se asusta. No revelo que, en realidad, sí que llevo un arma. No estaba dispuesta a sacrificar mis complementos, pero Ren insistió en ello. Ahora tengo que pensar en cómo acuchillarlo sin destrozarme la túnica…

—¿Un abanicazo… o una puñalada con un abanico?

Con un solo movimiento me agarra la otra muñeca, me la levanta por encima de la cabeza hasta inmovilizarla contra la columna que hay detrás de mí y gira el mango de bambú de mi abanico. Desde el rabillo del ojo veo como brilla, afiladísima, mi navaja de plata.

—No te preocupes por mí. Vengo buscando secretos, no sangre —me sisea mientras forcejeo.

—¿Qué secretos?

Ha debido de seguirme, la pregunta es durante cuánto tiempo. Entrecierro los ojos en busca de respuestas. Me facilita las cosas inclinando el rostro hacia la luz de la luna. Está muy delgado, casi desnutrido, tiene los pómulos afilados y los ojos cansados. De alguna forma, su complexión es aún más débil que la mía. Las sienes pálidas le contrastan con el resto del pelo, medio recogido y negro como un cuervo. Varios de sus mechones me rozan la cara cuando me acerca la boca a la oreja.

—¿Por qué no empezamos por el auténtico motivo de que estés aquí?

Se separa de mí y su rostro vuelve a quedar entre las sombras. Yo me envaro. Hay algo en él que me resulta familiar. Es tan joven como yo, lo que debería haberle hecho destacar entre todos esos engreídos adultos que se arremolinaban alrededor del mapa de encima de la mesa. Pero no lo reconozco. No recuerdo haberlo visto en el pabellón. ¿Cómo no he podido fijarme en él? ¿Acaso es solo un sirviente?

No viste como uno de ellos, algo que se hace aún más evidente cuando una de ellas aparece por la esquina. La bandeja dorada que sujeta precariamente repiquetea cuando se frena en seco. Nos mira y yo le devuelvo la mirada por encima del hombro de mi atacante. No sé lo que parece que estamos haciendo pero, a juzgar por el sonrojo de la cara de la sirvienta, dudo que la imagen sea demasiado recatada.

Nada de eso. No me convertí en Céfiro Naciente para dejar que cualquier chico desconocido me arrincone contra una columnata. Puede que no tenga mi abanico a mano, pero su pelvis sí que la tengo. Estoy a punto de darle un rodillazo cuando la sirvienta recupera la voz, que trina como la de un pajarillo.

—Ma… maestro Cuervo, ¿necesita al médico?

Al «maestro Cuervo» lo ataca de repente un ataque de tos. Se desmorona y no tiene otro sitio donde caer que encima de mí.

Me he caído de caballos. He pisado mierda de buey. Me he caído de caballos aterrizando en mierda de buey. Y así es la vida cuando se huye de Miasma: algo bastante poco glamuroso. Pero nunca había sentido la humillación de convertirme en un cojín humano. Las mejillas me abrasan y trato de quitármelo de encima, pero pesa mucho para ser un saco de huesos. Me inmoviliza con todo el peso de su cuerpo mientras le dice a la sirvienta algo que suena como *vale* y *vete*.

Ella obedece encantada.

En el momento en el que dobla la esquina, libero la muñeca y le doy un abanicazo.

—Mis disculpas —digo mientras da unos pasos hacia atrás agarrándose la cara—: espasmos musculares.

—No pasa nada. —Se palpa la mejilla, hace un gesto de dolor y baja la mano—. Yo también siento lo que acaba de pasar —se disculpa señalándose el pecho—: espasmos pulmonares.

Se está haciendo el listo. Se cree que no me doy cuenta de que cuando agacha la cabeza para ajustarse la túnica le desaparece la sonrisa de la comisura de los labios.

Por eso no lo reconocí. Sin capa ni sombrero, no es el Cuervo desproporcionado y medio muerto que conocí cuando me lo presentaron. Es mucho más joven (no puede tener mucho más de los dieciocho que tengo yo) y, atendiendo a sus gracietas, también está bastante más sano.

—¿Sabe Mi-Mi que estás fingiendo tu enfermedad? —le pregunto mientras se vuelve a colocar el cuello de la túnica sobre la lechosa clavícula.

—¿Fingiéndola? —pregunta abriendo los ojos como platos—. ¡Ya me gustaría! Me estoy muriendo de tuberculosis.

Arrugo la nariz. Puede que la gente piense que soy el estereotipo andante de una estratega, con su abanico y todo, pero al menos no tengo tuberculosis o cualquier otra enfermedad producida por el exceso de trabajo.

—Deberías ponerte una mascarilla.

—¿Por qué? Mi tos es mi arma secreta. —Intento alejarme, pero me bloquea la huida—. No te toseré encima si me dices por qué has desertado.

—Porque soy leal al imperio. Siempre lo he sido.

—Siguiente respuesta.

Se me acerca y me agarra de la manga. Tiene en los ojos un brillo peligroso. Sus iris son del color del ónix, pero cuando el resplandor de la luna le da de lleno, se le vuelven fríos y duros como el acero.

—Porque estoy harta de los amagos de victoria. Ren nunca me dará la grandeza que merezco —afirmo con dureza.

Una nube tapa la luna y la galería se oscurece.

—Pongamos tus palabras a prueba —comenta Cuervo.

Me suelta de la manga y, por un segundo, me planteo salir huyendo. Pero no tengo lugar al que huir. Detrás de Cuervo hay más terreno enemigo. Ahora mismo, mostrar miedo es mostrar mis verdaderas intenciones.

—¡Pongámoslas! —Me cruzo de brazos y me sobresalto cuando me coloca la mano en la parte baja de la espalda.

—Relájate —dice herido—. Solo te estoy guiando hacia donde vamos.

—Y yo solo estoy intentando que no me infectes —después de esto tendré que darme un baño hirviendo y, por supuesto, quemar mi ropa.

—Si te hace sentir mejor, que sepas que el médico dice que no soy contagioso.

—De momento.

—Sí. Parece que mis sensaciones empeoran mi condición. Tienes suerte de que sea así de optimista.

Contengo un exabrupto y dejo que me guíe por la galería. Atravesamos salones de té y patios. Memorizo lo que puedo de cara a una posible futura huida.

Huida. De repente siento cierta aprensión en el pecho. Por si alguna vez quisiera escapar, tengo que mantenerme lejos de la gente capaz de descifrar mis planes.

De gente como Cuervo.

Es el primer estratega con el que me encuentro en mucho tiempo. Un auténtico rival. Me hormiguean las yemas de los

JOAN HE • 65

dedos anticipando las pruebas que me tiene reservadas. Después se me enfrían. Estratega o no, él es de las Tierras del Norte. Si en algo se parece a su señora, puede que no esté muy en contra de la tortura. ¿Cuántas uñas soportaría perder antes de desangrarme en una confesión?

Tranquilízate ya y deja de dar cosas por supuestas. Rozo mi abanico mientras Cuervo me sigue guiando. Pasamos unas puertas con celosía y entramos en una habitación a oscuras.

Al principio parece que está vacía. Entonces veo la cítara y el brillo de sus siete cuerdas de seda tensadas sobre una estructura rectangular de madera de paulonia. ¿Una cítara...? No, ¡dos! Están colocadas en sendas mesas y se miran como desde orillas opuestas de un lago de madera.

Ya sé cómo planea probarme Cuervo.

Cruza la habitación y se sienta tras una de las cítaras.

Tras un segundo, hago lo mismo.

—Imagino que sabes tocar, ¿no? —pregunta arremangándose.

—No me insultes.

—No recuerdo haber visto tu cítara en el viaje hacia aquí.

—Está rota. —Incluso siendo así, dejarla atrás fue un descuido que trato de disimular—. Ren nunca la arregló.

—Ah... Ahora entiendo que hayas desertado —deja caer Cuervo con una suave sonrisa.

Una broma inofensiva... ¿o algo más? Odio no ser capaz de descifrarlo. También odio lo irritable que sueno cuando digo:

—Bueno, el caso es que sí que sé tocar.

Cualquier estratega que se precie sabe tocar. A través de los dúos de cítara se han negociado treguas, cimentado alianzas y decidido batallas. En su momento, Zihua (estratega de la dinastía Luo) tocó la cítara para terminar una guerra. Mi cítara había estado acumulando polvo desde mucho antes de que se rompiera la cuerda. El campamento de Ren no está precisamente lleno de gente que aprecie la intrincada complejidad de la música, y tocar para guerreras como Nube o Loto degradaría al instrumento.

Cuervo, sin embargo…

Él sí que sabe que la música de cítara es un lenguaje compartido entre estrategas. Considera que al tocar revelaré lo que mis palabras ocultan. Pero no soy tan fácil de descifrar. Cuando empieza con una melodía común, voy al grano y rasgueo la cítara haciendo que mis dedos vuelen por las cuerdas. Las notas disonantes surgen como una bandada de faisanes en una cacería para después caer empicado en un silencio absoluto.

Con la mano derecha inicio un raudo *staccato*, cada vez más veloz, hasta que cada cuerda vibra con el sonido o tras el sonido. Pero antes de que las notas puedan sonar, las corto.

Traspaso mi frustración a la música. El campamento de Ren es muy limitado en recursos. Rasgueo mi agotamiento. Loto y Nube no me respetan. Transmito mi dolor en un *crescendo*. Todos mis esfuerzos son despilfarrados e incomprendidos. Acelero la melodía. Con una técnica afilada le doy alas a mis emociones enjauladas y, transformadas en notas, les permito alzar el vuelo.

¿No quería Cuervo toda la verdad? Ahí la tiene. Interpreté todas las razones por las que podría soñar estar del lado de Miasma.

Respirando con dificultad, le miro. La habitación está oscura, apenas iluminada por la luna a través de la celosía de una ventana redonda. No le puedo ver la cara, ni tampoco interpretar sus gestos. Solo puedo escuchar su voz.

—Qué raro.

—¿Perdona?

Pero en cuanto esa palabra sale de mi boca, un amargo recuerdo me inunda y me suena otra voz en la cabeza: «¡Mal! ¡Tócala de nuevo!».

La música interrumpe el recuerdo. La música de Cuervo. Está inclinado sobre su cítara y algunos mechones de pelo le llegan a los hombros. La luz de la luna se le refleja en los nudillos mientras rasguea las cuerdas con las manos. Va dejando caer las notas como el agua sobre las rocas.

Una clásica, aunque improvisada, melodía de las montañas. Una canción campesina, en realidad. No sé qué trata de hacer con ella pero, tras un instante, me olvido de la otra voz. Se me relajan los hombros. Las mangas se me deslizan hacia los codos cuando alzo las manos y mis dedos tocan las cuerdas.

Me uno a su improvisación.

Esta vez no pienso en estrategias, ni en señoras de la guerra, ni en imperios... Tampoco toco según mis propias emociones. Se me cierran los ojos y trato de evocar la niebla y el musgo. Nuestra canción se proyecta en ondas cada vez más amplias hasta que la música trasciende esta habitación y este momento. Se me llena el cerebro de imágenes. Estoy con Ku en un mercado abarrotado. Ella se para en un puesto de azúcar hilado y yo sé perfectamente qué golosina quiere. El orfanato no nos da ningún tipo de asignación. Cuando el vendedor se distrae, robo el más deforme de todos. Ku sonríe. Ha merecido la pena.

Mi melodía choca con la de Cuervo. Él la armoniza a la perfección. Se me hace un nudo en la garganta por cada simple cambio. Cuervo no trataba de comprender mis intenciones, trataba de saber quién era yo. He puesto mi corazón en esta música: unos sentimientos que ni siquiera mi señora conoce. Ren siempre me ha visto como una persona metódica, como una estratega.

Nunca me ha visto como la chica que falló a su hermana.

Los aplausos terminan con la música antes de que yo acabe de tocar. Las llamas encienden los braseros rompiendo la intimidad de la oscuridad.

Una pequeña multitud se reúne en la entrada de la habitación.

Cuervo se levanta y les hace una reverencia. Yo no soy capaz de moverme. Tengo las cuerdas de la cítara clavadas en los dedos. Miasma avanza a grandes zancadas.

Me obligo a levantarme.

—¡Maravilloso! —exclama mientras me inclino ante ella, sintiéndome como si los huesos se me hubieran convertido en cartílagos—. ¡Menudo talento! ¡Qué buen gusto! —Sus secuaces repiten sus elogios como loros—. Eres una mujer de muchos talentos, Céfiro Naciente. Pero dime, ¿dónde aprendiste a tocar?

—Yao Mengqi le enseñó durante varios años —dice Cuervo pisándome la respuesta.

Lo fulmino con la mirada y se encoge de hombros como diciendo «¿Qué esperabas?».

¿Que qué esperaba? La primera lección que aprende una estratega es a mantener cerca a sus enemigos, y no hay mayor enemigo que un rival. Así que memorizamos todos sus datos, desde quiénes fueron sus mentores hasta cómo toman el té. Los recién llegados como Noviembre, estratega de Cigarra, son peligrosos porque son más difíciles de analizar. Lo mismo pasa con los estrategas de Miasma, que son ejecutados con la misma frecuencia con la que son nombrados. En comparación con lo que sé sobre Ciruela, la consejera más longeva de Miasma, de Cuervo no sé prácticamente nada. O es un recién llegado o es alguien extremadamente reservado.

Deseo que sea lo primero, pero sospecho que es lo segundo.

—Nunca habrá nadie como Yao Mengqi —afirma Miasma, y puede que sea lo primero en lo que estemos de acuerdo.

El maestro Yao no era tan amable como mi segunda mentora (la poeta), ni tan elegante como la tercera (la maestra de ajedrez), ni tan divertida como la última que tuve (la antigua cosmóloga del imperio). Pero cuando se ponía a tocar la cítara se le perdonaba lo intenso de su carácter. Su música me mantenía a su lado cuando le comenzó la demencia. Olvidó las *Treinta y seis estratagemas* y hasta mi nombre, pero nunca sus acordes. Pasamos muchas de sus últimas tardes en su porche: yo le abanicaba para espantarle las moscas mientras él aún conseguía crear pequeños tesoros musicales con las cuerdas de la cítara.

Pero empiezo a olvidarme de los rostros del maestro Yao, y también del resto de mis mentores. Somos seres pasajeros. Vivimos y morimos: olvidamos y somos olvidados. La tierra reclama nuestros cuerpos como los extraños reclaman nuestros nombres. Solo se recuerda a las emperatrices... y a quienes las matan. A quienes rompen los imperios y a quienes se los devuelven a sus legítimos gobernantes.

Ren es mi oportunidad para que se me recuerde.

Este pensamiento me devuelve al presente.

—... mañana a la hora *wu* —está diciendo Miasma—. Céfiro, tú vendrás nosotros.

Parpadeo y Miasma se ríe.

—¡Mírala! —comenta jocosa a su círculo—. ¡Se cree que la estoy invitando a ir al infierno!

Me mira y añade:

—Olvida tus preocupaciones: por muy bárbaras que sean las Tierras del Sur, no te faltará ninguna de tus comodidades. Comida, entretenimiento... desees lo que desees durante el viaje, lo tendrás. Tienes mi palabra.

Me está invitando. A ir de viaje. A las Tierras del Sur.

Miasma me está invitando a ser parte de la delegación de las Tierras del Sur.

Es exactamente lo que quería, pero mi mirada se desvía hacia Cuervo. Por mucho que hiera mi orgullo, no creo haberle convencido de que estoy del lado de Miasma. ¿Y si ahora que me embarco hacia el sur cuenta...?

—Compartirás barco con Cuervo —comenta Miasma cortando la pregunta que me estaba haciendo—. Ambos representaréis los intereses del imperio en la corte sureña.

Luego me hace un gesto solo a mí.

Me acerco a ella con cuidado. Me palpa el brazo como hizo con el luchador. No tengo fuerza como para marcar músculo y Miasma la deja ahí como una ligera caricia.

—Puede que estés acostumbrada a ser la estratega estrella... —me dice en voz baja.

Está tan cerca que puedo intuir el vino en su aliento y ver el delta de las venas que se esconden bajo su piel traslúcida. Es humana, creo. Una deidad no es. No sería tan difícil matarla. Nube podría hacerlo. Loto también. Sin embargo, se supone que los estrategas no deben mancharse las manos de sangre… por lo que ¿estaría bien haber ridiculizado a Nube por dejar escapar a Miasma a causa de algún código guerrero, para después yo sí ceñirme al código de los estrategas?

—… Pero cuando se trata de los intereses del imperio —continúa Miasma sin darse cuenta de que voy bajando la mano poco a poco—, quiero que Cuervo lleve las riendas.

—Sí, mi señora. —Rozo mi abanico con el dedo pequeño y Miasma frunce el ceño.

—Mi-Mi —me reprocha antes de dar un paso hacia atrás.

Se me escapa la oportunidad. Me escondo bajo el codo la mano humedecida por el sudor. Cuervo se me acerca, y Miasma nos mira a ambos y sonríe.

—Parece que habéis encajado bien. Pero tened cuidadito… —y, mirándome a mí, añade—: no nos gustaría que pillases nada.

Ya he llamado lo suficiente la atención de Cuervo y no me hace falta que ningún médico me diga que mejor me aleje de él. Mientras nos alejamos de la habitación (y también una de la otra) sus palabras me resuenan en la cabeza.

«Qué raro».

Me paro en seco.

«¡Mal! ¡Tócala de nuevo!». Algo me hace clic en el cerebro y me estremezco. Al maestro Yao nunca le terminó de gustar mi forma de tocar. Siempre faltaba algo que yo no lograba reconocer. Lo de la cuerda rota, lo del campamento de Ren… no son más que excusas. La verdad es que hace años que dejé de tocar. Me viene a la boca un regusto amargo y tuerzo el gesto.

He perfeccionado todas las habilidades propias de los buenos estrategas. Me he ganado mi apodo y mi abanico…

Pero ¿la cítara? Según Yao Mengqi nunca la dominé. Tal vez una parte de mí la dejó de lado a propósito.

~~❧~~

Los caballos de Ren ya están muertos al amanecer. Me enteré por las sirvientas que me trajeron un barreño de bronce al sexto gong. No me dirigen la palabra mientras me lavo la cara y me enjuago la boca en té caliente. Se llevan mi ropa de dormir sin dedicarme una mirada. Pero, en cuanto atraviesan las puertas de papel, se acercan la una a la otra y susurran en voz baja (pero no lo bastante baja).

Murmuran sobre mí, *la estratega del páramo* que se cree mejor que cualquiera (en eso no se equivocan). Murmuran sobre *el maestro Cuervo*, del que dicen que se ha enamorado de mis encantos felinos (casi vomito). Pero, sobre todo, murmuran sobre la destrucción total y absoluta de la caballería de Ren. Todo el campamento sabe la noticia. Dicen que, esa noche, cincuenta de los sementales de Ren se desplomaron echando espuma por la boca. Que yo, que era su estratega de confianza, fui quien lo orquestó.

Perfecto. Si me culpan a mí significa que nadie descubrió a Turmalina mezclando hojas de tejo en el pienso. Me hago una coleta alta y apretada. Puede que los guerreros luchen en equipo, pero los estrategas trabajan solos. No hay que sobreestimar el factor sorpresa: hay que seguir manteniendo los planes en secreto.

Me adorarán cuando todo esto acabe.

El séptimo gong suena mientras me pongo una túnica beis limpia. Faltan pocas horas para que parta la delegación. Me calzo con unos zapatos algo ajados, abro las puertas y me quedo helada.

Unas túnicas blancas bien dobladas me esperan tras el umbral elevado. Al tacto, el tejido es ligero. Seda. Miro a ambos lados del corredor. No hay ni un alma. Puede que me las hubiesen dejado las sirvientas, ¿pero por qué las dejarían afuera? ¿Y por qué blancas?

Las coincidencias son como las deidades: todo el mundo quiere creer en ellas. Pero yo no soy todo el mundo.

Muy lentamente, recojo las túnicas.

Una única pluma cae de ellas. Es negra como la noche. De una corneja... o de un cuervo. Se me acelera el corazón como cuando me arrinconó en la columnata. Me arde la zona del brazo donde recuerdo que me agarró. Me hormiguea el oído con el fantasma de sus palabras.

«Sé lo que planeas».

Vuelvo a dejar las túnicas en el suelo y las pisoteo al salir.

El sol no se ha despertado aún, pero la mayor parte del campamento de Miasma sí. La infantería marcha guiada por sus cabecillas, mientras que los sirvientes, los porteadores y los tatuados presidiarios corren de un lado a otro cargando en los carros los tesoros y las curiosidades que serán enviadas al sur junto a nuestra delegación. A uno de los presidiarios se le cae un cofre y al abrirse la tapadera se libera un mar de jade verde. Su guardián se acerca a él con un látigo.

Con la mirada baja, me apresuro en dirección a los barracones de los prisioneros. Puede que Miasma esté colmando a las Tierras del Sur de auténticos tesoros, pero estos están muy lejos de ser un regalo. «Contemplad nuestras riquezas», parece querer decir. «Por mucho que creáis que tenéis, el imperio tiene más». Está enviando un mensaje, igual que Cuervo con las túnicas. Me estará vigilando durante el viaje.

De hecho, ya me está vigilando.

Por ello, visitar a Loto es un gran riesgo. Pero no me queda elección. Es la hermana de juramento de Ren. Si se la deja a su aire acabará como el subordinado de anoche. Está encerrada junto a los veinte soldados con los que partí. Cuando me acuclillo por fuera de los barrotes de madera de los barracones, veo que todos están llenos de moretones y heridas. Loto está roncando a cierta distancia del resto. Cuando uno de los soldados de Ren me ve y empieza a gimotear, Loto abre sus ojos amarillos. Me mira fijamente, amodorrada. Se le pasa el sueño de golpe.

Se lanza contra los barrotes.

Me caigo de culo y provoco la risa de los guardias. Sus superiores los miran y ellos se callan justo cuando Loto lanza un alarido.

—¡Te voy a retorcer el pescuezo!

Los prisioneros de guerra de los demás barracones se alteran.

—¡Silencio! —ordena uno de los guardias.

Loto grita aún más fuerte.

—Cállate —masculo arrastrándome hacia ella—. Estoy de tu parte. —Loto sigue gruñendo—. Loto, escucha.

Agarro un barrote y me lanza la boca contra la mano izquierda. Sus colmillos me desgarran la piel. La sangre tibia me empieza a correr por la muñeca.

La de humillaciones que he tenido que soportar…

—Loto. —Agarro otro barrote con mi mano buena. Estoy a un par de segundos de desmayarme—. Estoy. De. Tu. Parte.

Pasan dos segundos. Empiezo a ver negro.

Al final, Loto me suelta. Escupe, entre arcadas, una bocanada de sangre. Se lo tiene merecido.

—Escúchame bien. —Tengo ganas de llorar, pero no tenemos tiempo—. El foso de lucha es tu mejor opción. Miasma aprecia el talento. No te liberarán, pero si demuestras lo que vales en el foso, tus condiciones aquí mejorarán y te ofrecerán muchas recompensas.

—Loto no necesita regalos.

—Puede que tú no, pero ellos sí —le digo observando al resto de los soldados de Ren—. No sobrevivirán a los interrogatorios a menos que puedas hacer algo para protegerlos.

—*Protegerlos* —repite Loto para sí misma.

—Ellos son tus nuevos subordinados. Entrénalos como si tu vida dependiera de ello porque, de hecho, así es. Ahora retuérceme el cuello.

—¿Que qué?

—Ahora mismo. Rápido. —Acerco la cabeza a los barrotes—. Dijiste que me harías eso. —No menos de diez veces solo anoche—. Cumple tu palabra.

Después de unos instantes de duda, me aprieta el cuello con ambas manos y aprieta como si fuera una granjera y yo una gallina. El ruido que sale de mi boca no se parece en nada a un «¡Ayuda!», pero sirve para atraer a los guardias. Me quitan a Loto de encima. Me pongo de pie y me alejo de los barracones atragantándome con mi propia saliva. Después de este espectáculo nadie sospechará de las intenciones con las que visité a Loto.

Será mejor que esta vez sí que sigas mis instrucciones, Loto. No permitiría que su muerte arruinase mi estrategia. La rescataré por lo mismo por lo que afianzaré esta alianza: por Ren.

Después, en el carruaje hacia el río Siming, me inspecciono la mano. Se ha frenado la hemorragia, pero tengo la manga llena de sangre. Los ojos de Cuervo se van directos a la mancha en cuanto nos encontramos en la orilla.

—¿Las túnicas no eran de tu agrado? —me pregunta mientras subimos la rampa hacia nuestro barco.

Otros carruajes llegan a la orilla y la gente va saliendo de ellos. Generales, secretarios, oficiales navales… Casi toda la gente importante viene con nosotros a las Tierras del Sur. Menos Miasma, que nos seguirá junto a la otra mitad de las tropas dentro de tres días. Una vez que suben, los porteadores retiran las rampas.

Y allá vamos Cuervo y yo compartiendo barco durante las próximas dos semanas.

Me sigue mientras bajo a la bodega.

—Ha sido fallo mío, pues. Creí que el blanco era tu color favorito.

—Pero estaban sucias —le concedo.

—Pero no ensangrentadas.

Sigo mi camino. Ni siquiera hemos zarpado y los tripulantes de las Tierras del Norte con los que me cruzo ya parecen mareados.

Cuervo, sin embargo, camina por la cubierta con la seguridad de un sureño. Se me acerca en la popa, apoyándose perezosamente sobre el codo.

—Estás preocupantemente pálida y te quedas pronto sin aliento. Si a eso le sumamos lo de la sangre en la manga… ¿no será que también tienes tuberculosis?

Sería al primero al que infectaría si la tuviera. Pero de momento no le transmito nada. Ni tuberculosis, ni risa, ni palabras. Solo un silencio hosco mientras continúo mirando el río brumoso que tenemos por delante.

—De acuerdo —suspira, asomando ambos brazos por la borda barnizada. Cruza los brazos en la misma postura exacta que tengo yo—. Sé taciturna, si quieres. Pero ya que vamos a pasar el futuro próximo en compañía del otro, ¿me dices, al menos, tu nombre?

Una garza se tira en picado desde el cielo y pesca un pez con las garras. Espero a que depredador y presa desaparezcan en la niebla antes de responder.

—Céfiro.

—Tu verdadero nombre.

—Ese es mi verdadero nombre.

—No me gusta —comenta Cuervo y, de forma muy poco apropiada, suena como un niño caprichoso.

—A mí tampoco me gusta el nombre *Cuervo*.

—Admite que es un apodo que me pega mucho.

—¿Te pega porque, al igual que tú, es una mentira? —Me giro y Cuervo hace lo mismo. Nos ponemos frente a frente—. Cuando no estás a punto de que la tos te saque los pulmones del pecho, eres más bien un pavo real.

—Ya somos dos. —Me agarra de la muñeca—. ¿debería llamarte entonces *Pavo real*?

Su caricia no es fría ni cálida. Solo agradablemente seca y tan coqueta como su forma de ser. No pronuncia *Pavo real* como lo haría Loto. Y no es como Nube, que no se dirige a mí de ninguna forma. ¿Por qué tendría que dirigirse a mí ella o cualquier otro guerrero? No sé luchar. No aguanto la bebida. Somos del mismo bando, pero no somos de la misma clase.

Cuervo es lo contrario. Nos entendemos por la naturaleza del oficio que compartimos. Las armas que hemos elegido son la palabra y el ingenio. He envenenado a los caballos de Ren, me he unido a Miasma, he ideado una estrategia contra el imperio… pero es ahora, charlando con un enemigo como si fuera un aliado, cuando más sucia me siento.

Hago que me suelte la mano y me la restriego contra la túnica.

—No tienes que llamarme de ninguna forma.

Los barcos se alejan del muelle. Un viento del sur infla las velas. Conforme avanzamos por el río, muchos sirvientes se me acercan ofreciéndome extracto de *ginseng* o esencia de perla.

Les digo que no. El imperio es mi enemigo. Cuervo es mi enemigo. Cada soldado de estos barcos; cada barco de esta flota; cada flecha, lanza o pica de las armerías de estas bodegas, podrían servir para dar muerte a Ren.

No lo permitiré.

Dedico la mayor parte de la primera semana a investigar a los soldados de a bordo. Algunos son nativos de las Tierras del Norte, pero una buena cantidad de ellos son de más allá de las montañas. Otros son prisioneros de guerra que servían a señores ya vencidos: los liberaron cuando accedieron a luchar por el imperio.

Ellos también tienen preguntas para mí. Algunos quieren saber si es verdad que predije la inundación que se llevó a la quinta parte de la caballería de Miasma.

—La cuarta parte —les corrijo.

Otros preguntan si soy capaz de escribir un poema en lo que se tarda en atravesar la cubierta. Me invento uno en lo que se tarda en dar siete pasos. No tengo ningún incidente hasta que, de camino a la cena en la bodega, una mano me para en seco.

—¿De verdad que has desertado del campamento de Ren?

Es joven, tiene la cara llena de granos y la voz llena de fuego.

—Sí. Deserté —le contesto mientras que el desprecio le enciende la mirada al oír que soy una canalla que se ha cambiado al bando de Miasma.

Es tan ingenua como Loto, Nube y cualquier otro guerrero que no es capaz de distinguir una batalla del resto de la guerra.

La bodega se ha transformado para que parezca un palacio. Miasma no mentía cuando dijo que en este viaje podría tener cualquier cosa que desease. Cada día hay nuevos banquetes y entretenimiento. Los generales, ya recuperados de sus mareos iniciales, brindan hasta emborracharse. Los sirvientes están más relajados en ausencia de Miasma. Hasta al pálido y enfermo maestro Cuervo le han venido bien el lujo y la alegría. Esta noche acepta la petición de una canción de cítara que le hace un oficial. Está en su derecho, pero yo jamás tocaría para complacer a otros. Sin embargo, me sorprendo a mí misma escuchando cómo sus notas suenan entre las risas estridentes. Puras como el cantar de los pájaros.

Inocentes como la pregunta de la chica.

«¿De verdad que has desertado del campamento de Ren?»

Me levanto de la mesa y huyo a la cubierta.

Las noches son cada vez más húmedas, señal de que nos acercamos a nuestro destino. Incluso en ropa interior, el calor que hace en mi camarote me mantiene despierta. Estoy tumbada en la cama pensando en Ren. ¿Qué estará comiendo mientras yo me alimento de pato al vino y vieiras frescas? ¿Qué estará haciendo mientras aquí bailamos y cantamos? ¿Estará quemando los caballos muertos y mirando la estrella de Xin Bao?

Estoy segura de que Nube le habrá contado a Ren todo lo que dije e hice. ¿Creerá lo que le dice su hermana de juramento? ¿Creerá que soy una traidora? Creo que sí, si es que he ejecutado mi plan correctamente. Eso es lo que quiero, es lo único que me importa.

Doy una vuelta en la cama. El techo de tablas me tiembla sobre la cabeza debido al jolgorio. No debería estar pensando en Ren. Cierro los ojos y, ahora, la veo a ella, a mi hermana. Lleva ese triste chaleco violeta que heredó cuando se me quedó pequeño. Tras la epidemia de tifus, lo había puesto, junto al resto de nuestra ropa de invierno, en la pila de prendas del orfanato que había que quemar. Cuando tiempo después pillé a Ku acurrucada en el chaleco, ya no tenía sentido montar en cólera: estaba sana y salva.

Ku llevaba ese chaleco el día que los guerreros saquearon el pueblo. Aquello causó una estampida de gente inocente que la acabó arrastrando.

Ya me habían dejado mis padres, mi hermana, mis mentores… pero lo de Ren es diferente. No es mi hermana ni de sangre, ni de juramento, ni de nada. Es mi señora y yo soy su estratega. Le sirvo por la gloria personal.

No la perderé.

Por fin se acaba la música. Se siente el ajetreo de los sirvientes limpiando y también el murmullo de la gente de camino a sus camas.

Me levanto de la mía.

Salgo de mi camarote y me interno en las cocinas, ahora vacías. Me siento tras una de las cítaras y empiezo a tocar. Deslizo los dedos por las cuerdas en un *glissando*. Las notas cambian con agilidad. De mayor a menor, de menor a mayor. Como una voz humana que ríe y llora a la vez.

Oigo de nuevo al maestro Yao. «¡Tonta! ¡Conecta con la música, con el *qì*!». El *qì*, la pieza fundamental del universo. Si los filósofos de antaño están en lo cierto, es lo que le da la energía a todo, también a la música. No sé si esto es así. Nunca sentí lo que quiera que se tuviese que sentir.

«¡Mal! ¡Tócala de nuevo! ¡No lo haces bien!».

Toco más fuerte para desterrar la voz de mi cabeza.

Alguien entra en las cocinas, se sienta tras la otra cítara y empieza a tocar también.

Solo por su forma de tocar, sé quién es. Seguro que menciona que estaba despierta a estas horas. Puede que incluso intuya mis lúgubres pensamientos y se los cuente a Miasma.

«Márchate antes de que note tus limitaciones».

Pero su música me retiene. Puede que Cuervo no confíe en mí, pero al menos no me toma por quién no soy. No hemos hablado desde aquel primer día en cubierta, y no importa.

Ahora sí que estamos hablando.

Los cuernos nos anuncian mientras navegamos entre flores de loto. Echamos las anclas. La flota del imperio forma una costra roja y brillante sobre la superficie del río.

Un grupo de cortesanos sureños nos recibe en el muelle para acompañarnos al Pabellón del Ruiseñor, donde Cigarra tiene su corte. Los civiles custodian las calles de caliza blanca por las que pasamos. Los niños, deslumbrados, gritan de emoción. Los adultos miran sombríos las banderas imperiales que portamos.

Cruzamos un puente y un jardín de camino a la corte. Un eunuco nos anuncia mientras recorremos el pasillo central. Tanto a la derecha como a la izquierda tenemos una auténtica multitud de consejeros sentados en cojines.

Mientras que en el campamento de Miasma hay tanto jóvenes como ancianos, en la corte de Cigarra la mayoría son bastante mayores. Todos tienen el bigote blanco y discuten entre ellos. Solo dejan sus conversaciones para confirmar nuestra presencia y después siguen a lo suyo. El ambiente es sofocante y no culpo a Cigarra por no aparecer. Cuervo tose y se encoje de hombros cuando lo miro. «No puedo evitarlo, estoy enfermo», parece querer decirme. Y sigue tosiendo. Los cortesanos sureños de nuestro alrededor se apartan.

Por fin, la mismísima Cigarra hace su aparición. Va vestida de blanco, pero (al contrario que las prendas que a mí me gustan) su ropa es muy tosca. Ropa de luto. El dobladillo, ya bastante desgastado, le arrastra cuando se sienta en su trono, al frente del salón. Destapa una jarra de vino y le da un buen trago.

Se nota que lamenta profundamente esa muerte.

—¿Y bien? —pregunta limpiándose la boca con el dorso de la mano.

Espero a que Cuervo tome la palabra, pero, por una vez, se queda callado. ¿Le da miedo dar el primer paso? ¿O es que quiere lanzarme a los leones? Sea lo que sea, me ayuda a dar una mejor primera impresión.

—Señora de las Tierras del Sur —le saludo haciendo una reverencia.

—Reina —me corrige.

A sus consejeros se les cambia la cara. Autoproclamarse como tal, sin la aprobación del imperio, supone un delito de traición.

—Bueno, ¿qué quiere ahora Miasma? —pregunta Cigarra como si hubiésemos venido a rendirle tributo—. ¿Una donación de grano? ¿O es que la primera ministra quiere construir otro palacio y le falta el mineral de hierro? Ahorraos los regalos —dice cuando nuestros porteadores entran con cofres de jade—. La verdad es que todos aquí sabemos quién es la que está en una posición débil.

A sus asesores les cambia el color de la cara. Yo tampoco me encuentro bien. El ambiente es demasiado cálido y húmedo. No sé cómo Cuervo no se derrite debajo de su capa de plumas. Y Cigarra es… sorprendente. Había leído muchos informes sobre la reina de dieciséis años que creció a la sombra de su hermana mayor y todos la definían como una joven instruida pero bastante tímida.

Pero no es la primera vez que tengo que tratar con personas complicadas. Abro la boca para hablar… y se me queda abierta cuando una persona sale de detrás de uno de los biombos que rodean el trono. Se sube al brazo del asiento de Cigarra y empieza a comerse una golosina de azúcar moreno. Solo puedo pensar en que me han debido de quedar daños cerebrales después de que me cayese del caballo durante la evacuación.

Porque es mi hermana, a la que vi por última vez un noviembre de hace seis años.

五.

LO PRIMERO DE NOVIEMBRE

P an Ku, a quien vi por última vez un noviembre de hace seis años.

Las primeras semanas después de haberla perdido, me daba pavor encontrarla.

No podía ni imaginarme qué habría quedado de una niña que apenas sobrevivía incluso cuando yo me ocupaba de ella.

Ahora, seis años después, la tengo delante en carne y hueso. Es más alta de lo que recuerdo, pero tiene el mismo pelo cortado a trasquilones y los mismos ojos enormes.

Ku. Me espera una sala llena de consejeros y cortesanos, pero no soy capaz de respirar, ni mucho menos de hablar. *Ku, ¿eres tú?*

Espero que levante la mirada y se fije en mí. No importa que estemos en mitad de una corte extranjera a muchísimos días de viaje del caos que nos separó. Somos hermanas de sangre. Me reconocerá. Le contaré cómo la busqué, cómo viajé de pueblo en pueblo durante meses sin nada más que unas cuerdas de peltre y la sarta de cuentas de nuestra madre. Gasté esas cuerdas. Empeñé las cuentas. Busqué hasta que me quedé sin dinero y sin ideas, hasta que sentí que mi cuerpo se había agotado.

Le pediré perdón por haberme rendido demasiado pronto.

Pero lo que pienso son tonterías. Porque cuando Ku, por fin, levanta la mirada, primero se detiene en Cuervo y luego en mí.

Hay un momento de reconocimiento, tan tenue que casi me lo pierdo. Parpadea y los ojos se le llenan de odio.

Así ha sido durante casi toda mi existencia.

Los consejeros empiezan a murmurar. Cigarra bosteza. Siento un roce de plumas en el dorso de la mano. Cuervo da un paso adelante.

—En nombre de la primera ministra: los demás delegados y yo venimos a que jure lealtad al imperio.

—¿Otra vez? —pregunta Cigarra.

—Mi señora —empieza a decir un consejero bigotudo—, si me permite…

—Se lo permito —le interrumpe Cigarra—, si se refiere a mí como *reina*.

El consejero me lanza una mirada que no podría afectarme menos. Por mí como si la llama Reina Madre de los Cielos: yo seguiría tan helada y rota como estoy ahora mismo. Sin sangre en el cuerpo mientras miro a Ku, que ha vuelto centrarse en su golosina.

Han pasado seis años, pero nada ha cambiado. El tiempo me ha vuelto más sentimental, más olvidadiza. Tengo recuerdos borrosos de Ku sonriéndome agarrada de la mano. Pero los recuerdos más nítidos son de la hambruna, dos años antes de perderla. Teníamos diez y siete años. La mitad de los huérfanos murieron de hambre, pero nosotras no. Ku se volvió glacial conmigo desde entonces y rechazaba cualquier cosa que yo hubiera tocado, incluso los caramelos. Trataba de huir de mí cada vez que tenía oportunidad. Hasta hoy, sigo sin saber el motivo.

No sé lo que pasó.

Un carraspeo me devuelve a la corte.

—Re… reina Cigarra… —dice el consejero de antes—, hasta el mismísimo cosmos reconoce a Xin Bao como emperatriz del reino. Su estrella es más brillante cada día. El territorio del norte la protege bien, y sin ellos…

—Ay, venga, suéltalo ya —le corta Cigarra—. Crees que Miasma es una deidad y que nos aniquilará si no nos inclinamos ante ella.

—Mi señora...

—Xin Bao es una marioneta. Derrotamos a los piratas Fen sin ayuda del imperio.

Cigarra levanta otra jarra de vino, la descorcha con los dientes y escupe. Apoya un pie en la mesa labrada de delante de su trono.

—¿Dónde estaba el imperio cuando los Fen saquearon nuestros graneros y masacraron a nuestra gente? ¿O cuando el rey de los piratas mató a Grillo? Si crees que el norte es nuestro protector, estás más senil de lo que creía.

El consejero cae de rodillas y empieza a golpearse la cabeza contra el suelo incluso antes de que Cigarra termine.

—¡Su magnánima emperatriz! ¡Larga vida a su alteza! ¡Larga vida a la dinastía Xin! —dice arrastrándose hasta mis pies—. Nuestra señora sigue de luto. La muerte de su hermana mayor le ha nublado el juicio. Disculpe su insolencia. Perdónele la vida.

Cigarra resopla, pero el resto de su corte sigue el ejemplo del viejo consejero y se postra suplicante.

Solo Ku sigue sentada y en silencio.

Concéntrate, estás en una misión. Quito los ojos de Ku y busco algo, cualquier cosa, que atraiga mi atención. Mi mirada se posa en el pie de Cigarra.

Descalzo y plantado con firmeza en la mesa, con las uñas recortadas. Estos detalles me recuerdan a mi entrenamiento. He venido aquí como Céfiro la estratega, no como Qilin la huérfana. Gracias al viaje que he hecho en la propia flota de Miasma, estoy a dos movimientos de conseguir una alianza entre Ren y Cigarra. Esta es mi oportunidad.

Solo tengo que aprovecharla.

Así que vuelvo a centrarme en ese pie. Está limpio. Cigarra debe de haberse descalzado justo antes de entrar a la corte.

Cuando se aleja la jarra de la boca, le cae una gota en la túnica. Es un líquido claro. Sin duda, podría ser vino blanco importado de las Tierras del Norte. O podría ser agua y que el rubor de sus mejillas sea simple colorete.

Cigarra tiene dieciséis años, le saco dos. Una niña, en comparación con esta corte. Tiene que elegir sabiamente sus batallas. Al representar este acto de aflicción, encamina a sus adversarios a la autocomplacencia. *Fingimiento de locura equilibrada*, le llamamos los estrategas.

No tendrá que fingir nada una vez que acabemos con ella.

—Como estoy segura de que le han dicho sus exploradores, reina Cigarra —le digo dando un paso adelante—, una flota imperial de doscientos barcos se acerca por el río mientras hablamos.

—¿Y? —dice tras darle un trago a su jarra.

—No venimos a que nos jure lealtad.

—Muy bien, porque no os la voy a jurar.

Se oye el grito de una de sus consejeras.

—Silencio —exclama Cigarra mientras deja la jarra en la mesa—. ¿Por qué yo debo someterme mientras Xin Ren sigue a su aire? Contesta a mi pregunta, Céfiro la traidora. —Me clava los ojos negros en una mirada abrasadora—. No creas que me he olvidado de a quién servías antes que a Miasma.

—Ren no tiene muchas cosas a su favor. Lo único que tiene es su honor y su apellido.

—Xin… Un apellido y una dinastía que pronto serán historia. —Los consejeros se retuercen angustiados. Cigarra agita la melena—. Y, en cuanto al honor, ¿de qué le sirve el honor a una doncella sin feudo? ¿Para escapar del imperio junto a una horda de plebeyos? ¿Para enfrentarse a una caballería imperial con siervos y campesinos?

—El honor es la defensa de aquello que no podrías soportar perder —le digo mirándola a los ojos—. Es luchar por una familia que no puede perderte.

Tú eras para mí esa familia, Ku. Cuando la miro, sigue ensimismada en su golosina. Les doy la espalda a ella y a Cigarra, y me desplazo por el pasillo.

—El concepto que Ren tiene del honor no tiene que ser del gusto de todo el mundo —continúo—. De hecho, a mí no me gustaba. El imperio olvidó mis transgresiones del pasado y me perdonó la vida. Jura ahora lealtad a Xin Bao y también te la perdonará a ti.

Todos los consejeros sureños aceptan mi autoridad y gritan razones por las que las Tierras del Sur deberían ceder la soberanía.

—¡Los norteños son despiadados!

—¡Declararán una guerra total contra las Tierra del Sur!

—¡Piensa en todos los cultivos que se destruirán!

—¡¿Los cultivos?! —exclama un consejero vestido de azul. Sacude la cabeza y sale de entre la multitud, haciéndole a Cigarra una servil reverencia—. Hay en juego algo mucho más importante que los cultivos, muchacha. En el norte tratan a sus soldados como carne de cañón, pero aquí es diferente. Somos una tierra de cultura. Puede que tengamos las riquezas y las cifras como para financiar una guerra... pero que podamos hacerlo no significa que debamos hacerlo. Las vidas de nuestra gente son más valiosas que las vidas de la suya.

Cigarra no dice nada. Consigo llegar al final del pasillo y cuando me giro la veo levantándose de su trono. Desciende los escalones del estrado ágil como una cierva. El consejero de azul la sigue.

—Atiende a razones, muchacha.

Ella lo ignora y se dirige a uno de los guardias sureños que flanquean el pasillo. Antes de que nadie pueda moverse, desenvaina el arma del soldado y da un espadazo.

Por un instante, vuelvo a estar en el claro de la montaña en el momento en el que Miasma empuñó la espada. Fui capaz de apartar la vista para no ver cómo la cabeza rodaba por la maleza, pero no pude eludir el atisbo del blanco destello del hueso. Sacudo mis pensamientos. La corte vuelve a callarse. No hay nadie desplomado, la espada no está manchada de sangre. El bulto del suelo no es la cabeza de nadie, solo la esquina limpiamente cortada de una mesa dorada.

Cigarra le devuelve la espada al aturdido guardia.

—La próxima vez será tu cabeza —le dice al consejero y, volviéndose hacia los demás, añade—: serán todas vuestras cabezas si es que vuelvo a escuchar una palabra sobre someterse al imperio.

Nadie protesta.

Se vuelve hacia Cuervo y hacia mí.

—Fuera de mi corte.

Lo dice con calma. Pero su tono contradice sus siguientes palabras: una declaración de guerra.

—Decidle a esa deidad vuestra que las Tierras del Sur están listas.

Tras eso, atraviesa el estrado hacia los biombos lacados. Ku se baja de su sitio y Cigarra la toma de la mano… y yo aprieto los puños cuando desaparecen tras la fachada de seda y madera.

Cigarra ha caído en mis provocaciones. Cada una de sus palabras y sus acciones me acercan a mi objetivo. Pero no puedo celebrar mi victoria.

He ganado como estratega. Pero, en otro aspecto de mi vida, he perdido.

—Ha salido bien —comenta Cuervo cuando volvemos al barco.

En circunstancias normales nos quedaríamos en el Pabellón del Ruiseñor, pero que nos declarasen la guerra en plena cara conlleva un cambio de alojamiento. Mientras paseo nerviosa por la cubierta, Cuervo me sigue con la mirada. ¿Sabe que yo estaba provocando a Cigarra? ¿Ha adivinado mi plan maestro de gestar una alianza de Ren y Cigarra contra Miasma?

En realidad, no importa. Cuervo no tiene ninguna prueba más allá de lo que he ido diciendo y, desde que me incliné ante Miasma en el claro de la montaña, he sido coherente con todo lo que he contado. No tiene nada de lo que chivarse. A pesar de lo teatral que ha sido, he jugado mi estrategia con cautela.

Ya no puedo más. Mi provocación ha hecho que Cigarra se rebele contra el imperio, pero no hará que una sus fuerzas a las de Ren. Tengo que plantar esa idea en su cabeza, tengo que convencerla. Y no puedo conseguir eso desde este barco.

Necesito ver de nuevo a Cigarra.

Pero solo se me viene a la mente Ku. Sana y feliz, dándole la mano a Cigarra. La misma Ku que nunca quería que yo la agarrara de la mano.

Me apoyo en el lateral del barco, me restriego los ojos y Cuervo se me acerca.

—Oye —escucho su voz muy lejana, me toca el hombro—, ¿va todo bien?

Y a él qué le importa. *Venga, pregúntame por qué me he quedado petrificada en la corte de Miasma*, me gustaría decirle. Debe estar muriéndose de curiosidad, yo lo estaría.

Pero no me dice nada, solo vuelve a repetirme la primera pregunta. No sé si su preocupación es verdadera. No sé tantas cosas con respecto a Cuervo…

Apoyo la frente contra la pared lacada y me agrada su frescura.

—Déjame.

—Recuerda que siempre puedes ver a mi médico.

—¿Para acabar como tú? —Siento que se me tensan los pulmones. Perfecto. Quedarme sin respiración era justo lo que me faltaba—. No, gracias.

—Ser así es solo culpa mía.

—¿Qué quieres decir?

No es que me importe ni Cuervo ni cómo se contagió de tuberculosis. Me tiemblan las piernas. Siento que me voy deslizando contra la pared. Cuervo me envuelve con el brazo y frena mi caída.

—El médico descubrió mi enfermedad en una fase muy temprana —me dice mientras me guía hacia una de las mesas de té del costado del barco, no tengo fuerzas para oponerme a que me siente en un taburete—, con suficiente descanso podría haber evitado que se convirtiese en algo crónico.

—¿Y por qué no le hiciste caso?

Cuervo le hace un gesto a un sirviente y le da una orden que no capto. Apenas le oigo cuando me contesta.

—Es difícil tomarse un descanso con el estado en el que está el imperio.

—Qué abnegación —el sarcasmo no resulta muy convincente cuando estás sin resuello—, ¿y todo eso lo haces por tu señora?

—Sí, todo lo que hago es por mi señora.

—¿Porque crees que es la más fuerte?

—Porque me importa.

Por encima de tu propio bienestar. Rodeada de tanto talento, Miasma puede permitirse el lujo de matar a quien sea en el momento en que la decepcione.

Me siento la cabeza hinchada como si fuera un melón maduro a punto de explotar. Se me escapa un gemido de los labios.

—Háblame, Céfiro.

¿Por qué tendría que hacerlo?

—¿Tienes hermanas?

A ver si le callo con una pregunta personal.

—No —contesta Cuervo. Y su respuesta me suena más lejana—. Pero tenía una amiga de la infancia que era para mí como una hermana pequeña. Lo hacíamos todo juntos. Componíamos pretenciosos poemas, debatíamos sobre el significado de la vida, andábamos detrás de los mismos hombres y de las mismas mujeres...

—Qué bonito. —*Ojalá mi hermana fuera como la no hermana de Cuervo*—. Es precioso...

El sirviente vuelve con una tetera de bronce. Cuervo nos sirve a ambos. Me acerca una taza.

—Aquí tienes. Bebe un poco.

La taza tintinea cuando me apoyo sobre la mesita tratando de ponerme en pie.

—Tengo que irme.

—¿Dónde?

—A ver a Cigarra. —Soy consciente de que mi mente maneja mi cuerpo: muevo la boca con palabras de las que no soy consciente—. La guerra será muy costosa la financie quien la financie. Lo mejor para el imperio es que trate de convencer a las Tierras del Sur de ceder antes de que estalle.

—Creo que nuestra anterior visita ya fue suficiente.

—Entonces quédate aquí y espera a que vuelva.

Cuervo me agarra del codo. Hace que me gire y me choca contra él. Me sujeto de sus brazos y le miro a la cara. No reacciona. Solo me mira desde arriba con el pelo negro sobre los hombros y la boca entreabierta mientras trata de recuperar el aliento. Sigue teniendo una apariencia enfermiza (un cuenco de caldo de tuétano le vendría muy bien), pero, desde este ángulo, también parece etéreo. *Hermoso*, pienso, antes de darme cuenta de que quizás la enferma sea yo porque estoy viendo triple.

—De verdad que considero que tendrías que tomarte un té —me dice.

—Que no quiero té —le contesto, separándome de él.

Pero no llego muy lejos antes de tener que pararme a descansar.

Estoy tiritando... y no debería de estar tiritando con este calor veraniego.

—Ahora a lo mejor no, pero en una hora desearás haberlo tomado —me dice cuando me alcanza.

En una hora. Levanto el brazo y lo siento como un tronco. Me pasa algo malo y no puede ser solo lo mal que he reaccionado al ver a Ku. Los pensamientos me van muy lentos cuando Cuervo me vuelve a sentar. Me sirve una taza de té y envuelve con mis manos la taza caliente.

«Bebe», me dice con la mirada.

Que beba o qué.

El cansancio, las náuseas, los temblores, la insistencia en que beba…

—Me has envenenado.

Una vez que le acuso, parece obvio. Claro que me ha envenenado. Me habría dado cuenta antes si la droga no me hubiese llegado hace tiempo al cerebro.

—Tú habrías hecho lo mismo —reconoce Cuervo con seguridad.

Ha sido inteligente, lo admito. Al envenenarme, consigue mantenerme controlada. No importa donde vaya, tengo que volver a por el antídoto.

Tomo la taza con las manos temblando contra mi voluntad. Pero la mirada sí la tengo fija y la mantengo en Cuervo, observándole por encima del borde de la taza hasta que me la bebo entera, hasta los posos.

Cuando vuelvo a intentar levantarme, tengo las piernas más firmes. Cuervo no me detiene y llego a los peldaños antes de que vuelva a hablar.

—Dale recuerdos de mi parte a Cigarra.

—¿No vienes? —digo tratando de sonar indiferente para que no crea que quería ir sola.

—Tú misma tendrás que volver pronto conmigo.

No me lo recuerdes.

—Ya te gustaría que fuese debido a tus encantos. —A Cuervo se le entristece el semblante—. Nadie volvería contigo sin que le envenenases.

—Estás siendo un poco…

Le interrumpe un ataque de tos. Qué asco. Bajo los escalones ignorándolo.

Deja de toser.

Su sombra se extiende por el costado del barco. Su voz suena cada vez más débil.

—Si sirve de algo, lo siento.

No le pega estar arrepentido. Pero su disculpa me permite tener la última palabra de la conversación, así que no puedo quejarme.

—No lo sientas. —Paso del último peldaño a la barca que espera en el agua—. Como has dicho, yo habría hecho lo mismo.

六

UN CAPARAZÓN DE CIGARRA

«Yo habría hecho lo mismo».

Se me escapa una carcajada mientras atravieso la avenida principal de la ciudad.

No, Cuervo, si yo fuera tú habría convencido a Miasma de que me ejecutase en el acto. Si hubiera dudado de tu lealtad, habría usado todas las estratagemas de los libros para descubrirte.

Sin embargo, aquí estoy: viva. Envenenada, sí, y a merced de Cuervo, también. Pero mientras siga respirando seguiré maquinando.

Las Tierras del Sur son famosas por lo sibarita de su comida y por su arte, y eso se nota en cuanto entro en el mercado. Los distintos puestos de los vendedores, engalanados con telas brillantes, ofrecen de todo: desde calamares asados hasta tapices de aljófar. Uno de los puestos expone armaduras plateadas.

—Están hechas a mano —dice la vendedora al darse cuenta de que las he mirado un par de veces—. No hay dos iguales y tienen garantía para toda la vida.

Pero nadie podría vivir «para toda la vida» con una de estas armaduras. Hasta yo me doy cuenta de que hay demasiados huecos entre las láminas. Cuando se lo digo a la vendedora, me mira como si tuviera monos en la cara.

—Son armaduras ceremoniales, por supuesto. Son demasiado hermosas para llevarlas en el campo de batalla.

—¿Cuánto?

Me dice el precio y me estremezco. Con lo que vale uno de estos trajes se podría alimentar al ejército de Ren durante semanas.

Vuelvo a examinar el mercado mientras sigo caminando. Ninguno de estos vendedores parece necesitar su trabajo para poder comer. Incluso los refugiados (la única señal de la fractura de nuestro imperio) están bien vestidos y alimentados. Dos eruditos debaten sobre política en una taberna. Un profesor da una clase en el porche de una botica y ayuda a su alumnado a que reciten los versos del sabio maestro Shencio.

El reino del conocimiento, he oído que lo llama Cigarra. Yo lo veo más bien *el reino de la abundancia*. Esta tierra es un paraíso en comparación con el norte, un campo de batalla masacrado por el hambre y las guerras entre Miasma y todos los señores de la guerra secesionistas de la última década. Cómo ha acabado Ku aquí, en la corte de Cigarra, es algo que escapa a mi comprensión. Debería sentirme agradecida de que acabase aquí, pero…

—¡Lu'er! ¡Piao'er!

Se escucha esta llamada desde la ventana de un segundo piso. Dos chicas acuden corriendo por la calle. La que va detrás se cae y empieza a llorar al verse la rodilla despellejada.

Vuelve a por ella. No es hasta que la primera niña se detiene para socorrer a su hermana cuando me doy cuenta de que Ku no habría parado de correr si yo me hubiera caído.

Algo húmedo me salpica la nariz. Levanto la vista y empieza a llover. ¿Cuándo fue la última vez que una tormenta me pilló de sorpresa? Hace demasiado tiempo, antes de que aprendiese a leer el cielo.

Recuerda quién eres y quién no eres. Estás aquí por Ren. Estás aquí por ti misma.

Esquivo a los vendedores de sombrillas que me persiguen y sigo en dirección al Pabellón del Ruiseñor. La lluvia cesa tan rápido como comenzó. Llego a la puerta principal y me abro paso agachada entre las ramas de un sauce, lejos de la vista de los guardias.

Mientras valoro mis posibilidades, se acercan varias caravanas que transportan a unas personas vestidas con unas pieles que deberían ser ilegales en este clima. Algunos de ellos llevan bastones engarzados con aros de bronce que tintinean cuando bajan de las caravanas y que, en la parte superior, se ensanchan con forma de cabeza de serpiente pitón.

Monjes, místicos, adivinos... Vendedores de chorradas. Un viejo cortesano sale por la puerta y doy por hecho que los va a echar de allí.

En lugar de eso, los invita a entrar.

Relacionarme con lo oculto no es digno de mí, pero hoy me va a facilitar la entrada. Me deslizo por la fila mientras que los guardias inspeccionan las caravanas y encuentro a una mujer de pie detrás del último vehículo. Está enterrada en pieles y se apoya en un bastón.

—Te pagaré por tu vestimenta —le digo, y la anciana se endereza.

—No va a ser barato.

Su boca es como un jardín de dientes metálicos. De sus encías nace oro y bronce.

Saco mi bolsita del dinero (cortesía de Miasma) y se la ofrezco. Es mejor gastarlo en esto que en metales ceremoniales.

La anciana sacude la bolsita y me mira con los ojos entrecerrados.

—Tu aura es muy extraña, joven.

—Ese es todo mi dinero. No tengo más.

La mujer trata de rodearme.

—Sus pieles, por favor —le digo con la paciencia agotada mientras ella murmura algún conjuro. Cuando se calla, sigo empapada y, probablemente, medio envenenada. Me pasa sus pieles y me las pongo. Agarro su bastón y asumo su puesto.

Los guardias nos permiten entrar. Seguimos al cortesano por los jardines hasta que llegamos a un patio enorme rodeado de madreselva por tres de sus lados.

—La señora estará con ustedes en breve. Mientras tanto…

Retrocedo levemente y me pincho con los arbustos. El cortesano se gira y yo también. Ahora estoy dentro del fragante arbusto. Lo atravieso como si fuera un túnel, salgo de un patio y llego a otro, deshaciéndome de las pieles en el transcurso. El aguacero ha oscurecido mi túnica beis hasta volverla del color del estiércol y siento la coleta pegada al cuello como si fuese yeso húmedo. Ahora mismo, difícilmente sería digna de una audiencia con Cigarra.

Y ella no es digna de mi hermana.

Usando mis conocimientos de geomancia, me oriento por los pasillos hasta que llego a un almacén de tinta que parece grande y ventilado. Unos leves reflejos luminosos se cuelan por las contraventanas. Hay caligrafía colgada por las paredes y el olor de la tinta recién molida es astringente como el del té.

Es poco probable que Cigarra se pase por aquí, pero estoy bastante segura de que acabará apareciendo algún escriba que, al menos, me escuche exponer mi caso (al contrario de lo que haría cualquier guardia impetuoso). Quizás, si fuese lo bastante convincente, incluso me llevarían ante Cigarra. Me acomodo ante una mesa a esperar que pase algo. Sobre ella hay más material de lectura que el que he visto en meses. Agarro un pergamino.

—Eso no es tuyo.

Es una voz delicada como una gema. *Compórtate como Céfiro, no como Qilin*, me digo. Levanto la vista y Ku se me acerca y me dice.

—No toques lo que no es tuyo.

Me levanto antes de poder evitarlo. Sigue acercándose a mí. La sujeto de los hombros y casi me caigo cuando me empuja.

—Ku…

—No me llamo así.

—No digas tonterías.

—No me llamo así. —Me esquiva cuando vuelvo a intentar agarrarla, pero soy más rápida. Le sujeto del codo y me lanza una mirada encendida en llamas—. Me llamo Noviembre.

Noviembre.

El nombre me taladra la mente. Noviembre. Este apodo…

—Aparta tus manos de mi estratega.

Cigarra entra en la sala. Ku se zafa y corre hacia la señora de las Tierras del Sur.

Todo está mal en esa escena. Cigarra es más baja que yo. Solo tiene un año más que los quince de que tiene Ku. Son como una niña escondiéndose detrás de otra. Pero la señora ruge como una tigresa que defiende a su cachorro.

—Pensé que había dejado claro que no eres bienvenida en mi corte.

Quizás no como Céfiro la estratega. Pero si ahora mismo estuviera metida en ese rol, habría dicho algo. O hecho algo. No estaría aquí de pie y en silencio, sintiéndome de nuevo como la huérfana de la orilla del camino que observa la nube de polvo que al despejarse solo deja ver sangre y escombros, pero no a su hermana.

Mi hermana.

Mi hermana es Noviembre. La nueva estratega de las Tierras del Sur que ayudó a librarse de los piratas Fen. Sirve a Cigarra como yo sirvo a Ren. Pero antes de ser de Gigarra era mía.

Mía. Un grito me araña el fondo de la garganta. *Estás protegiendo algo que me pertenece a mí.* Pero mi adiestramiento se impone y, cuando finalmente respondo, modero mi tono.

—Estoy aquí para que hablemos.

Sin responderme, Cigarra señala la puerta con la cabeza. Ku me pasa por delante de camino a la salida. Trago saliva.

Cigarra emprende el mismo camino que Ku, pero más lenta. Se cruza con mi sombra. Sigue teniendo las mejillas enrojecidas, pero ya no huele a alcohol y no va descalza.

Tenía razón sobre que lo que muestra es solo una fachada. Puede que los ancianos de sus consejeros solo sean capaces de ver a una chica que ha perdido a su hermana, pero yo veo a una noble de pleno derecho. Se le nota en cómo eleva la barbilla. Hasta su silencio es un arma. Me pregunto si es consciente de cuánto me duele repetirlo.

—Estoy aquí para que hablemos.

Se detiene justo antes de llegar a la puerta y su figura refulge a la luz del día.

—No tengo interés en hablar con ninguna estratega que haya traicionado a su señora.

La melena larga y negra le llega por debajo de la cintura. No se la ha cortado nunca en sus dieciséis años. Sé que eso es cierto. He leído mucho sobre Cigarra (y sobre su hermana, su madre, su abuela…), pero cuando le pone a Ku la mano sobre el hombro me doy cuenta de que esas lecturas trataban sobre un personaje. La persona real me lleva a decir y a sentir cosas que no puedo controlar.

—Nunca he traicionado a mi señora.

Tenía planeado que decir la verdad fuera mi arma final, no un escudo para mi orgullo destrozado… Pero no soporto que se me llame traidora delante de Ku. Aprieto los puños cuando Cigarra me dice:

—Te escucho.

No me mira. No se gira. Si había alguna duda de quién de las dos llevaba las riendas, se ha disipado.

—Aún sirvo a Ren.

Deslizo la mano hacia el abanico. El mango de bambú tiene un tacto fresco.

—Dije que venía en nombre de Miasma, pero en realidad estoy aquí en nombre de Ren.

—¿Esto lo sabe Ren?

—No.

—¿Entonces cómo puedes estar aquí en su nombre?

—Porque estamos de acuerdo en cuanto a la importancia de una alianza contigo.

—Conmigo —dice Cigarra.

—Sí.

Miasma habría estallado en carcajadas. Pero Cigarra simplemente flota de vuelta a la sala y se dirige a los estantes de documentos de la pared.

—¿Y qué te hace pensar que yo querría aliarme con ella? —me pregunta mientras desliza los pálidos dedos entre los montones de pergaminos—. ¿Qué puede ofrecerme Xin Ren?

—Trata a sus aliados como si fueran de su sangre. Lo que ella tenga, también será tuyo: tropas, generales, estrategas…

Bueno, estratega en singular… Pero valgo por diez.

—¿Y la recompensa imperial por su cabeza? ¿La compartiremos también?

Cigarra coge un pergamino y lo arroja sobre la mesa. Se despliega y reconozco el soneto solo con el primer verso. Trata sobre una emperatriz que prefiere matar a su hija antes que enviarla como tributo a un señor de la guerra rebelde.

Así es el rechazo de Cigarra: poético e indirecto, pero claro como el agua para cualquier erudito.

Salgo hacia la puerta donde está Ku. Me ignora y sigue observando a una libélula que zumba por el patio.

Sé Céfiro. Sé la estratega.

Cigarra también tenía una hermana, Grillo. Era tres años mayor que ella, todo un prodigio literario y militar: el orgullo de las Tierras del Sur. Cuentan que, cuando los piratas Fen la mataron, todo el sur estuvo de luto durante tres meses y se privaron de la carne, el vino y la música. Puede que ya no la lloren, pero eso no significa que se hayan olvidado de Grillo. Su legado permanece como una sombra que siempre seguirá a Cigarra por muy alto que llegue.

Espero fuera, de pie en la puerta, a que salga Cigarra y cuando pasa junto a mí le digo:

—Tu hermana habría atendido a razones.

Se para en seco.

El patio está tan silencioso que se oye el zumbido de la libélula. Se vuelve hacia Ku y le dice:

—¿Se lo enseñamos?

—De acuerdo —le contesta Ku apartando la mirada del insecto.

—Ven —me dice—. Hay algo que deberías ver.

La humedad vuelve a sustituir al pasajero frescor que trajo la tormenta. Empiezo a sudar mientras Cigarra nos lleva a través de interminables patios conectados por puertas en forma de luna. Los místicos y los monjes ya no están en el patio central, pero oigo sus cánticos en la distancia. Cada vez se oyen más cerca conforme Cigarra nos lleva por una galería que termina en una puerta cerrada con candado.

Cigarra la abre.

—Cuidado con dónde pisas —me dice, invitándome a pasar antes que ella.

No sé qué esperaba encontrar escondido tras esa puerta, pero seguro que no era una escalera de más de cien escalones que terminaba en un lago. Conforme bajo, las sombras del muro me sobrevuelan la cabeza y una sensación extraña me invade. En el lago, los monjes y los místicos están bailando. Sus bastones tintinean mientras le cantan a un único espectador: un niño al que el agua le llega hasta la cintura y que está encadenado a una losa de piedra en el centro del lago.

Se me pone la piel de gallina. Tengo demasiadas preguntas: ¿quién es ese niño?, ¿qué están haciendo los monjes?

Cigarra llega al penúltimo escalón, donde estoy yo. El agua casi nos roza los pies. El lago está dividido por unos estrechos caminos de piedra que se disponen como los radios de una rueda.

—Quédate aquí —le dice Cigarra a Ku, y empieza a recorrer uno de los senderos. La sigo con cautela.

Nos encaminamos hacia el niño del centro del lago. A su alrededor flotan restos vegetales como islas en miniatura. Me acerco a uno de ellos y casi pierdo el equilibrio al retroceder de golpe.

No son islas, sino cadáveres… cubiertos de musgo y helechos que se alimentan de la carne y se enraízan en los órganos.

Cigarra se detiene frente al niño. Rabiosas marcas rojas le rodean las muñecas. Apenas abre los ojos cuando Cigarra le salpica la cara. Su indefensión es vergonzosa y empiezo a apartar la mirada en el momento en el que levanta la cabeza. En lado derecho del cuello tiene tatuadas espadañas.

Es un pirata Fen.

Se muestra aturdido y nos mira alternativamente a Cigarra y a mí, antes de detenerse en la señora de las Tierras del Sur. Tensa los labios y las venas se le marcan con la ira de un hombre adulto.

Cigarra le sostiene la mirada y ordena a los monjes que canten más alto. El canto se convierte en un grito. Me estremezco. El niño chilla como si le estuvieran abriendo el cráneo en dos.

—Curioso, ¿verdad? —Cigarra se hace escuchar por encima del niño—. Los piratas aseguran que son sensibles al *qì*. Dicen que les proporciona su magia, que es lo que los hace fuertes. Pero también es su punto débil.

—¡Libérenlos! —le ruega el pirata, mezclando las palabras con el dialecto de la Tierra de los Pantanos.

Ahora ya no hay odio ni enfado en sus palabras. Es un pirata solitario encadenado a una losa de piedra mientras que el resto de su tripulación se pudre por ahí.

—¡Libérenlos!

Libérenlos… ¿a ellos? Vuelvo a mirar los cadáveres semisumergidos invadidos por la vegetación. No se están pudriendo por ahí, se están pudriendo aquí mismo. ¿Cómo eran hace un mes, antes de que su carne floreciera? Imagino el hedor, los mosquitos. Imagino lo que debe suponer observarlos descomponerse día a día, perdiendo la forma y la dignidad; ver como sus espíritus (si es que creyera en esas cosas) son torturados por los monjes. La cabeza me da vueltas como si me hubiesen envenenado de nuevo. Miro a Cigarra. Miasma es la que tiene la fama de cruel, una fama más que merecida. Pero... ¿Cigarra? Cada cosa suya me sorprende más. Admiro cómo de inescrutable es.

Y también me repugna, claro.

—Dices que mi hermana habría atendido a razones —comenta Cigarra entre las súplicas del niño—. Y estás en lo cierto. Lo hizo con creces. —Me mira a la cara—. Su conciencia era su mayor problema. Era un genio cuando se trataba de la guerra, pero se ceñía a ciertos códigos. Se negó a lanzarle a los piratas un ataque sorpresa y por ello pagó el más alto de los precios.

»Después de matarla la cortaron en pedacitos y se la dieron a comer a los tiburones del pantano. No nos dejaron nada que enterrar. —Cigarra observa las islas humanas cubiertas de musgos: comprendo que eso es lo que entiende por justicia—. Ahora el pueblo ha pasado página, solo yo sigo de luto.

¿Esto es luto? ¿Es, siquiera, una venganza? Los piratas ya están muertos. Sus barcos son lodo en los pantanos. Cuando Miasma clava las cabezas empaladas de los caudillos en los muros del imperio, lo hace con un fin disuasorio. Este pirata (aquí escondido, el último de los suyos) no disuade a nadie. Los actos de Cigarra son irracionales.

Emocionales.

Debería agradecerle el hecho de que me ofrezca tantas debilidades con las que trabajar.

—Miasma es responsable de la muerte de tu hermana —le digo a Cigarra—. Si al norte le hubiese importado lo más mínimo, habrían enviado sus tropas. Sin embargo, os dejaron solas con el problema de los piratas. Querían que os doblegarais.

—¿Crees que no lo sé?

—Ren y tú compartís enemigo —insisto—. Forjar una alianza es lo lógico.

—Tiene más sentido mantener al imperio centrado en Xin Ren —exclama una voz detrás de nosotras. Para consternación mía, es

Ku. Ha desobedecido a Cigarra y ha bajado avanzando por el camino de piedra con la toga rozando la superficie del agua.

En el pasado me habría acercado a ella y la habría sujetado del brazo aunque forcejease, pensando que, si la soltase, se resbalaría y caería al agua de forma inevitable. Pero ya no soy su hermana ni su tutora. Ahora lo es Cigarra, quien simplemente me contesta:

—Sí, Ren y yo compartimos enemigos. Pero Ren solo tiene un enemigo y yo tengo cientos. Ya viste mi corte: está llena de ancianos que dudan de mis habilidades. Cada día tengo que actuar como alguien que no soy solo para tranquilizarlos. Si hago algo que consideren imprudente, forzarán mi reemplazo. ¿Y sabes lo que es muy imprudente? Aliarme con Ren.

—Eso no...

—Las Tierras del Sur no son poderosas por la riqueza de una persona sino por la riqueza de mucha gente. Necesito que todos los nobles estén de mi parte. Ren se puede permitir ir de acá para allá huyendo del peligro, pero yo tengo un reino que proteger.

Cuando Cigarra concluye, tiene las mejillas más rojas que antes: un rubor auténtico que atraviesa el colorete. Me retira la mirada.

—Es imposible que me entiendas. Tú no tienes que esconderte. Te presentas tal cual eres y dices lo que te place.

Gesticulo como diciéndole: «Tú también puedes. De hecho, lo acabas de hacer».

Abre y cierra la boca. Sacude la cabeza, se ríe y se recompone la túnica. Pasa por delante de mí y, por fin, la veo. Es una cigarra que se está desprendiendo de su caparazón. Es vengativa, terca, frágil. Una niña. Conozco a las de su clase.

Puedo controlarla.

—¡Ren no será una carga! —le digo desde atrás—. ¡Dame una oportunidad para que te lo demuestre!

—¿Y qué vas a hacer? ¿Agitar el abanico y hacer que aparezcan cien mil flechas?

—Si te fallo, córtame la cabeza.

Cigarra se ríe, esta vez más relajada.

—¿Qué opinas, Noviembre? ¿Le damos una oportunidad?

Y de esta manera, mi destino vuelve a estar encadenado al de Ku. Es imposible que sepa cuánto necesito esta alianza.

Di que sí. Di que sí. Di que sí...

—Tres días —dice mi hermana girándose y siguiendo a Cigarra—. Cien mil flechas en tres días.

七

FLECHAS PRESTADAS

Cien mil flechas en tres días…

Siento decepcionarte, Ku, pero hará falta algo más que eso para matarme. Puede que haya fallado como hermana, pero no voy a fallar como estratega. Cuando esa noche vuelvo al barco, me tumbo despierta en la cama con la mente enardecida valorando mis opciones.

Para conseguir esa cifra, podría darle trabajo a cada fabricante de flechas de la capital de las Tierras del Sur… pero eso sería insultante teniendo en cuenta mis habilidades. Puedo hacerlo mejor. Demostraré a Cigarra que nada está fuera de mi alcance, ni siquiera lo más inimaginable.

No fabricaré flechas.

Se las pediré prestadas al enemigo.

El primer día cubro con paja veinte barcos de las Tierras del Sur. Ordeno a los artesanos de Cigarra que hagan maniquís (de arpillera azul rellena de paja) y que los coloquen en las cubiertas. Entonces subo a la torre más alta y me siento a esperar mirando cómo las estrellas migran por el cielo y riéndome cuando presagian que las condiciones serán perfectas para mi estratagema.

—¿Debería preocuparme? —me pregunta Cuervo cuando vuelvo a nuestro barco para cenar.

Él no tiene ni idea de los detalles de mi reto, ni de lo que está en juego para Ren: solo sabe que conseguiré que Cigarra se rinda al imperio si tengo éxito y que me cortarán la cabeza si fallo.

—¿Por qué deberías preocuparte? —le contesto moviendo mi té—. Eres tú el que me está asesinando.

—Y salvándote la vida cada día.

—Para de una vez. —Los sirvientes nos ponen los entrantes en la mesa—. Dime ya dónde has puesto el veneno.

—En todas partes. —Cuervo no suena nada arrepentido—. ¿No te impresiona cuánto me he esmerado?

—No.

—¿Ni mi forma de tocar la cítara?

—No.

—¿Ni lo guapo que soy?

—¿No te da miedo que me dé una sobredosis?

Cuervo suspira cuando vuelvo al tema. Hemos hablado más desde que sé qué es lo peor que me puede pasar. Además, tengo que ser más cercana con Cuervo. Este veneno insípido e inodoro podría estar en cualquier sitio, pero he estado vigilando minuciosamente la cocina y no es allí donde ponen el antídoto en el té. Cuervo debe de añadirlo él mismo a mi taza. Tiene que llevarlo encima.

¿Bajo la manga? ¿Entre el fajín y el cuerpo? Lo observo con atención mientras me sirve arroz en un cuenco.

—Me miras mucho para lo feo que dices que soy.

—Yo nunca he dicho que seas feo.

Cuervo sonríe como si le hubiera lanzado un piropo.

—No te va a dar una sobredosis. No, si te tomas el antídoto a diario —me dice poniéndome unos brotes de guisante sobre mi montón de arroz.

Le quito mi cuenco. Lo prefiero cuando no finge ser más que mi rival. Empieza a servirse su ración.

—Me preocupan mucho más tus intercambios con Cigarra.

Haces bien en preocuparte. El imperio tendrá pronto el doble de enemigos.

—Ahórrate la preocupación —digo mientras esculco en la chisporroteante olla de panceta en busca del trozo más magro. No tengo el estómago muy acostumbrado a comer carne—: es mi cabeza la que está en juego, no la tuya.

Un trocito de cerdo cae sobre mi arroz. Alzo la mirada y tengo delante de la nariz los palillos de Cuervo. Sonríe con satisfacción y aparta los palillos.

—Pero soy yo quien tendría que explicarle tu muerte a Miasma.

Parece que Cuervo había encontrado el trozo más magro de la olla. En lugar de comerme su ofrenda, tomo otro trozo y le quito la grasa blanca con los palillos.

—Di simplemente que me dejaste morir, que resulté ser una traidora.

—No hay nada malo en admitir una derrota —dice mientras me observa desmenuzar la carne.

—Quizás no para ti —le contesto apartando la grasa de la comida—. Pero a mí no me han vencido jamás: me estoy jugando la reputación.

～⁂～

Si Cuervo es escéptico, Cigarra lo es aún más.

—No te entiendo —me dice dando vueltas por la habitación cuando al día siguiente nos reunimos para tomar el té—. Los barcos que te he dejado los has arruinado…

—Renovado.

Ahora podrán servir mucho mejor a mis propósitos.

—… Y les has colocado algunos de los espantapájaros más feos que he visto nunca.

—Maniquís, no espantapájaros.

—Intercambias cumplidos con los artesanos y hablas con ellos sobre los precios y la economía. Te subes a la torre de vigilancia y te sientas allí durante horas. Después vuelves aquí ¿a hacer qué? ¿A debatir conmigo? ¿A tomarte un té?

La verdad es que el té es bastante bueno. Desde luego, bastante mejor que el brebaje marrón que se sirve en el campamento de Ren.

—Pensaba que disfrutabas de mi compañía.

La verdad es que yo sí que encuentro a Cigarra bastante entretenida. Una noble sureña de pies a cabeza: sabe mucho sobre filosofía, arqueología y todos los temas que pueden ser remotamente útiles en la guerra.

—Hum… —Cigarra vuelve a sentarse ante la mesita baja incrustada con marfil de importación—. Antes lo hacía… Hasta que me di cuenta de que te estás burlando de mí.

—Jamás me atrevería.

—Estamos en el día dos y aún no tienes ni una flecha.

—Sigo dentro del plazo.

—No te queda tiempo.

—Como has dicho, aún me queda un día.

Cigarra se arremanga y vierte agua caliente sobre un montoncito de hojas, liberando el aroma a jazmín.

—La noticia de nuestro acuerdo se ha extendido por el reino. No tendré más remedio que ejecutarte si fracasas.

—No fracasaré. ¿Tienes ya los cuarenta marineros que te pedí?

—¿Para qué?

—Pues para encargarse de los barcos.

—¿Así que ninguno de esos espantapájaros que has hecho puede tripular solo?

Me río y Cigarra deja escapar una extraña sonrisa. Suaviza la expresión y por fin aparenta la edad que tiene.

—Sí que tengo los marineros que has pedido —dice rellenándome la taza—. ¿Cuáles son tus planes?

—Es una sorpresa.

—Estrategas… Noviembre y tú sois igualitas —resopla Cigarra levantando su taza.

Se me quitan las ganas de té y suelto la bebida sobre la mesa mientras Cigarra inhala los vapores de su infusión.

—¿Cómo… conociste a Noviembre?

Una brisa sopla por los paneles entreabiertos y arrastra por el suelo hojas de bambú. Una de ellas se posa en el regazo de Cigarra. Se le tensa la boca. Deja sobre la mesa su té sin haberlo probado y se acomoda sobre los talones. Su expresión se vuelve gélida, como esta habitación. Es como si me regañase por preguntar algo así justo cuando nos estábamos llevando bien.

—Estoy al tanto de que la conociste en el pasado.

Bueno, es una forma de decirlo. *Sí, Cigarra, resulta que, en el pasado, conocí a mi propia hermana.*

—Quienquiera que Ku fuese para ti… ya no lo es.

—¿Porque es solo tuya?

—No pertenece a nadie.

Se acabó la discusión. Pero, tras un instante, Cigarra exhala y me concede:

—Llegó hace varias primaveras y pidió verme. Dijo que podía echar una mano.

Me imagino a Ku caminando sola hasta las puertas del pabellón, pidiendo una audiencia con la señora de las Tierras del Sur, sentada en una mesa como estoy yo ahora mismo exponiendo sus planes para derrotar a los piratas. Una risa dolorosa me bulle en el pecho y la aplaco con un buen trago de té.

—Venga, ríete —continua Cigarra—. Mis consejeros también se rieron y eso me convenció aún más de aceptar sus servicios.

—¿Como mascota o como compañera de juegos? —Que, además, fue adoptada durante un acto de rebeldía adolescente.

—¿Es así como te describirías a ti misma? ¿Cómo la mascota o la compañera de juegos de Ren? —Me atraganto con el té y Cigarra sonríe—. No me faltan vasallos de edad avanzada con ideas fosilizadas en ritos y dinastías. Creo que en la juventud hay brillantez. Es cuando la mente está en su máximo esplendor. Pensaba que estarías de acuerdo conmigo.

No nos compares. En el patio, el cielo se está tornando púrpura. El aire huele a bostezo y los cielos se abren antes de un aguacero. Y va a caer. Lo sé porque así me lo cuenta el cosmos, una habilidad que aprendí de la excosmóloga imperial y que después perfeccioné tras muchos meses en campo abierto anotando observaciones, trazando predicciones y marcando las que se cumplían y en qué condiciones. Soy una estratega formada a la antigua usanza. Todos mis mentores eran la viva encarnación de sus artes. ¿Tenía mentores Ku? Me cuesta imaginarlo. Me cuesta ver a Ku como otra cosa que la niña que se resistía a mis cuidados en el orfanato.

—¿Qué te hizo tomar tan joven este camino? —me pregunta Cigarra interrumpiendo mis pensamientos.

—¿Tú qué crees que fue? ¿Un granjero? —Cigarra levanta la ceja—. Nací en la comandancia de Shangu.

A Cigarra le cambia la expresión y parece empezar a comprenderlo. Shangu, en la provincia de Yi. En las Tierras del Norte. Ya era una tierra de hambre, plagas y luchas entre señores de la guerra antes de que Miasma la arrasara. Entonces solo quedaron el hambre y las plagas.

—Tenía que elegir entre tener una vida normal a merced de los cielos o una vida en la que tratar de entender el universo...

—Y en la que te arriesgases a morir según tus propias normas.

—Sí. —Me desagrada que no me deje terminar la frase.

—Podrías haber sido guerrera.

—Mírame... —le contesto casi divertida.

No me da pudor avergonzarme de mi constitución delante de otra persona letrada. Ambas sabemos que hay más de una forma de ser peligrosa.

Un cortesano se acerca y le susurra algo al oído. Lo escucha impasible y le dice que se vaya.

—Justo a tiempo. Ha llegado tu señora —me dice, y por un instante creo que se refiere a Ren—. Y ha obstruido la vía fluvial con su flota de barcos. —Bebe de su té, que ya se le ha quedado frío—. Quizás le entregue tu cabeza cuando fracases.

—Quizás —digo, y también le doy un sorbo a la bebida. Fuera empieza a llover—. O quizás sea yo quien te entregue la suya.

La lluvia para al caer la tarde. Vuelvo al barco y me encuentro a la gente murmurando sobre la llegada de Miasma. Me observan, probablemente tratando de descifrar si he conseguido o no un juramento de lealtad por parte de Cigarra para presentárselo a la primera ministra. Sin llamar la atención de nadie, tomo asiento en la popa y me abanico mientras el sol se oculta tras la cordillera Diyu. Empiezan a salir las estrellas y me quedo en cubierta cuando todos bajan. La primera niebla de después de la lluvia flota sobre el canal.

Al amanecer, la niebla es como un denso algodón. Tras ponerme la túnica más blanca que encuentro, voy al camarote de Cuervo y le despierto. Vuelve en sí poco a poco y pregunta la hora.

Le lanzo su túnica negra y le pongo a los pies de la cama el fajín mostaza y las muñequeras.

—Ya está aquí nuestra señora. Es hora de presentarle nuestros respetos.

Pero, en realidad, de lo que es hora es de pedirle prestadas cien mil flechas.

Hundo la mano en la niebla mientras me sujeto a la barca para mantener el equilibrio. Cuervo sube tras de mí y la tos le suena más húmeda de lo habitual. Le echo un vistazo e intuyo cómo se limpia la boca con el borde de la manga.

—Ya te dije que mi condición empeora con mis sensaciones —me dice.

Y se me viene a la mente un pensamiento mórbido: que aunque empezase a toser sangre, no se notaría gracias a lo negro de su atuendo.

¿Y por qué tendría que importarme eso a mí?

—¿Y cuáles son tus sensaciones? —le pregunto mientras la barquera hunde sus remos en el agua.

—Digamos que no tengo un buen presentimiento.

Me siento. Prefiero preocuparme por mi plan de las flechas prestadas que por el bienestar de Cuervo.

—Ya ha llegado nuestra señora. Lo normal es que nos presentemos ante ella.

—En barco y con el resto de la gente —matiza Cuervo.

Se apoya en el casco y, contra la débil luz, parece que se evapora. Lleva el pelo completamente suelto porque ni siquiera se ha molestado en arreglárselo en su semirrecogido de siempre, y eso le hace parecer... vulnerable, especialmente cuando suspira con los ojos cerrados.

—Todo esto tiene algo de ilícito —dice inclinando la cabeza hacia un lado y haciendo que el flequillo le caiga sobre la frente.

Muevo los dedos con nerviosismo y aprovecho para reajustarme mi más que perfecta coleta.

—Es como si nos estuviéramos escabullendo —añade abriendo un ojo y mirándome a través del flequillo—. No me digas que nos estamos fugando juntos...

Ahora es en el corazón donde siento el nerviosismo. Sí, estamos en una barca, remando por el famoso río Yeso, con montañas a nuestra izquierda y derecha, envueltos en telas de araña de niebla... pero, en menos de diez minutos, esta idílica escena se va a ir al cuerno.

Como si me leyera los pensamientos, Cuervo se incorpora.

—Di algo.

Si pudiera decirle la verdad… Que todo lo que está a punto de pasar es producto de un plan brillante elaborado por mí… Pero hasta yo sé cuándo tengo que ser modesta. No quiero que me vean como una herramienta tan peligrosa que es mejor descartarla.

—Deja de sacar conclusiones —le contesto, lo que (por supuesto) invita a Cuervo a empezar a sacar conclusiones.

—Has fallado en lo que sea que le prometiste a Cigarra —concluye Cuervo mientras nuestra pequeña barca se desliza entre la niebla—, así que has decidido escaparte y llevarme contigo.

—Calla.

Le hago un gesto para que guarde silencio y entrecierro los ojos para observar el agua. Aunque está quieto y silencioso, es como si el río estuviese dotado de sentidos. Tiembla con cada beso de nuestros remos, con cada brazada que nos acerca a la zona de acantilados en cuyo lecho está anclada Miasma.

En un abrir y cerrar de ojos, se revela la amenazante pared de granito. Emerge del agua como una mandíbula curvada, lamida por las olas y coronada con salientes caninos. Los barcos de Miasma también emergen de la niebla, en filas ordenadas, con sus velas carmesí erguidas como aletas.

Un cuerno resuena en la distancia… a nuestra espalda. Cuervo levanta la cabeza y dirige la mirada a las orillas del sur de las que venimos. Miro también, solo para convencerme de que ha sido así. Ya sé lo que nos espera. Lo que primero aparecerá de entre la niebla será una flota de barcos organizados en filas. Parecerán una cantidad ingente, a menos que seas tú quien cubrió los barcos de paja, y los armó con maniquís y dos barqueros: uno para guiar la embarcación y otro para hacer sonar los tambores.

—Mira eso —murmura Cuervo—. Toda una armada solo para perseguirnos.

Si dirige a nuestra barquera, presumiblemente para darle órdenes, pero lo que quiera que diga queda sepultado bajo los tambores de guerra sureños. El sonido hace que me vibren los huesos. Miasma también los estará escuchando. Seguro que está sacando el catalejo para inspeccionar el tamaño de las fuerzas enemigas, pero la resolución de este no le permitirá fijarse en la cubierta de paja o en los maniquís. La niebla limitará su información a lo siguiente: aproximadamente dos docenas de barcos de las Tierras del Sur se dirigen hacia ella agrupados en línea recta.

Es una escena clásica de batalla que Miasma gestionará ordenando a los arqueros de sus barcos de vanguardia que preparen sus arcos y disparen. Una fuerza naval sin marineros no es nada. Para evitar un ataque así, mata a la suficiente gente de a bordo.

Ahora tenemos que esperar. Miasma querrá que los barcos estén algo más cerca para no malgastar ni una sola flecha. Se me acelera el pulso. Estoy tan concentrada en ver cómo se desarrolla mi estratagema que no advierto a Cuervo hasta que me pone en la mano un remo de repuesto.

—¡Rema tú también!

—¿Yo? ¿Tengo pinta de hacer trabajos físicos?

—¿Quieres vivir o...?

Algo nos sobrevuela la cabeza.

Es la primera flecha de las muchas que vendrán.

Silban al cruzar el cielo. Cientos de flechas. Miles de flechas. Nos pasan por encima en oleadas cuando los arqueros imperiales disparan y recargan, disparan y recargan. Detrás de nosotros, los tambores han parado. Los tripulantes del barco de Cigarra bajan a la bodega para protegerse de las flechas que golpean los barcos y que se clavan en la cubierta de paja y en los maniquís como agujas en un alfiletero.

Las flechas cesan. Miasma ha ordenado que se detengan. Pero, tal como les instruí, los marineros maniobran cada barco para exponer el otro lateral, también cubierto de paja. Se vuelven a oír los tambores y las flechas empiezan de nuevo a volar.

Nuestra barquera ha palidecido de miedo. Encontrarse en mitad de una guerra no es algo que pase a diario. Pero, justo en el centro, es el mejor lugar en el que se puede estar. Les estoy explicando que estamos situados en el vértice del desplazamiento parabólico de cada flecha cuando Cuervo me empuja.

—¡Eh! —grito cuando choca contra el fondo de la barca—. ¿Qué...?

—¡Tú también! —le ordena a la barquera.

Entonces, para mi consternación, se lanza encima de mí.

—¡Aparta! —le grito empujándole mientras me rodea los hombros con el brazo—. ¿Pero qué te crees que haces?

—Salvarte la vida, como ya es tradición.

—Estamos a salvo.

—¿Según qué ley? ¿La ley de los proyectiles en movimiento? Estate quieta —me espeta mientras me retuerzo.

—¿Y qué pasa con las leyes del cuerpo humano? —En una mejilla siento el frío de la madera; en la otra, el calor de su aliento—. Las personas se acaban cansando, los arqueros también.

Como si se tratase de una señal, una flecha perdida cae en el agua justo al lado de la barca. La ira se apodera de mí. ¿Pero qué clase de tiro tan poco entusiasta ha sido ese? Pero entonces otra flecha alcanza nuestra pequeña embarcación y, consternada, me doy cuenta de que Cuervo lleva razón. No contaba con los arqueros que no querían cumplir con su misión y que ahora podían matarnos fácilmente. Tampoco contaba con que Cuervo me hiciese de escudo humano.

—¡Que me sueltes! —le espeto dándole un codazo.

Prefiero que me maten a estar en deuda de por vida con un secuaz de Miasma.

—Céfiro, por favor... —me contesta empujándome la cabeza hasta que me doy con la madera en la sien.

Se me nubla la visión como si nos hubiera alcanzado la noche y, después, se me ilumina con rosas y blancos. Escucho música de cítaras. El cielo florece sobre mí. Estoy tumbada en un cenador de mimbre blanco.

Otra vez ese sueño.

Un sueño celestial.

Sigo oyendo cítaras cuando vuelvo a estar en la barca, debajo de Cuervo. El río está en silencio. El cielo está despejado. La niebla se ha disipado y los barcos cubiertos de paja vuelven a puerto cargados de flechas. La barquera está volviendo a su puesto... pero Cuervo no está.

—¿Cuervo?

Algo me moja el hombro. Apesta a hierro. Me gotea por el cuello. Lo palpo.

Me miro la mano y la tengo empapada en sangre.

八

ESLABÓN A ESLABÓN

Sangre.

La flecha está enterrada hasta el astil. Hasta que el médico se la extrae, la tiene hincada a media mano de profundidad. Ahora es Miasma quien la sujeta. La rompe en dos y la tira al suelo.

—¡Explica esto!

Los siervos caen de rodillas, dejándome sola para enfrentarme a la ira de Miasma.

—Las Tierras del Sur se niegan a doblegarse —le contesto.

Tengo la voz tan frágil como el autocontrol. Quiero limpiarme la sangre que aún tengo en la túnica. Quiero ver a Cuervo. No quiero estar aquí, dándole explicaciones a Miasma en este campamento imperial erigido sobre los acantilados.

—Apenas conseguimos escapar con vida —continúo.

—¿Y el resto? —pregunta Miasma refiriéndose a toda la comitiva que nos acompañó a Cuervo y a mí hacia el sur.

Me cruzo las manos detrás de la espalda.

—Los han detenido.

—Mentira —me espeta.

—No me atrevo a dar por hecho otra cosa.

—Pues da por hecho. Si han desertado, dímelo ya.

—Mi señora —interviene Ciruela.

—¡Silencio!

Ciruela se calla, pero me mira con abierta hostilidad. La tensión en la tienda se podría cortar con un cuchillo. Hasta el médico la siente cuando entra. Miasma le ladra que se dé prisa.

—Habla —le dice después de que le haga una reverencia—. ¿Cuál es su estado?

Si no la conociera tan bien, podría pensar que de verdad está preocupada por Cuervo como persona.

—El maestro Cuervo se recuperará con algo de tónico y descanso.

—Bien. Su vida es tu vida. Si él muere, tú mueres.

El médico le hace otra reverencia, como si esto fuera de lo más normal. Cuando se retira, Miasma vuelve a su asiento. Un sirviente le trae té y envuelve la taza con la mano. Me preparo, esperando que también la tire al suelo.

Al final, solo tira el té hacia atrás y suelta la taza de un golpe. Todas las personas de mi alrededor se levantan con una señal sobreentendida. Los consejeros se inclinan y se marchan. Me retraso un segundo en seguirlos.

—Céfiro —mi apodo se escucha en la tienda.

Miasma me hace un gesto. Cuando estoy ante ella, me dice con la mano que dé una vuelta. Doy un giro bajo su atento escrutinio. Observa la venda de mi sien. La herida sangra.

Pero Cuervo sangró más.

—¿Tienes alguna otra herida?

No puedo descifrar su cara ni su voz. No sé si está preocupada o recelosa.

—La mayoría de la sangre es de Cuervo. —Parece que lo mejor es que diga la verdad. Se me cierra la garganta—. Él me salvó.

Cuervo no tendría que haberse molestado. De todas formas, las posibilidades de que muera (a menos de su señora, ni más ni menos) aumentan cuando Miasma frunce el ceño. Se levanta del asiento. Se pone de puntillas y el cascabel de la oreja le tintinea.

Es tan bajita como Ku, pero no lo parece cuando me toca la mandíbula con la mano helada.

—Y tanto que te salvó.

Debería estar fijándome en los matices de su voz, pero me resulta imposible hacerlo mientras me marca con el dedo la línea de la mandíbula. Se detiene justo cuando llega a mi oreja y deja ahí el dedo como si fuera una mosca tomándose un descanso.

—Él es como yo: reconoce el talento cuando lo ve —me dice.

Si Miasma fuese como Cuervo, debería saber que talento no es igual a lealtad… por lo que me vigilaría como lo hace él, esperando el momento en el que me convierta más en una amenaza que en un recurso.

Pero en la mirada de Miasma no hay atisbo de precaución. Cuando me quita la mano de la cara y la baja hasta sus talones, tiene las pupilas dilatadas, hambrientas.

—Tengo un regalo para ti.

La sigo afuera de la tienda, hacia los acantilados. Los vientos son terribles a esta altitud. Palidezco cuando observo la escarpada caída del acantilado y, en la base, la sucesión de rápidos que levantan una espuma blanca como el hueso. Podríamos habernos reunido en un buen barco, pero supongo que es cierto que los norteños temen más al agua que a cualquier otra cosa, incluidas las alturas.

Mientras me voy agarrando al granito encerado temiendo por mi vida, Miasma sube grácilmente las escaleras horadadas en la roca. Llega a la cima mucho antes que yo y su forma es solo un puntito contra el cielo. *Es solo un empujón*, me digo con los ojos fijos en ella. *En cuanto llegue arriba, se lo doy.* Pero, aunque Miasma es pequeñita, no tiene nada de debilucha. Lo más probable es que tenga que lanzarme contra ella, lo que acabaría con ambas precipitándonos hacia nuestra muerte. Otro señor de la guerra se alzaría y se declararía regente de Xin Bao, por lo que heredaría todo el poder imperial (incluida la enorme armada que tenemos bajo nosotras).

Aún no es el momento de morir.

—Contempla esto —dice Miasma cuando la alcanzo—: toda la flota imperial de barcos de guerra.

A vista de pájaro es aún más impresionante. Cuatrocientos barcos (quizás quinientos) dotados de soldados y armamento. Durante años, las Tierras del Sur siempre han tenido la mayor armada del imperio. Miasma ha venido a quitarles el título.

—Primera ministra, ¿usted ha…? —escuchamos resoplar detrás de nosotras.

Me giro y veo la cabeza de Ciruela subiendo por los escalones.

—Ciruela, justo a tiempo. —Miasma abre los brazos abarcando toda la flota—. ¿Crees que mi armada es lo bastante grande como para aplastar a la de las Tierras del Sur?

—Considero que sí que lo es —dice Ciruela mientras se enjuga la frente con un pañuelo de seda.

—¿Que lo consideras…? —Miasma me señala con la cabeza—. ¿Qué dices tú, Céfiro?

—Por supuestísimo que lo es.

—Excelente. Es tuya.

—¿Primera ministra?

—Quiero que la uses para destruir las Tierras del Sur —afirma Miasma ignorando la expresión de asombro de Ciruela—. ¿Serás capaz?

¿Con toda una flota a la que considerar como propia? He hecho mucho más daño con muchos menos medios. El corazón se me desboca cuando vuelvo a mirar los barcos. Puede que pasen años hasta que Ren tenga su propia armada. En lo profundo de mi ser vuelve a nacer aquella frustración que le mostré a Cuervo con la música de mi cítara. ¿Cómo puedo ser la dueña de mi destino, del destino de todos, cuando tenemos tan poco y el enemigo tiene tanto?

Es fácil: arrampla con todo.

—No puedo aceptarlo —contesto oponiéndome a lo que me ha dicho Miasma—. Lo que se me da bien es asesorar. Tu flota estará mejor en las manos de tus oficiales navales. Pero, si me lo permites…

—Habla.

—Me gustaría sugerir una mejora.

Ciruela resopla, pero Miasma me hace un gesto para que continúe.

—Tus soldados son fuertes y están bien entrenados —le digo—, pero me atrevería a decir que el mareo que les produce ir en barco es como una plaga que afecta a muchos de ellos. Los sureños, por el contrario, llevan toda su vida en el agua. En una batalla naval, estarán en mejores condiciones para luchar y siempre tendrán ventaja.

—¿Se te ocurre alguna solución para esto? —me contesta acariciándose el labio inferior con el pulgar.

—Sí: unir los barcos.

A Ciruela parece que le da un ataque antes, incluso, de que Miasma pueda contestar.

—¡Eso es ridículo! —dice volviéndose hacia su señora—. Primera ministra, ¡ni se le ocurra escuchar a esta comadreja! Si unimos los barcos, los convertimos en algo inmóvil. ¡Si hubiera una calamidad lo perderíamos todo!

—¿Una calamidad? ¿Como un meteorito que caiga del cielo y aterrice justo en mi flota? —le contesta Miasma chasqueando la lengua—. Ciruela… ya sabes lo poco que me gustas cuando sobreactúas.

—Yo…

—Céfiro tiene razón. Mi gente no ha sido ella misma en este viaje al sur. Unir los barcos les ayudará a recuperarse.

—¿Y si nos atacan con fuego?

—¿Con este viento? —Miasma se desata el fajín y lo alza como una ofrenda al vendaval, pero el viento lo agita de vuelta hacia ella misma—. Se asarían con su propio fuego. No temas,

Ciruela. No sería algo permanente. Los barcos se pueden separar bastante rápido.

—Pero…

—Ya está bien.

Ciruela se queda ahí de pie echando humo mientras Miasma se dirige a la escalera. Me apresuro a seguirla. Yo estoy tiritando aunque llevo puesta mi túnica, ella parece estar a gusto aunque solo lleva un chaleco.

—¡Los oficiales navales van a hacer lo que dice Céfiro! —exclama haciéndose oír por encima del viento— ¡Que unan los barcos y se preparen para la guerra! Considerad desertores a quienes no han vuelto. Las Tierras del Sur son nuestro enemigo y cualquiera que se ponga de su parte será aniquilado.

—Tengo que volver.

—¿Qué?

—Tengo que volver —repito levantando la voz—. Por los desertores.

Estoy improvisando, diciendo lo primero que se me viene a la mente para justificar el volver con Cigarra incluso después de que, supuestamente, nos echase a Cuervo y a mí.

Miasma baja de un salto el último escalón y se vuelve hacia mí con los ojos echando chispas.

—¿No acabas de escuchar mis órdenes? Los desertores…

—No los nuestros. Los suyos.

Enumero los nombres de varios oficiales navales sureños y Miasma parece reconocerlos. Son los más talentosos de su generación, valen el doble de oro que cualquier oficial imperial. Incluyo algunos nombres menos conocidos y termino diciendo:

—Quieren ponerse a tu servicio. Cuervo y yo estamos vivos gracias a que nos avisaron.

—¿Entonces por qué no están ya aquí contigo? —pregunta Miasma suspicaz.

No hace tanto que sospechaba de mí. Pero es alguien que idolatra el talento, especialmente si es talento amotinado.

—Tienen miedo —le digo, tratando de apelar a su sentido del poder.

—¿Eh?

—Muchos de ellos han servido durante décadas a las Tierras del Sur. Ayudaron a Grillo en campañas militares y desarrollaron su tecnología naval.

Observo cómo mi explicación suaviza el gesto de Miasma. Buena parte de su ejército actual impregnó antes sus armas con sangre imperial. Solo tienes que ver la diversidad que hay en su armada.

—No están seguros de que el ejército les vaya a perdonar —continúo—. Si no se les garantiza la amnistía, no están dispuestos a arriesgar la integridad de sus familias. Pero solo tienes que decirlo y les llevaré personalmente los indultos.

Miasma agita la mano incluso antes de que yo termine.

—¿Cuántos indultos crees que he emitido, Céfiro Naciente? Te lo voy a decir: más que los años que ha durado esta dinastía. Claro que puedo emitir indultos: de hecho, indultaría a todos los que habitan esta tierra si, simplemente, me juraran lealtad. Pero no puedo enviarte a ti como mensajera.

Si Miasma no es ajena a la emisión de indultos, yo no lo soy a la detección de compasión ajena.

—Crees que soy débil.

—Solo en lo físico —contesta Miasma algo compasiva—, no en lo mental.

—Pues no morí cuando huía de ti —digo afilando el mentón y haciéndola reír.

—Eso sí que es cierto, por mucho que a Ciruela le hubiese gustado.

Me alegra saber que, desde el primer día, he sido una astilla en el pie de la consejera principal. Contengo el aliento y espero el permiso de Miasma para ir a ver a Cigarra. Tras un instante, concluye:

—Hoy no. Mañana.

No, no será hoy sino mañana cuando alardearé ante Cigarra, Ku y todos los que dudaron de mi capacidad para conseguir cien mil flechas. Les explicaré exactamente cómo planea destruirnos el imperio y cómo, juntos y como aliados, lo destruiremos nosotros antes.

Pero hoy le debo a alguien una visita.

El camarote huele a bálsamo de menta y a hongos medicinales.

Y a muerte también huele.

Cuando llego, una sirviente está saliendo con una bandeja de pañuelos usados. La dejo pasar, cierro la puerta detrás de mí y es como si, además de en esa habitación, también entrase en mis recuerdos del orfanato. Las gachas de mijo, las picaduras de pulgas y mosquitos... Nos pasábamos el verano esperando que llegase el invierno, cuando los bichos se congelaban y morían. Pero también nosotros caíamos en esa época. Por lo que en verano esperábamos el invierno y en invierno esperábamos el verano, siempre soñando con días mejores que nunca llegaban.

Ni que decir tiene que este camarote no es el orfanato. Le falta un toque de algo: probablemente materia fecal y vómito. Pero no hay incienso capaz de cubrir ese olor tan familiar de la enfermedad. El vértigo se apodera de mí mientras entro en la habitación y mantengo los ojos puestos en mi objetivo: la cama con dosel colocada en la pared opuesta a la puerta.

Me flaquean las piernas cuando estoy a punto de llegar.

Me sujeto a una silla y me sobresalto al palpar un material que, a buen seguro, no es madera. Es la capa de Cuervo doblada sobre el respaldar de la silla y está rugosa debido a la sangre seca. Retiro la mano, no sin antes intuir un destello en uno de los bolsillos.

Un tarrito de cerámica.

Lanzo una mirada hacia la cama sombría y vuelvo a mirar el bolsillo. Con cuidado, introduzco la mano. Respiro muy despacio mientras saco el tarro.

Quito el historiado tapón y sacudo el contenido: unas perlitas de un color claro. Se derriten al hacerlas rodar entre los dedos. No dejan ningún olor. No saben a nada cuando me lamo la yema del pulgar.

Se me suaviza el vértigo. Recupero la fuerza de las piernas. No era solo el olor a muerte lo que me afectaba, ni tampoco las magulladuras de la cabeza. Era el veneno.

Y este es el antídoto.

Vuelvo a ponerle el tapón. Dudo. No puedo cogerlo. Aún no. Cuervo acabará notando su ausencia. Pero puede que no vuelva a tener una oportunidad como esta. Puede que esta ocasión sea única.

Desde la cama se oye un sonido y, al abrirse, mi mano decide por mí. El frasco de pastillas vuelve a caer en el bolsillo. Quito la mano de la silla, giro y me cruzo de brazos antes de llegar a la cama. No sé qué me da más miedo: que Cuervo me pregunte qué hacía hurgándole en los bolsillos o que no tenga fuerzas para hacerlo.

Al primer vistazo, el último temor se acrecienta. Parece un dibujo de tinta mal ejecutado: el pelo es demasiado negro y la piel demasiado blanca. Sin ninguna gradación entre el blanco y el negro, entre la vida y la muerte. Me vuelve el mareo y cierro los ojos de golpe.

Cuando los abro, me encuentro con su mirada atenta.

Antes de que pueda moverme o decir algo, se pone de lado. Se apoya sobre el codo y se palmea las mejillas con las caderas inclinadas en una postura que, si no fuera por su expresión de dolor, sería la mar de sugerente.

—¿Vienes a matarme?

La ira me sube por el cuello. ¿Cómo puede ser capaz de bromear estando así?

—Parece que no tendría que poner mucho de mi parte...

—Ay. —Su gesto de dolor es demasiado convincente—. Solo trato de que disfrutes de mi lado bueno.

—Tú no tienes lado bueno —le suelto, dándole un empujoncito para que se tumbe bocarriba.

Hace una mueca y me quedo blanca al verle el vendaje del hombro, que se está empapando de sangre.

—¿Vas a llorar? —dice Cuervo en un resuello mientras se acomoda.

—No. —En todo caso, lo que voy a hacer es desmayarme.

—Qué pena. —Cierra los ojos, rodeados de un cerco púrpura—. Tengo un buen puñado de pañuelos reservados para mi uso personal, pero por ti habría hecho una excepción.

—¿Es eso lo que soy? ¿Una excepción? —digo sentándome en la cama con cautela.

—¿Crees que habría llegado a la avanzada edad de diecinueve años si fuese por ahí parando flechas por cualquiera?

De repente, en la habitación hace demasiado calor. Saco mi abanico, pero también está lleno de sangre. Las plumas de grulla están destrozadas. A la pluma de martín pescador se le ha roto la punta. Mi corazón apenas registra esa pérdida. Me duelen lugares que no sabía que dolían. Confiar en los milagros tiene un precio; supongo que este es el precio que tiene confiar en Cuervo.

Me salvó la vida.

Yo no tenía el control.

—¿Por qué? —le pregunto.

Cuervo mira con mucha concentración el dosel de la cama, como si pudiese ver algo que yo no veo. La necesidad de saber qué pasa me abruma tras un instante y me inclino estirando el cuello para ver el dosel, acercándome tanto a él que su respiración me roza la oreja.

—Porque me gustas.

Lo observo. Su cara, sus labios, sus ojos entrecerrados. Bajo el oscuro dosel, él me mira fijamente y yo le devuelvo la mirada. Es una escena surrealista. Como parte de un sueño.

Pero, según la ley que rige los sueños, ahora mismo nos despertaríamos. No habría oportunidad de que Cuervo arruinase el momento diciendo:

—Es muy típico de mí que me gusten las cosas ruinosas.

—No te pedí que te clavaras una flecha.

—No, pero casi me rompes una costilla sacudiéndote debajo de mí de esa manera.

—¡Me aplastaste la cabeza! —le espeto con el rostro encendido, esperando que Cuervo me responda una de sus ocurrencias. Me sorprende que se ponga serio.

—¿Te duele?

Me acerca la mano y yo se la aparto de un manotazo.

—Sí.

Odio haberlo admitido delante de él. Odio que el dolor de mi pecho sea aún peor. «Porque me gustas». Solo lo dice para que baje la guardia. O eso o es que espera algo a cambio.

—Que conste, tú no me gustas.

—¿Ni un poquito?

—No.

—Descuida, tengo mucho tiempo para enamorarte —me responde—. Incluso podría haber recibido otra flecha si hubiera sido necesario.

—Has perdido la razón —le digo sacudiendo la cabeza.

—A lo mejor la he perdido. No sería el primero de nuestra categoría al que le pasa.

Pues yo la mía no la voy a perder. Pero entonces me acuerdo del declive del maestro Yao. Comenzó de forma muy sutil: un lapso de memoria. Quizás, un juicio más lento. Nunca habló de sus sueños, pero ahora pienso en mis sueños extraños sobre el cielo que empezaron hace ocho años. Quizá son el primer síntoma. *No, Céfiro, no te metas en una espiral hacia lo desconocido,* me digo.

Cosas que desconozco: cuánta sangre perdió Cuervo o cuánta le queda por perder.

No lo sé.

Vuelvo a estar en el fondo de la barca siendo totalmente ajena a la flecha que va en su dirección.

No lo sabía.

Dónde encontrar a Ku… e, incluso antes de eso, durante la hambruna, tampoco sabía qué es lo que había cambiado y que me hizo perder su amor.

Sigo sin saberlo.

Siento que me levanto de la cama.

—¿Céfiro?

Céfiro es el nombre de alguien que siempre es capaz de llevar las riendas. Ahora no me siento Céfiro. Soy Qilin, la huérfana que perdió a todos los que le importaban.

Tanto si vivo como si muero, no dejaré mi impronta en esta era.

—¿Te vas? —dice Cuervo en tono áspero cuando me levanto en silencio.

Algún día tendré que hacerlo. Volveré al lado de mi verdadera señora, y Cuervo y yo volveremos a ser enemigos de nuevo. Algún día no podré contestarle:

—Volveré.

Mientras subo la escalera, el vaivén de los barcos se detiene. En las cubiertas, los marineros colocan pasarelas entre un barco y su adyacente, y con una vara metálica unen los dos. Le están haciendo lo mismo a los demás barcos. Pronto tendremos un fuerte flotante de barcos interconectados. Y esto es solo el comienzo del final que tengo en mente.

Un final diseñado a mi medida.

Sigo siendo Céfiro. No pienso en lo que mi estratagema supone para los sirvientes a los que pido que me traigan una cítara; ni en lo que supone para Cuervo, que mira desde la cama cómo me siento con las piernas cruzadas y mi instrumento sobre el regazo.

—No hace falta que me dediques una serenata —me dice cuando pongo los dedos sobre las cuerdas—. Puedes corresponder a mis sentimientos simplemente con palabras.

—Silencio. Calla y escucha.

Toco una de las primeras canciones que aprendí. Está basada en la historia de amor entre una deidad inmortal con forma de serpiente y un erudito que se enfrentó a inmensas adversidades para que pudieran estar juntos.

Pero la cosa no terminó bien, como pasa casi siempre. Tuvieron a una criatura que se comió a su padre mortal antes de causar estragos tanto en el cielo como en la Tierra. Pero yo toco la parte de la canción que trata sobre el cortejo, una melodía juguetona y rápida. Sería edificante si no me acudiera a la mente la idea de que Cuervo trabaja para una señora diferente a la mía. Lo mismo que Ku. Puede que algún día Ren se enfrente a las Tierras del Sur... ¿y entonces qué? *No lo sé.* La muerte está más cerca de lo que pienso.

Cuervo me lo ha recordado hoy.

El aire es diez veces más pesado cuando separo las manos de las cuerdas.

—Si me muero —dice Cuervo—, puedes tocar tú mi música fúnebre.

—Estás dando por hecho que asistiría.

Entonces, antes de que Cuervo diga nada más, vuelvo a tocar. Esta vez recuerdo el día que dejé de buscar a Ku. Fue al final de un largo invierno. La tierra se derretía formando charcos en la calle. Una comitiva de guerreros me pasó por delante. Sus sementales salpicaban a los transeúntes y los cuerpos les relucían con armas, escudos y armaduras. A todos menos a uno. Esa persona cabalgaba al frente de todos. Llevaba puesta una túnica blanca y cargaba con un extraño instrumento, un abanico y nada más. «La estratega», murmuraba la gente.

Fue la primera y la última vez que la vi.

Al día siguiente yo estaba vagando perdida y hambrienta cuando escuché una música que provenía de una taberna. Eché un vistazo y allí, junto a una mesa, estaba sentado un hombre nervudo con el ceño permanentemente fruncido. ¡Pero qué música tocaba! ¿Y ese instrumento? Tenía nombre: cítara. El hombre también tenía uno.

«Yao Mengqi».

Cigarra me preguntó que por qué había elegido este camino. Yo le ofrecí una explicación adecuada. Le ahorré la triste historia de la huérfana de doce años que se quedó fuera de una taberna mientras un hombre tocaba el mismo instrumento que la estratega que lideraba a todos esos guerreros. El hombre levantó la vista y me descubrió mirándolo. Frunció el ceño aún más. Para él yo no era más que otra sucia errante.

Casi me doy media vuelta.

Pero entonces una suave brisa me sopló desde atrás y, a pesar de todas las cosas que no sabía, estuve segura de algo:

La primavera se intuía en el aire.

Vendrían tiempos mejores.

Solo tenía que confiar en mí misma.

UN CÉFIRO DEL SUDESTE.

Confiar en mí misma.

  99 810

  99 820

  99 830

El chasquido del ábaco es como música para mis oídos. Igual que el crujir de los carros que transportan balas de heno llenas de flechas desde el puerto, así como la voz aguda del cortesano que las va contando de diez en diez.

—¡Noventa y nueve mil novecientos!

—¡Alto y claro! —Me acomodo en mi diván junto al puesto de recuento y me refresco con mi abanico de repuesto. Es más feo que el de pluma de grulla y está hecho de plumas de paloma, pero no me importa. Nada me importa ahora que tengo cien mil flechas de Miasma—. ¡Quiero que lo escuche todo el mundo!

—Sí, mi…

—Céfiro Naciente lo va a conseguir.

Un sirviente se acerca y me rellena el té. Mientras premio a mis pulmones con el fragante vapor, el sol aparece sobre el río por entre las nubes cargadas de lluvia y lo alumbra todo en un tono dorado: los barcos que esperan que se les desmonte la cobertura de paja, los carros que zigzaguean por el muelle, los trabajadores que desensartan las flechas… Es como si los cielos supieran cómo de raro es para mí este momento. Mis «victorias» apenas suelen ser conseguirle a Ren un día más, una hora más, un minuto más para escapar de Miasma por los pelos. No me acuerdo de la última vez que pude relajarme bajo la sombra de un parasol de seda y disfrutar de los frutos de mi trabajo.

—¡Noventa y nueve mil novecientos treinta! —grita el cortesano tan alto como le había pedido.

Me acomodo en mi diván con una sonrisa.

—No pareces preocupada.

El olor de incienso de madreselva precede a Cigarra. Cuatro sirvientes cargan con su diván de marfil y lo dejan a mi lado.

—¿Por qué tendría que estarlo? —pregunto fijándome en su atuendo.

Ha cambiado su túnica blanca por otra del color verdoso de la espuma del mar, decorada con brocados dorados. Hace juego con los destellos dorados de su corona. Solo su melena, una elegante sábana que le llega a la cintura, sigue siendo igual que la de aquella chica descalza que conocí en la corte.

—La ansiedad agudiza mi mente —dice sonando como una filósofa de cuarenta años.

—La ansiedad es contraproducente —digo espantando con el abanico un mosquito que se me ha posado en la nariz.

—Eso dice una persona a la que conozco.

—Deben de dársele muy bien las estratagemas.

Y yo debo de ser masoquista. ¿A qué viene sacar a colación las estratagemas cuando solo hay una persona en la que Cigarra pensaría?

—Tienes razón. Así es —me contesta.

Sigo su mirada esperando ver a Ku, pero solo está observando el río: una serpiente brillante que nos separa de Miasma.

Tamborileo los dedos sobre mi rodilla. Es el veneno, me digo. Pronto tendré que volver… Por mi dosis diaria de antídoto, no por no dejar de pensar en la canción de cítara que toqué para Cuervo.

—¡Noventa y nueve mil novecientos cincuenta! ¡Noventa y nueve mil novecientos sesenta! ¡Noventa y nueve mil novecientos setenta! —grita el cortesano, lo que me resulta un entretenimiento la mar de oportuno.

El último carro llega al puesto del ábaco. El conteo se acerca a los cien mil. Cigarra se levanta del diván y acepta una espada de oro que le trae un sirviente. Me levanto también. Nos miramos a los ojos mientras apoya la hoja sobre la curva de mi hombro. Si aprieta un poco más, me hará sangre.

—¡Noventa y nueve mil novecientos ochenta! ¡Noventa y nueve mil novecientos noventa!

Arrancan las últimas flechas de las balas de paja, marcan el astil con alquitrán y las colocan en cestas. Anotan el último recuento en el libro de armas y todo el mundo espera mientras el cortesano repasa los números antes de aclararse la garganta y gritar el número final.

No puede ser.

—Otra vez. Alto y claro, para que lo escuche todo el mundo —ordena Cigarra.

—Noventa y nueve mil novecientos noventa y nueve.

El número chirría como la cuerda rota de una cítara.

¿Qué posibilidades había de que faltase solo una flecha y no dos ni tres? Una entre cien mil, probablemente.

—¿Te divierte la perspectiva de perder la cabeza? —pregunta Cigarra ante mi triste sonrisa.

—Me divierten las coincidencias.

—¿Sugieres que no es una coincidencia sino el resultado de algún tipo de intervención?

—No. —Doy un paso adelante. La hoja de la espada se desliza a lo largo de mi hombro—. Una flecha de menos es una flecha de menos.

Cigarra frena mi avance apuntándome con la espada en el pecho.

—No tienes por qué tener una flecha de menos.

—¿Qué quieres decir?

—Tienes cinco segundos para producir la flecha número cien mil aquí mismo. —Levanta la espada y cierra los ojos—. Cinco. Cuatro.

Así que esto es lo que hay…

—Tres.

Me podría haber traído un carcaj de flechas, aunque solo hubiese sido por si acaso.

—Dos.

Pero habría supuesto dudar de mí misma, y no he caído en eso desde el día que me quedé de pie fuera de la taberna.

—Uno.

No tengo nada que darle a Cigarra cuando abre los ojos. Ni flechas ni palabras. Le muestro mis manos vacías y sonríe.

—Eso es lo que me gusta de ti. Eres orgullosa hasta saciedad. —Levanta la espada y apunta a mi cuello—. Algún día morirás por ello.

Todo es parte del espectáculo. No puede matarme. Al menos, no por una flecha.

La espada cae al suelo.

Los curiosos ahogan un grito. Yo no tengo aliento para ello. Miran la espada clavada en el suelo con la hoja dorada rota. Al romperse, revela en su interior una flecha también dorada. *Cosa de campesinos*, pienso. Por supuesto que no me la iba a clavar.

—Hoy te he perdonado la vida —dice Cigarra mientras recoge la flecha.

Me la ofrece. Quiero tanto esa flecha como mi ego quiere su misericordia. Pero necesito seguir viva para poder ver terminada mi estratagema, así que la acepto. Es ridículamente pesada. Cigarra asiente al cortesano.

—¡Cien mil!

La señora de las Tierras del Sur mira a los allí reunidos.

—Durante demasiado tiempo, el Norte ha tomado nuestros recursos a su antojo. Ahora envían su flota para intimidarnos hasta que nos rindamos. Pero no nos vamos a doblegar. ¡Junto a Xin Ren, derrotaremos a Miasma!

Todo eso lo tendría que haber dicho yo, pienso ante el clamor de los estibadores.

—Ren será una gran aliada —continua Cigarra—. Con su apoyo, las Tierras del Sur volverán a sus días de gloria. Recuperaremos todo el territorio que, por derecho, nos pertenece… empezando por las Tierra de los Pantanos.

Un momento. Yo nunca le prometí eso a Cigarra. Pero los estibadores gritan más alto cuando Cigarra decreta dos días festivos para conmemorar la alianza. Se vuelve hacia mí.

—¿A qué viene esa cara? ¿No es eso lo que querías?

Las alianzas tienen un precio. Eso ya lo sabía. Pero pensé que tendría más tiempo antes de que Cigarra sacara el tema de las Tierras de los Pantanos, la zona que sirve como frontera entre las Tierras del Oeste y las del Sur, que históricamente han pertenecido al Sur hasta que los piratas Fen las conquistaron.

Para cuando Cigarra destruyó a los Fen, Miasma ya se había apropiado del territorio y se lo había regalado a Xin Gong. Con lo poco servicial que he sido con él, tengo pocas razones para creer que el tío de Ren nos entregará esas tierras para nuestro beneficio.

Pero no es el momento de minusvalorar a Ren, así que le muestro a Cigarra la flecha dorada que tengo en la mano y le digo:

—¿A esto llamas una flecha?

—¿Cómo le llamarías tú?

—Ni tu arquero más fuerte sería capaz de hacerla volar.

—Pensé que la apreciarías. Me dijeron que te encanta la pompa y el exceso.

—¿Quién te dijo eso?

Por una vez, Ku no me viene a la mente. Ella nunca ha llegado a verme en mi mejor momento, con la túnica blanca y el abanico de pluma de grulla. Nosotras vivíamos entre la mugre y la basura. Nuestro mayor lujo era un huevo cocido al té cada Año Nuevo o una túnica de algodón si el orfanato tenía limosnas de sobra.

Cigarra no me responde.

—Hay alguien que quiere verte —me dice abandonando el muelle antes de que pueda preguntarle nada.

La alcanzo. Despide a sus sirvientes y nos adentramos en un cuidado matorral de bambú. Conforme avanzamos, la luz se tamiza en tonos verdes y parece que estamos debajo del agua. Salimos del sendero y cruzamos un puente cubierto de musgo en el que el bambú surge al azar con tallos tan gruesos como mi brazo.

Imaginé que me reuniría en el Pabellón del Ruiseñor con algún alto funcionario. O que un general u oficial naval se reuniría conmigo en la sala de las batallas o en un barco. Mi confusión aumenta cuando el bosquecillo acaba de forma abrupta y el bambú se convierte en campos de té.

—¿Dónde vamos?

—A un sitio que conoces bien.

Frunzo el ceño. Aquí no hay más que una plantación de cítricos al oeste, un campo de entrenamiento de infantería al este y… justo en medio, mi torre de vigilancia favorita.

Surge entre el paisaje verde como un espantapájaros delgadísimo con cuatro piernas, una cesta por cabeza y un techado de paja por sombrero. Las otras cinco torres de vigilancia tienen vistas esenciales a montañas y a ríos, pero esta solo está rodeada de campos de té hasta donde alcanza la vista. Por ello, no está blindada ni vigilada. Era el sitio perfecto para leer el cosmos y fraguar mi estratagema de las flechas, pero no soy capaz de imaginarme qué distinguido personaje puede esperarme aquí.

Cigarra se para en la base de la torre.

—Sírveme a mí, Céfiro.

—¿Perdón?

—Ya me has oído. —La luz mortecina de la tarde resplandece en su corona cuando levanta la barbilla—. Deja a Ren y únete a las Tierras del Sur como mi estratega.

—No.

No dudo en mi respuesta y Cigarra frunce los labios.

—¿Qué tengo yo que no esté a la altura de Ren?

—Preferiría no insultarte a la cara.

—Te lo ordeno.

—No eres mi señora.

—¿Ah, no? —Le brillan los ojos—. Según nuestra alianza, creo que lo que le pertenece a Ren ahora también me pertenece a mí.

Bueno, pues si insiste…

—No tienes ambición. —A Cigarra se le oscurece el gesto. Ella se lo ha buscado—. Te preocupas por tu reino, que según tú también incluye las Tierras de los Pantanos, pero tus aspiraciones nunca han llegado al nivel de querer aspirar a todo el imperio. Eres incapaz de ver el valor de todo lo que hay más allá de este hogar que tan bien conoces. —Me callo unos instantes para que mis palabras se asienten—. ¿O me equivoco?

—Y si te equivocases, ¿habría alguna posibilidad de convencerte? —comenta Cigarra—. No me servirás a mí, pero ¿por qué a Ren sí? Ella tampoco aspira a dominar el imperio.

—Ella quiere ayudar a Xin Bao.

—Xin Bao es una causa perdida. Y no empieces con lo del honor de Ren. Me muero antes que escucharlo de nuevo —dice afilando la mirada.

—De hecho, sí que has estado cerca de morirte —le contesto.

—Puede que el populacho la apoye, pero casi todos sus defensores son granjeros sin formación y obreros no especializados. Ni siquiera tú los respetas. Puede que Miasma sea la que asegura ser una deidad, pero también existen esos rumores respecto a Ren. Bueno, Céfiro, ¿es por eso por lo que le sirves? ¿Porque es tu deidad? —Cigarra se me acerca hasta poner su cara frente a la mía—. Podrías hacerlo mucho mejor que Ren y, sin embargo, sigues arriesgando tu vida por ella una y otra vez. ¿Por qué?

No lo sé. Esa mentira se me viene a la mente. Claro que lo sé. *Ella tiene el apellido adecuado, es quien reivindica lo que es justo.* Si el pueblo respeta eso, ¿qué importa lo que respete yo? Tengo las esperanzas puestas en Ren porque en ella veo mayor oportunidad de éxito.

Pero entonces escucho otra voz en mi interior: *¿Por qué respiras? ¿Por qué el sol sale por el este? ¿Tienes que seguir a Ren por una razón específica?*

No hay que preguntarse nada. Ren no es de mi familia. No tengo ninguna obligación con ella como sí tengo con Ku.

—¿Por qué crees tú que la sigo? —le pregunto a Cigarra, que claramente tiene una opinión al respecto.

—Creo que la sigues porque es quien lleva las de perder, y tú eres incapaz de resistirte a un buen desafío. Servirla a ella no es tan distinto de conseguir cien mil flechas en tres días, ¿no crees?

—¿Es que podría convencerte de lo contrario? —le pregunto devolviéndole sus palabras—. ¿Hemos acabado ya?

—Parece que sí —me contesta decepcionada desde la base de la torre de vigilancia—. Ten cuidado al subir.

—Lo tendré —le contesto a la señora de las Tierras del Sur afirmando con la cabeza.

No es más que una niña. Al menos, por fin, reconoce mis habilidades como estratega.

Me remango y agarro la escalera. A los pocos segundos de empezar a subir ya estoy temblando. Los brazos me ceden en los últimos peldaños y me desplomo en la plataforma superior. Loto y Nube se estarían riendo de mí si pudieran verme.

—¿Necesitas ayuda?

Mi mirada se encuentra con el último rostro que esperaba ver.

Ren me ayuda a ponerme de pie.

—Me alegro de verte, Qilin.

No me salen las palabras. La última vez que me latió así el corazón fue por Cuervo. Pero su recuerdo se dispersa en mi mente. Cuando estoy con él soy como la niebla: tomo la forma que me place.

Pero Ren tiene el efecto contrario. Me recompongo ante ella, centro mis pensamientos y mi papel de estratega toma el control.

Cigarra me arrinconó bajo la torre de vigilancia a propósito. Esperaba que traicionase a Ren en su propia cara.

Hago la mayor reverencia que me permite mi espalda dolorida.

—Descansa, Qilin.

Pero no le hago caso.

—¿Cuánto has oído?

—Lo suficiente como para alabar a Cigarra —me contesta Ren de buen humor—. Tengo que reconocérselo: plantea buenos argumentos.

No creo yo que sean tan buenos.

—No deberías estar aquí.

Las tierras que nos separaban están llenas de señores de la guerra, bandidos y lacayos del imperio. Los pocos cursos de agua que no están bajo el dominio de Miasma atraviesan barrancos traicioneros muy propensos a las inundaciones repentinas. Además, si Ren ya está aquí significa que salió justo después de mi deserción. ¿Qué impresión causaría eso entre los campesinos? ¿Qué impresión causé en Ren cuando envenené a nuestros caballos?

—¿Qué sabes? —le pregunto acordándome de las instrucciones que le di a Turmalina.

«Si Ren indaga, no digas nada».

Ren se acerca al borde de la torre de vigilancia. Está más bronceada. Y más delgada. Las picaduras ya secas de los mosquitos de los pantanos le salpican el cuello.

—Desde el momento en el que pediste veinte soldados, confié en que tenías un plan. Cuando Nube dijo que te habías unido a Miasma, confié en que había algo más. Cuando los caballos murieron, confié en que era por una causa más importante. Y cuando Miasma sacó sus tropas de Hewan, mi confianza se convirtió en una corazonada.

»Entonces, nuestros exploradores informaron de que Miasma había enviado una delegación hacia el sur. Y di por hecho que ya era hora de hablar con la última persona con la que se te vio. —Ren se agarra a la barandilla de madera y me mira—. Elegiste bien a tu confidente. Turmalina se negó a hablar. Así que le dije que ya sabía tu plan: ibas a usar un barco de Miasma para bajar hacia las Tierras del Sur. Solo necesité ver su expresión para confirmar que era así. —Ren me sonríe cuando me acerco a ella en la barandilla—. Apuesto a que no pensabas que fuese así de habilidosa.

Murmuro un no. Sigue sin gustarme la idea de que Ren arriesgase su vida para llegar aquí.

—No puede existir una alianza entre Ren y Cigarra sin Ren, ¿no? —me replica.

Pero ella tampoco parece la misma guerrera que dejé en Hewan. No tiene la mirada puesta en las estrellas que acaban de empezar a aparecer, sino en los campos que tenemos delante y que algún día volverán a pertenecer a Xin Bao.

—Ya has cargado con demasiadas cosas —me dice Ren bajo la luz del crepúsculo—. Desde ahora, déjame a mí. Ya he informado a Cigarra de que podemos aportar diez mil soldados.

—¿Cómo que diez mil soldados? —le contesto preguntándome de dónde han salido.

—El clan Xin es grande. Pueden prescindir de algunas tropas.

—¿Nos van a ayudar?

—Sí.

—Pero ¿por qué? —Su tío lleva desde siempre ignorando nuestra existencia.

—No es gran cosa para el gobernador Xin Gong —me dice Ren encogiéndose de hombros—. Le escribí y le dije que lo considerara un préstamo.

Yo también le había escrito. ¿Qué ha cambiado desde entonces? Hay algo raro en este asunto. Igual que Cigarra tiene la vista puesta en las Tierras de los Pantanos, Xin Gong espera algo a cambio de este favor.

—Aiya, me pones nerviosa —dice Ren cuando me quedo callada—. Todas esas tropas serán útiles, ¿no?

Me aclaro los pensamientos. Después de todo, soy Céfiro Naciente.

—¿Cómo de rápido puedes colocar esas tropas alrededor del paso de Piedra Pómez y de Puerto Lutita?

—Considéralo hecho en tres días.

Tres días. De repente, los planes que habría tardado semanas en desarrollar se despliegan ante mis ojos.

—Atacaremos de noche —digo cortando el aire con mi abanico—. Los barreremos de dos golpes: uno por el agua y otro por la tierra. Cigarra destruirá la flota de Miasma mientras nosotros, para impedir su retirada, bloquearemos los dos puertos de montaña que llegan a los acantilados. —Bajo el abanico con los dedos apretados alrededor del mango—. Esta vez, Miasma no se escapará.

Al principio, Ren guarda silencio. A lo mejor no debería haber sido tan vehemente. Pero entonces me mira a los ojos y me dice:

—Por una vez, estará bien estar en el lado atacante.

—Desde luego.

Por esto es por lo que he luchado desde que me uní al campamento de Ren. Cuando consigamos la victoria, Ren por fin será una amenaza seria para el imperio. *Y yo también*, me recuerdo a mí misma mientras la sonrisa de Ren se evapora.

—Has sufrido mucho, Qilin.

Acerco la mano al lugar donde ha posado su mirada, mi sien.

—Esto no es nada —digo tocándome la herida—. Ya ha cicatrizado.

Un grillo canta en mitad de la noche.

—Ay, casi me olvido. —Ren mete la mano en el pliegue de su túnica y saca un palo envuelto en pergamino—. Mira lo que he encontrado en el mercado.

A través del pergamino veo la ondulada masa de azúcar hilado. Lo tomo con cuidado. No me gustan las golosinas, me hacen daño en los dientes. Me desharé de ella más tarde, pero ante Ren la sostengo y sonrío.

—Te llamó la atención desde el puesto, ¿verdad?

Decido que no le haré a Ren lo que Ku me hizo a mí. Si me compra una golosina porque me ha visto dando vueltas por un puesto perdida en mis recuerdos sobre lo difícil que era ganarse el cariño de Ku, la acepto. Aceptaré cualquier cosa que Ren me dé. Aunque no seamos familia. Aunque ella tenga otras hermanas.

Otras hermanas. Mientras miro el caramelo me doy cuenta de que he me he olvidado de alguien muy importante para Ren.

—Y Loto…

—Ya ha escapado junto a sus solados. Puso la vida de todos en juego cuando, contra tus órdenes, salió al encuentro de Miasma… y ya la he hecho castigar por ello.

No puedo ni imaginar cómo se tomó eso. Pero qué importa. Lo único que cuenta es que Ren ya se ha reunido con su hermana de juramento.

—Y la gente…

Me quedo sin palabras. *¿Qué piensan de mí?* ¿Para qué pregunto nada? ¿Desde cuándo me importa lo que piensen las masas?

—Lo que piensen de ti no importa —dice Ren como si me estuviera leyendo la mente—. Te recibirán como una heroína cuando esto termine.

—No es ninguna heroína.

Ren y yo nos giramos, pero solo yo me sorprendo.

Ku asciende el último peldaño y salta a la plataforma como una liebre.

—Esta es... —*Mi hermana*—. Noviembre, la estratega de Cigarra.

Las palabras se me agrian en la boca.

Ren se fija en Ku. Y yo también. Me preocupa encontrar en ella algún parecido revelador... pero lo único que veo es a una quinceañera con la túnica manchada de té y el pelo mal cortado. Hasta Ren parece menos desaliñada en comparación.

—Me encantaría trabajar con tu señora —dice inclinando la cabeza hacia Ku.

Las formalidades no sirven con mi hermana. Me mira y aclaro la garganta.

—Debería poner a Ku al corriente de nuestros planes.

—Claro que sí. Os dejo.

Ku no le hace ningún gesto a Ren mientras esta se acerca a la escalera. Yo espero a que mi señora descienda... y un poco más.

Por fin, me enfrento a mi hermana.

—¿Qué quieres?

Ku saca algo largo y delgado de su espalda.

Una flecha.

No es una flecha cualquiera, es una de las que se extrajeron de los muñecos de mis barcos de paja. Aún quedan jirones azules entre las plumas rojas y negras. Cuando Ku la sostiene, veo que le falta la marca de alquitrán con la que marcaban todas las flechas al contarlas.

Mi intuición no había fallado. Alguien me había saboteado.

Mi propia hermana.

—Es para ti —me dice—. Tómala.

Me tiembla la mano al agarrarla. Y no debería. Tengo otras cien mil flechas. Mantengo la cabeza fría, pero el resto del cuerpo me tiembla. Pero no es por la flecha. Sé que Ku me odia. Lo suficiente como para quererme muerta. Darme la flecha es su forma de decírmelo. Lo que no sé es el motivo.

—¿Por qué?

—¿Por qué qué?

—¿Por qué me odias?

Desde la hambruna. Desde que tengo memoria. ¿Por qué? Este misterio me consume. Me reduce a nada.

—No eres mi hermana —me dice.

Ya había oído esas palabras. Justo cuando me desperté del coma que me provocó el hambre.

—No eres mi hermana. No lo eres.

—Pero ¿de qué estás hablando?

—¡Tú no eres Qilin! —grita Ku.

—No entiendo lo que dices —digo dando un paso atrás.

—No eres mi hermana —repite Ku, ahora más calmada—. Eso es lo único que tienes que entender.

Te equivocas. Entenderlo todo, desde quién era entonces hasta en quién podría convertirme, es la única razón por la que pude recuperar el control de mi vida después de perderla.

—Ku…

—Noviembre. Así es como me llamo ahora.

Se aleja de mí. Empieza a hablar sobre la posición de la flota de Miasma. Comenta las posibles rutas de retirada que podría seguir la primera ministra si se le ataca de forma frontal. Propone una estrategia por tierra y por mar, y termina diciendo:

—… Fuego. El Sur atacará con fuego.

Es como si hubiese sacado la idea de mi propia cabeza. Elige la misma arma que yo. Miro a esa chica, a mi hermana, a la única razón por la que habría cambiado de bando. Cigarra podría haberlo conseguido. Pero, en lugar de eso, es como si nuestro pasado nunca hubiese existido. El cosmos gira, el viento cambia. Una brisa mueve la melena de Ku hacia adelante y la mía hacia atrás.

Es un céfiro del sudeste.

En tres días, avivará el fuego que caiga sobre los barcos de Miasma que, estando unidos entre sí, serán fácilmente devorados por las llamas. Pero esta noche solo hay un fuego. Y está justo aquí, en mi corazón. Me arde desde dentro mientras trato de aceptar que Ku nunca me dirá la verdad sobre lo que pasó. Pues que así sea. Puede quedarse con su puesto, con su apodo. Será Noviembre la estratega, y yo seré una extraña.

✝

UNA CANCIÓN BREVE

Yo seré una extraña.

En tres días, los «desertores» llegarán a las orillas de los acantilados. Llegarán en una barcaza, escondidos en un cargamento de grano capitaneado por mí. Las noticias alegran a Miasma.

—Serán los tres días más largos de mi vida —comenta sujetando una copa de vino.

Estoy de acuerdo.

Tres días para que su flota arda.

Tres días para que pueda volver con Ren llevando bajo el brazo nuestra mayor victoria hasta la fecha.

Por la noche, sueño con el campamento: paseo con Ren, charlo con Turmalina y hasta bebo con Nube y Loto, lo que me demuestra que, efectivamente, estoy soñando. Durante el día, atrapada en este barco enemigo, las imagino preparándose para la gran batalla. He dejado las órdenes dadas tanto a nuestra gente como a la de Cigarra, pero ansío hacer algo más. En mi camarote, envuelvo mis escasas pertenencias en un pañuelo grande y las escondo bajo mi cama. Saco el frasco que hice con la ayuda de los artesanos de Cigarra y lo examino una última vez.

Tanto el bote como las píldoras de su interior son idénticas a las de Cuervo. No podrá notar la diferencia cuando le dé el cambiazo. Él se quedará con la copia y yo con el antídoto, porque una vez que vaya a recoger a los desertores ya no volveré a por mi dosis nocturna.

Lo complicado, claro, es meterle la mano en el bolsillo.

—¿Qué significa lo de «Nada de visitas»?

—Significa lo que significa —me contesta la sirviente apostada fuera del camarote de Cuervo—. Nada de visitas. Toma esto y márchate.

Me ofrece una bandeja con una taza de té. La acepto, pero no bebo.

—¿Te lo ha dicho él?

—Sí.

—No me lo creo.

Intento esquivar a la sirvienta, pero ella me bloquea el paso.

—¿Cómo sé siquiera que está en condiciones de hablar?

—Oh, créeme que lo está —dice una voz desde mi espalda. Es el médico, que se acerca con su botiquín—. ¿Se ha tomado el tónico? —le pregunta a la criada.

—Dice que está demasiado amargo.

—Estos chicos de hoy en día… —refunfuña el médico.

La sirvienta le abre las puertas del camarote. Alzo las cejas y ella me espeta con delicadeza:

—El médico está aquí para hacerle bien al maestro Cuervo.

—Y yo también.

Me lanza una mirada despectiva. Me cruzo de brazos.

—¿Qué temes que le pueda hacer? ¿Seducirlo hasta matarlo? ¿Cautivar su alma? ¿El qué?

—Ha empeorado desde tu última visita.

—Eso es…

Imposible. Lo único que hice fue tocarle algo de música. Le quedaba energía incluso para flirtear.

Pero no estaría así si no fuera por mí. Me salvó la vida. Y he venido para pagárselo tratando de robar el frasco de su capa.

Vete, me dice una voz en la cabeza. *La sirvienta tiene razón: eres lo último que ahora necesita.*

Pero no me voy. Mi misión es lo primero. Quiero respuestas.

—¿Cómo está? —le pregunto al médico cuando sale.

Niega con la cabeza. Echo un vistazo a su botiquín: por debajo de la tapa se asoman unas sábanas ensangrentadas. Se me hiela el corazón.

—Puedo ayudar. —Tengo el abanico en la mano como si fuera capaz de idear una estratagema que le devolviese la salud a Cuervo—. Puedo convencerle de que se tome la medicina.

O, más que convencerle, forzarlo a que se la tome.

—¿Tú? —resopla el médico—. ¿Y quién eres tú para él?

Entonces le da a la sirvienta un juego de tinturas y unas instrucciones, y se apresura a subir a cubierta. Su pregunta impregna el aire como el olor de las hierbas.

¿Que quién soy yo para Cuervo? Nada. Una rival, en el mejor de los casos; una enemiga, en el peor. ¿Qué puedo hacer por él? Nada más allá de beberme el té y marcharme también.

La noche se disipa. Llega el amanecer. Quedan dos días. Me quedo en mi camarote. Doy un respingo cuando se abren las puertas, pero no es más que un sirviente que me trae otra taza de té con antídoto. Me la tomo. Voy a hacia el camarote de Cuervo y paseo por su pasillo.

«Ha empeorado desde tu última visita». «Ha empeorado desde tu última visita».

Podría estar en coma. O muriéndose. Pero, cuando veo salir de su habitación un montón de cuencos y de tazas limpias, pienso que a lo mejor no está, para nada, a las puertas de la muerte. Está comiendo. Está bebiendo.

Me está evitando.

Sabe que me voy. No quiere poner el antídoto a mi alcance. Pero, entonces, ¿por qué no me corta el suministro y deja que el veneno haga su trabajo? Debe de tener sus motivos. Nada de lo que hace Cuervo es casual. Me lo recuerdo cuando me acerco a su camarote con el frasco gemelo en la mano. Pero tengo un nudo en la garganta.

Sabe que necesitas verle para conseguir el antídoto. Pero lo que no sabe es que quieres verle, independientemente del asunto del antídoto.

O quizás sí lo sabe. *Te salvó. Te dijo que le gustas.* No. Probablemente, la mitad de las cosas que hace Cuervo sean parte de un plan. ¿Recibir una flecha por mí? Una decisión arriesgada, pero que ha tenido su recompensa. Puede que solo estuviera tratando de ganarse mi confianza para después apuñalarme por la espalda. *Hiérete para dañar al enemigo.* Es la estratagema treinta y cuatro. Eso sí que lo sé.

Y, aun así, también paso el día siguiente en la puerta de su maldito camarote.

Cuando, al fin, por la tarde vuelvo al mío, un grupo de criadas me espera. Me dicen que la primera ministra va a dar esta noche un banquete en su barco y que se requiere mi presencia. Me traen la túnica que Miasma mandó que hicieran especialmente para mí y, por un segundo, me pregunto si Cuervo le habló de mi gusto por el blanco.

Pero la túnica que hay dentro del baúl es negra. Se desliza sobre mi piel suave como el agua. Tres criadas se emplean con el fajín mientras otra se encarga de mi cabeza.

—¿Pero qué haces? —le digo tratando de zafarme.

—Arreglarte el pelo.

—Mi pelo está bien así.

Tener que vestirme de negro para Miasma es la gota que colma el vaso. Pero nada de esto es por ella. Todo es y ha sido por la alianza de Ren y Cigarra.

Aguanta un día más.

Me quito la hebilla del pelo y mi coleta de caballo se deshace. Siento la cabeza algo desequilibrada.

La criada me trenza parte del pelo sobre la coronilla y el resto lo deja suelto sobre mi espalda. Cuando acaba, me miro al espejo y observo a la chica que sería si me hubiese dejado tentar por las riquezas de Miasma y de cierto estratega de melena negra. Pero soy demasiado estratega para caer en nada de eso. Solo estoy actuando, igual que Cuervo. Recuerdo esto con cada hueso de mi cuerpo mientras que llego al banquete del barco de Miasma. Tragafuegos, lanzadores de cuchillos y cambiacaras se mezclan en cubierta con el resto de los asistentes. Las bailarinas se contonean con vestidos ligeros. Suena una orquesta de laudes y armónicas, y las mesas se disponen de babor a estribor. En el aire, los banderines no se agitan y cuelgan inertes. Los vientos han cesado.

Mañana el tiempo cambiará y soplará bien fuerte desde el sureste.

—¡Céfiro Naciente! —Miasma me llama desde su mesa y me ofrece la mano cuando llego a su altura. Giro para ella, igual que hice en el acantilado—. ¡Impresionante! —dice volviéndose hacia su mesa, llena con innumerables generales, consejeros y estrategas... pero en la que no hay rastro de Cuervo—. Una auténtica joya, ¿verdad?

Me obligo a mostrar una sonrisa tímida.

—¡Ven! —me dice dando unos golpecitos en el asiento de su derecha—. ¡No seas tímida, siéntate! —Coge una jarra de bronce y me llena la copa—. Es una pena que Cuervo no se encuentre aún lo suficientemente bien como para unirse al banquete.

—Sí. Esperaba poder verlo hoy —aseguro.

—Lo echas de menos, ¿verdad? Y sé que también debes de echar de menos a Ren —dice Miasma sin darme la oportunidad de tomar aliento. Su aliento ya huele al vino que acaba de servirme—. No te culpo. Ella tiene ese efecto en la gente. —Hace un gesto con el vaso—. Lleva a todo el mundo a su terreno. Pero todo lo que hace es quitarte cosas. Tu confianza, tus valores... te lo quita todo y te convierte en otra persona, pero ella nunca cambia en nada. Es una ladrona de todo lo que crees que es tuyo. Pero llegará el día en el que sea yo la que tome todo lo que ella cree que le pertenece. —Se inclina hacia mí y la punta de su huesuda nariz casi toca la mía—. Empezando por ti.

Entonces, antes de poder procesar a qué viene todo eso, Miasma se vuelve a sentar en su sitio.

—¡Sirvientes!

Una criada aparece y Miasma le ordena que me sirva la mejor parte de una cabra montés.

—Señora...

—¿Qué he hecho ahora? —me riñe mientras la criada amontona carne en mi plato.

—Mi-Mi, yo no... —digo, mojándome los labios.

—¡Come! Quiero que fortalezcas tu cuerpo tanto como tu mente —me riñe acercándome el plato.

Yo no como carne. Al menos no la reluciente carne de caza que tengo ante mí. Pero, ante la mirada de Miasma, mastico y trago un buen trozo de cabra. Y otro más. Por la columna me bajan gotas de sudor frío. Prometo no comer carne nunca más.

Me termino el plato y me recuesto en mi asiento con sensación de acidez en el estómago. Miasma se levanta de repente.

—¡Un brindis! —Las copas y los platos tintinean cuando se sube a nuestra mesa—. ¡Por nuestra emperatriz, Xin Bao! —exclama moviéndose entre los platos—. ¡Que su estrella siga brillando y su reinado sea largo!

Llega al final de la mesa y se empina su copa de vino. Todo el mundo bebe. Yo lanzo el contenido de mi copa por encima del hombro.

Un sirviente se sube a un taburete para rellenarle la bebida a Miasma. Con la copa rellena de nuevo, sigue paseándose.

—¡Y por Xin Ren y Cigarra! ¡Cuánto entretenimiento nos han proporcionado! Pero ya hemos jugado lo suficiente con nuestras presas. ¡Ya es hora de entrar a matar!

Hay gritos unánimes de apoyo. Se beben otra ronda y todos hacen tintinear sus copas mientras Miasma sonríe con sus rasgos de calavera aumentados por la luz de las antorchas. Acepta que le rellenen la copa de nuevo y la alza hacia el cielo.

—Puede que los cielos me hayan bendecido con el poder de reunir el imperio, ¡pero no podría haberlo hecho sin vosotros! ¡Sí! ¡Ni sin ti, ni sin ti…! —El vino salpica de su copa mientras señala a su alrededor—. Gracias a todos vosotros, ¡mis más queridos y leales sirvientes! Por vosotros y por nuestra inminente victoria, voy a interpretar una breve canción. O un poema. —Miasma se bebe el vino, tira la copa y coge la jarra—. Como muchos sabéis, no sé cantar… ¡pero sí que sé hacer un poema!

Toma un trago largo de la jarra y se seca la boca con los nudillos.

—La vida de un hombre —grita bajándose de la mesa— no es más que el rocío de la mañana. Hay muchos días en el pasado —un cuenco cruje bajo su bota—, pero pocos en el futuro. La melancolía que en mi corazón anida viene de preocupaciones que no puedo olvidar. ¿Qué podría desenredar mi aflicción? —Se tambalea y algunos generales se levantan para tratar de sostenerla—. Solo conozco una solución: ¡el vino Du Kang!

Hay una explosión de carcajadas.

—Discípulos vestidos de azul… —Un guardia se acerca a la mesa y se arrodilla ante ella—. ¡Informe!

La primera ministra bebe un trago más y tira la jarra. Cuando los sirvientes se acercan a recogerla, Miasma se inclina para escuchar el mensaje del guardia.

—Aquí mismo —le responde. Se endereza mirándonos a los demás y añade—: parece que nos han interrumpido. Mi poema tendrá que esperar para otro día.

Se escuchan protestas.

—No os preocupéis —los tranquiliza Miasma—. Os aseguro que os divertirá. ¡Guardias!

Todo el mundo se queda en silencio menos las bailarinas, que gritan y salen despavoridas cuando los guardias arrastran a una persona hacia la proa del barco. Lo tiran al suelo y yo me incorporo de mi asiento.

¿Es Cuervo?

No. Lleva la misma capa negra y la misma melena morena, pero es alguien a quien no conozco. Siento un gran alivio. Un alivio que no debería sentir. Me concentro.

Con la excepción de Cuervo, la mayoría de la corte de Miasma tiene cierta edad. Esta chica a la que han tirado al suelo es muy joven. O es una forastera o una...

—... Criada que ha sido sorprendida enviando palomas mensajeras a la corte de Cigarra —anuncia Miasma—. ¿En qué la convierte eso?

—¡En una traidora! —dice todo el mundo al unísono.

—¿Y qué les pasa a los traidores en este campamento?

—¡Que mueren!

Miasma salta desde la mesa y se agacha ante la chica sujetándole el mentón. Me hormiguea el punto de debajo de la oreja en el que me hincó la uña.

—Me gustan tus ojos. —La chica gime bajo su mordaza y Miasma se la quita—. Ojalá te lo hubieras pensado dos veces antes de darme una razón para arrancártelos.

Pone su mano en forma de garra y la coloca sobre la sien de la chica, como si se dispusiese a hacerlo aquí y ahora. Los asesores se cubren la cara con sus mangas de brocado. Los generales y los guerreros miran fijamente porque están sedientos de sangre. Yo me quedo mirando porque no tengo nada que decir.

Pero, entonces, Miasma cierra la mano en un puño y dice:

—¡Ciruela!

—A su servicio, primera ministra.

—¿Cuántos cofres de oro me quedan?

—Doscientos cincuenta y tres, mi señora.

Miasma se levanta y se gira hacia nosotros con los ojos brillantes.

—Sé lo que mis enemigos dicen de mí. Que soy cruel. Irracional. Pero nadie se ha quejado nunca de mi generosidad. Le doy a la gente lo que se ha ganado. Ahora es vuestra oportunidad. —El cascabel de su oreja resuena cuando abre los brazos desnudos hacia la multitud—. Contestadme. Todos. ¿Cuál es la manera más dolorosa de matar a un traidor?

La gente lanza sugerencias al aire y cada una es más terrible que la anterior. Las voces se enardecen unas a otras hasta que solo puedo escuchar mi propio silencio. Un susurro detrás de mí dice:

—Cociéndolo.

Lo dice un sirviente con el rostro tatuado. Un obrero convicto. Le miro fijamente y me devuelve la mirada, aturdido, como si no se creyese lo que acaba de decir.

Pero ya es demasiado tarde. Como una serpiente que detecta un movimiento entre la hierba, Miasma gira la cabeza hacia nosotros.

—¿Qué acabas de decir?

El obrero convicto me mira con impotencia como si yo fuera a hacerme responsable de sus palabras.

—La primera ministra te acaba de hacer una pregunta —escupe Ciruela—. Habla.

—Cociéndolo.

Lo dice con la mirada baja. Quizás haya trabajado con la chica. Quizás eran amigos. Pero ya no importa. Una persona sin nada que perder puede traicionar a cualquiera.

—Cociéndolo… —Miasma se acaricia la cara, pensativa—. Cocedla, entonces. Pero, antes, dejadla sin un pelo. No me gusta el cerdo si tiene pelo.

La sirvienta grita a través de la mordaza. Miasma hace a los guardas un gesto con la mano. Mientras la bajan a la bodega, la primera ministra señala al obrero convicto.

—Ciruela, haz que reciba su cofre.

—Pero eso es…

—¿Un despilfarro? —Miasma sacude la cabeza—. Ciruela, Ciruela... ¿qué te dije sobre tu tacañería? ¿Eh? —Se gira hacia su público y pregunta—. ¿Qué decís vosotros? ¿Soy una persona manirrota o generosa?

—¡La señora es la más generosa! —grita la multitud.

Pero la atmósfera ha cambiado. El vino se calienta en las copas y la comida se queda sin tocar. Un sirviente viene corriendo para avisar de que el cocinero ha puesto en marcha la olla más grande, y un consejero que está junto a mí se excusa y se acerca a un lateral del barco.

—Excelente —dice Miasma. Rezo para que esto signifique el fin del banquete, pero vuelve a subirse sobre la mesa y dice—: ¿por dónde iba?

—«Discípulos vestidos de azul...» —dice un general aclarándose la garganta.

—Mi-Mi...

Todas las miradas se giran hacia mí. Debería haber guardado silencio. Esa chica podría haber sido yo... salvo por una diferencia: yo soy lo bastante lista como para que no me pillen.

—... Permíteme tocarte una canción.

—¡Oh! ¿Es que no te gusta mi poema?

—Un poema es una canción sin melodía. El tuyo merece tener música. Permíteme ponérsela.

Miasma tiene el gesto glacial como la porcelana. Entonces, una sonrisa lo resquebraja.

—¡Bien dicho! ¡Traedle una cítara a Céfiro Naciente!

—Y alguien que me acompañe —añado, esperando que se le ocurra hacer traer a Cuervo.

Pero llaman a un miembro de la orquesta. Cuando se sienta frente a mí con su instrumento, su mirada es cautelosa. Veo cómo su cautela se convierte en aversión cuando a la cubierta llega el olor a carne cocida.

—¿Qué nos vas a ofrecer? —pregunta Miasma mientras la gente palidece a su alrededor.

—Los gritos de los soldados de Ren bajo los cascos de tu caballería —le contesto levantando las manos.

—¡Excelente! —gruñe.

Me dirijo al otro citarista solo moviendo los labios y le digo *Himno de batalla*. Asiento y empezamos a tocar. Pulso las cuerdas con fuerza y arrastro las manos de arriba abajo. La fricción hace que me ardan las yemas de los dedos y aprieto los dientes mientras produzco los sonidos.

Así serán los gritos de los soldados de Miasma cuando ardan vivos, el chirrido de sus barcos cuando se quemen hasta los goznes. Golpeo con una mano la madera de la cítara: un único e intenso latido. Y entonces planto los dedos sobre las cuerdas haciendo callar los gritos.

Un barco se hunde. Otro arde en llamas. Una señora cae y la otra se alza.

Añado melodía a los aullidos; los hago temblar en un vibrato; represento el odio, la ira, la pena de los que aún quedan en pie. Deseo que Miasma esté entre ellos. Espero que viva lo suficiente como para ver todos sus esfuerzos reducidos a cenizas.

Espero que se arrepienta de haber minusvalorado a Ren.

La emoción que hay tras ese pensamiento me sobresalta. Luego lo asumo. Nunca habría tocado la cítara para Ren: una estratega no es un animador cualquiera. La he tocado para Miasma porque no soy su estratega. Estoy aquí por una señora que no cocería viva a una persona, aunque la hubiese traicionado. Yo traicioné a Ren. Pero ella creyó en mí a pesar de todo y más allá de lo razonable.

Cuando termino, toda la cubierta está en silencio. No se escucha ni el ruido de las llamas que crepitan en los braseros, que no son más que débiles chispas en comparación con la tormenta de fuego que se avecina.

—¡Menuda obra maestra! ¿Cómo llamas a esta canción? —pregunta Miasma rompiendo el hechizo del momento.

—Esperaba que la honrases con un nombre —digo agachando la cabeza.

—Una canción breve para una batalla corta debería llamarse *Efímera*.

Todos alaban el nombre. Vuelven a comer y a beber. Supongo que es cierto lo de que puedes volverte insensible a cualquier cosa, incluido el olor de la carne humana siendo cocinada.

Me levanto de mi asiento.

—Espera. —El músico se levanta también con los ojos brillantes de asombro. En circunstancias normales me habría halagado, pero hoy no significa nada para mí—. Céfiro Naciente. También se te conoce como la Estratega de Puerta del Cardo, ¿no es cierto?

«Puerta del Cardo». Por un segundo me invaden los recuerdos de ermitaños. El citarista se me acerca.

—No es mi apodo favorito —le acabo contestando.

—Soy Lu Pai. ¿Qué nombre te pusieron al nacer? —se atreve a preguntarme.

—Tú, Lu Pai, solo tienes que referirte a mí como...

—Céfiro —dice una voz muy familiar quitándome la palabra de la boca—. Aquí estás.

Y aquí estás tú también, quiero contestarle, pero estoy demasiado nerviosa y se me traba la lengua.

—Maestro Cuervo —dice el citarista inclinándose.

—¡Corre! —me dice mientras me agarra del codo y me aleja de los demás.

Echo un vistazo para cerciorarme de si Miasma nos ha visto, pero está inmersa en una conversación con sus generales.

—¿Pero qué haces? —le pregunto mientras abandonamos un barco y nos subimos a otro a través de las pasarelas que los unen.

Los sirvientes y los marineros se inclinan ante nosotros cuando pasamos. Intento liberarme, pero Cuervo me tiene agarrada con mucha fuerza.

—Suéltame.

—Solo si me prometes seguirme —dice Cuervo mientras subimos a otro barco distinto.

—¿Y qué pasa si quiero quedarme?

—¿Por qué? ¿Por Lu Pai?

—¿En serio, Cuervo? —Clavo los talones sobre el suelo y me suelto el codo de un tirón—. Me evitas durante días y ahora apareces sin dar ninguna explicación.

—Somos estrategas. No tenemos que explicarle nuestras cosas al otro.

Su voz es tan escurridiza como la de la noche en que cuestionó mi deserción, y eso hace que me estremezca. Pero no vuelve a agarrarme del codo.

—No te quedes atrás —me dice antes de reemprender la marcha.

Pero ¿quién es él para darme órdenes?

¿Y quién soy yo para obedecerlas?

—¿A dónde vamos? —vuelvo a preguntar cuando saltamos del último barco a las rocas de la orilla.

No me contesta y yo me enrabieto.

Andamos durante mucho, mucho tiempo… que se me hace aún más largo por el hecho de haberme atiborrado de carne de cabra. *Pero no eres tú la que recibió una flecha.* Observo la espalda de Cuervo mientras camina por delante de mí. Si le duele, no dice nada. Si está exhausto, lo oculta muy bien. Todo lo que le rodea es un auténtico enigma.

Y no sé si alguna vez me he podido resistir a resolver un buen misterio.

El viento se levanta y espanta mis pensamientos al calarse entre mis finas túnicas. Mi ridículo peinado hace que el pelo se me amontone en la cara mientras trepamos por los salientes de unas rocas solo para encontrar más rocas a ambos lados formando un túnel de viento perfecto que me sigue despeinando. De repente, Cuervo se detiene.

—¿Qué estamos mirando? ¿Piedras? —le pregunto desde atrás.

Estamos en lo que parece el lecho de un río seco.

—Estamos mirando tu única vía de escape.

Le miro mientras rebusca bajo su capa y saca lo que hace que estuviera tan abultada: un saco de dormir lleno de provisiones. Me lo entrega y me dice:

—Hay un trecho importante de aquí a la ciudad más próxima… y dudo mucho que sepas cazar o poner trampas. Necesitarás esto.

—No te entiendo.

—Te estoy liberando.

—Estoy perfectamente bien donde estoy.

—Céfiro… —se me acerca y yo, por capricho, le quito el sombrero.

Así es como nos conocimos: con la luz de la luna colándose entre nosotros y con su cara demasiado cerca de la mía.

—He servido muchos años a mi señora. Y le serviré hasta la muerte. Pero esa es mi decisión. Tú no conoces a Miasma. Lo que has visto esta noche es solo la superficie. Ella es capaz de sacar lo mejor y lo peor de cada persona. Nos tiene a cientos de nosotros bajo su dominio… y solo somos marionetas, compitiendo entre nosotros para complacerla. —Da un paso atrás y mira al cielo. La noche es clara y una luna en forma de hoz ilumina las rocas—. Por eso soy como soy. Hablaba en serio cuando decía que mi tos es mi arma. Es un arma y un escudo. Puede que sea el estratega de Miasma, pero no merezco la atención o el tiempo de nadie. Mi enfermedad se acabará encargando de mí y ya habrá alguien listo para sustituirme.

De todas las cosas que me ha dicho Cuervo, puede que esta sea la más cierta. Admitirlo es duro, demoledor. No sé cómo responderle.

—Si alguien como tú puede sobrevivir en las Tierras del Norte, yo también seré capaz.

—Me alegra que creas que esto es sobrevivir, pero yo no lo creo. —Cuervo mira hacia abajo y, antes de darme cuenta, me ha sujetado las manos—. Te mereces vivir. —Entonces me suelta y me empuja hacia adelante—. Vete.

Me iré. Me iré mañana. Tengo que irme. Pero no ahora. Necesito aguantar un día más. Miasma no puede sospechar nada.

—Vete —me ordena Cuervo cuando ve que no me muevo.

—No quiero irme. —El saco de dormir se me cae de las manos—. Me quedo —le digo poniéndome firme—. No me importa si Miasma es malvada —grito contra el viento para que todo el cauce lo oiga—. La elijo a ella. Me quedo con ella. —Pego mi pecho contra el de Cuervo—. Me quedo contigo.

Él sonríe, a medio camino entre la pena y el escepticismo.

—Céfiro…

Le hago callar de la forma más eficiente que conozco. Le agarro la cara y planto mis labios en los suyos.

Se aparta tal como sabía que haría.

—La tuberculosis…

Le lanzo los brazos por encima del cuello y le hago callar de nuevo. Soy una pieza más de este juego, una estratega en acción. Haré lo que sea necesario, perderé lo que tenga que perder. Además, la tuberculosis no es ninguna sentencia de muerte garantizada. Viviré lo suficiente como para ver a Ren volver a poner a Xin Bao en el trono. Solo tengo que pasar la noche en el campamento de Miasma.

Tengo que convencer a Cuervo.

No tengo experiencia en el campo ni libros que me guíen. Este beso… es el primero que doy. Pero aprendo rápido. Subo para capturar su labio superior y él se pone rígido. Cierra las manos alrededor de mis hombros, pero no me aparta. Me sujeta con tanta fuerza como imagino que se contiene cuando piensa en la guerra y se le bloquean los músculos. Está temblando, resistiéndose, luchando.

Se olvida de que yo siempre gano.

A mí también se me olvida porque, cuando me atrae hacia sí, le muerdo. La sal fluye por nuestras lenguas. Desliza los dedos por mi pelo suelto e inclino la cabeza hacia atrás. Dejo expuesta la garganta. Ya no me estoy inclinando hacia él, sino que me agarro a él para no caerme. Es lo único que me tiene pegada al suelo y, por un segundo, se lo permito. Visualizo cómo sería quedarme y trabajar a su lado. Pero no podría durar. Un día me despertaría y me odiaría por haber traicionado mi objetivo.

Hago que nos separemos. Lo saboreo en cada bocanada de aire.

Me sabe a sangre.

Cuervo me mira con una raja en mitad del labio.

—¿Eso es lo que has decidido? —pregunta, por fin, sin aliento.

—Eso es.

Me acerca la manga a la boca para que me limpie.

—Lo siento —dice, aunque el que sangra es él.

—He sido yo la que te ha… —Me rodea entre sus brazos—. Mordido.

Le devuelvo el abrazo, miro al cielo y las estrellas por encima de su hombro. Son las únicas que me ven meterle la mano en el bolsillo de la capa.

Saco el frasco auténtico.

Y meto el falso.

ANTES DE QUE TODO ARDA

Q uerido Cuervo:
Para cuando leas esto, yo ya habré partido para recoger a los desertores sureños.

No volveré.

Tú esto no lo sabes y Miasma tampoco. Juntos, observaréis el río
desde lo alto del acantilado. Cuando caiga la noche, un vendaval pro-
veniente del sudeste despejará la niebla que oculta el agua. Y cuando
la luna empiece a brillar, otras lunitas aparecerán en el horizonte: las
luces de los faroles que se balancean en los timones de las barcazas de
grano.

A Miasma le encantará otearlas. Tú, imagino, tendrás ciertas reservas. ¿En qué momento te darás cuenta de que esas barcazas no están lo
bastante hundidas en el agua? ¿En qué punto notarás que van demasiado rápido?

Te voy a contar un secreto: esas barcazas no estarán cargadas con
toneladas de grano. Solo llevarán recipientes de azufre y pólvora negra,
así como a los valientes soldados que se han presentado voluntarios para
tripular ese infierno flotante directamente contra tu armada. Alertarás
a Miasma en el momento en el que te des cuenta y ella gritará a los
marineros que desliguen vuestras embarcaciones.

Pero el fuego ya habrá comenzado.

Antes de que todo arda, quería escribirte. Me gustaría decirte, por si sirve de algo, que no espero que me perdones. Cúlpame a mí... o a los cielos por habernos colocado en bandos diferentes de esta guerra.

Ojalá que nos reencontremos en otra vida.

Qilin

十二

LA BATALLA DE LOS ACANTILADOS

«Ojalá que nos reencontremos en otra vida».

Todo empieza de una forma muy silenciosa. Estoy demasiado lejos como para oír el estruendo de los recipientes de azufre sobre la cubierta, el rugido y el crepitar del mismo infierno. Solo hay cierto resplandor en la lejanía: el nacimiento, de entre la noche, de un nuevo día. Amanece por cortesía de Céfiro Naciente.

Desde mi posición elevada, en una roca de encima de una colina, puedo ver filas y filas de tropas de Ren en formación. Turmalina está montada sobre Perla al frente de todos. Su voz suena como un gong.

—¡Desenvainad!

Las espadas y las picas acuchillan el aire.

Hasta ahora, hemos huido.

—¡Hasta ahora, hemos huido!

Hasta ahora, nos hemos retirado.

—¡Hasta ahora, nos hemos retirado!

Pero se acabó.

—¡Pero se acabó! —Turmalina hace girar a su yegua y decimos a la vez las siguientes palabras—. Esta es nuestra guerra y no pararemos de luchar hasta que estemos en las calles de la capital, acompañando a nuestra señora hasta el lugar que le pertenece...

—se calla un momento y, un segundo después, tal como le instruí, añade—: ¡junto a la emperatriz Xin Bao! Hay buitres y gavilanes ciñéndose sobre nuestra joven monarca. Necesita una protectora. ¡Necesita a Ren!

Las tropas lanzan un grito. No importa cómo Miasma trata de retratarnos: lo nuestro no es ningún tipo de sedición. Solo tratamos de devolverle el poder a nuestra emperatriz, proteger el trono.

—Oye, Pavo real —me dice Loto mientras sube por mi roca y se sienta junto a mí con las piernas extendidas—, ¿qué plan tenemos para hoy?

—Observar el fuego a lo largo de un río en llamas —murmuro con mi atención puesta en las tropas.

—¿De verdad? —Loto mira hacia atrás—. Pues desde aquí no se ve el río.

Es culpa mía por olvidarme de la manera tan literal en la que Loto se lo toma todo.

—No. Significa que solo nos queda esperar. Esperar a que Miasma corra directa hacia mis trampas.

Los vientos son fuertes y extenderán el fuego. Nube y las fuerzas del clan Xin atacarán por detrás, dirigiendo a Miasma y a sus desmoralizados soldados hacia las emboscadas que he dejado preparadas.

—¿Y qué pasa si Caracalavera no aparece?

—Ah, aparecerá.

Solo hay tres maneras de llegar desde aquí hasta la capital del imperio: a través de los pasos del oeste, por el paso de Piedra Pómez y Puerto Lutita o yendo directamente hacia el norte. La ruta hacia el norte es la más obvia, tanto para una retirada como para una emboscada. Miasma lo sabe y tomará la más larga y difícil, la del oeste, aunque eso suponga un infierno para sus tropas, solo para así evitar una humillante derrota histórica.

En la llanura que hay a nuestros pies, Turmalina se lo explica todo a nuestros soldados. Agito junto a ella mi abanico de pluma de paloma: señalo al oeste o al este cuando ella lo hace.

—¿No deberías estar ahí abajo? —pregunta Loto.

La miro y señala las tropas con su hacha. Bajo despacio mi abanico.

—Estoy bien donde estoy.

Es decir, lo bastante lejos de un campamento como el de Ren, que está lleno de soldados de mente cuadriculada a los que puede que no les hiciera mucha gracia lo de recibir órdenes de una desertora.

Loto me empuja para que me ponga en pie.

—Pero ¿qué haces? —le espeto mientras me arrastra tras ella.

—Poner a Pavo real donde tiene que estar.

Me lleva colina abajo, casi chocando con ella cuando el suelo se va aplanando. Todas las cabezas se giran hacia Loto: los ojos se entrecierran cuando ven que voy detrás de ella. Aprieto los dientes y aparto la vista. Esta debe de ser la venganza de Loto. Se dice que Ren le impuso veinte latigazos por desobedecer mis órdenes y acudir al encuentro con Miasma. Así que debe de ser su venganza, supongo. Una vez que estamos de pie frente a todo el regimiento, el silencio es tan denso que podría cortarse.

Entonces, Loto hace que mi mano rodee el mango de su hacha y la levanta por encima de nuestras cabezas.

—¿Quién está listo para aplastar algunas calaveras?

La respuesta es un rugido ensordecedor. Loto les devuelve un gruñido. Tiene las mejillas enrojecidas y los ojos en llamas. Cuando nos cruzamos la mirada espero encontrar amargura en su gesto, pero solo veo fuego. Es lo único que hay en todos esos rostros, cuando me atrevo por fin a mirarlos.

—¡Abajo el imperio! —grita Loto.

Yo la fulmino con la mirada. Esto es, sin lugar a dudas, un grito de sedición. Pero entonces el fragor se extiende como una llamarada.

—¡Abajo el imperio!

—¡Abajo el imperio!

—¡Abajo el imperio!

—¡Abajo el imperio! —susurro también yo, paladeando las palabras.

Cigarra se equivoca. No todos los seguidores de Ren son leales al clan Xin. Para esos soldados, la emperatriz Xin Bao no es más que una propiedad de Miasma. Luchan por Ren y solo por Ren. Su furia se convierte en la mía y solo tiene un único enemigo.

«¡Abajo el imperio!».

El viento se levanta y el grito cesa. Loto me deja para reunir a sus tropas. De acuerdo a mi plan, llevará la mitad de nuestras tropas a uno de los dos pasos por lo que Miasma puede huir. Turmalina comandará la otra mitad. Mi trabajo ya está hecho. Ya he dado las órdenes necesarias, así que puedo retirarme.

—¡Pavo real! —Completamente rígida, me giro para ver a Loto saludándome desde encima de su semental—. ¡Tú conmigo, Pavo real!

Sacudo la cabeza, pero ya está cabalgando hacia mí. Desmonta el caballo y yo me alejo de ella.

—Te equivocas, Loto. Yo...

Me levanta del suelo y me deja caer sobre su montura. De repente, el suelo está peligrosamente lejos.

—Loto, bájame de aquí.

Me agarro al fuste de la silla y, desesperada, busco a Turmalina en la distancia. *Sálvame*. Pero me está dando la espalda. *Gírate, Turmalina*.

—¿Es que no quieres ver rodar la cabeza de Caracalavera? —pregunta Loto tomando las riendas.

—No.

Las pobladas cejas de Loto se arquean confusas y yo me pregunto si, de verdad, tengo que explicar que para mí es suficiente con conseguir la victoria y que no necesito presenciar un baño de sangre desde primera fila. Pero antes de poder decir nada, la confusión de Loto se esfuma.

—No tengas miedo. —Acaricia el enorme hocico de su semental—. Pastel de arroz es muy bueno.

—No tienes ninguna gracia —le suelto a Loto mientras se coloca detrás de mí en la silla de montar—. Ren te azotará por...

Pastel de arroz se pone a cabalgar. Los dientes me castañean como las cigarras en verano y me aferro al brazo de Loto, envuelto en un protector de cuero. El camino es muy largo hasta que llegamos al paso de Piedra Pómez. Loto me ayuda a bajar y me aparto de ella. Me tambaleo hasta la entrada del paso buscando algún lugar en el que esconderme para observar la batalla. Sobre el horizonte, el humo se asoma como la cuchilla de un verdugo. No había más remedio que hacerlo. Las sirvientas que atendían mis necesidades diarias, la tripulación que unió los barcos después de que diera la orden... todos habrían acabado muriendo en alguna guerra del imperio. Aun así, veo sus caras. Veo su cara... pálida pero algo sonrojada, con un hilo de sangre saliéndole del labio. Recuerdo la sensación de su cuerpo contra el mío, nuestra música al entrelazarse.

No le pasará nada. Los estrategas no participan de las batallas (otra razón más para que los guerreros nos desprecien). Pero se encontrará con las tropas de Nube al igual que todos los que acompañan a Miasma. Y habrá flechas y espadas. Y Nube estará allí. Dudo que sea demasiado misericordiosa.

Me viene una arcada casi tan fuerte como cuando aún estaba envenenada. Pero me tomé el antídoto de Cuervo. Debería estar bien. Me apoyo contra una mole de piedra pómez con la respiración agitada y la cabeza en las nubes.

—¿En qué piensas? —me pregunta Loto y yo doy un respingo al sentirla a mi lado.

—En nada.

No dejé atrás nada mío. Ni siquiera la carta para Cuervo. *Cualquier estratega que se precie habría hecho lo mismo que yo*, me digo tocando el papel doblado que tengo escondido en la manga. Actuar así es lo que nos hace fuertes.

No me da miedo perderlo todo o a todos. Temblorosa, me siento en el suelo con la espalda contra la roca. Loto se sienta a mi lado. La ignoro. Ella es el motivo de que yo esté en tan terrible estado y lugar.

—Tenías razón en cuanto a Caracalavera. Te facilita las cosas si eres fuerte. Sus regalos mantuvieron fuertes a mis soldados. —Loto me da un golpecito con el mango del hacha y yo me estremezco—. Loto le debe una a Pavo real.

La verdad es que sí. Pero si realmente estuviera agradecida, no me habría arrastrado hasta aquí. Soy incapaz de apuntarme un tanto por algo que no he hecho yo.

—Luchaste en el cuadrilátero contra los soldados de Miasma y ganaste. Te libraste de todos ellos.

—De todos no. —Loto se levanta la manga y extiende el brazo. Cuatro marcas forman una costra que se ondula cuando abre y cierra el puño—. De Musgo.

Supongo que Musgo era el subordinado que perdió la cabeza por culpa de Miasma. Seguiría vivo si Loto me hubiese escuchado desde el principio. Pero no digo esta obviedad y Loto también se queda callada durante un momento. Estamos sentadas en un extraño y casi perfecto silencio.

Un grito lo rompe.

Nos ponemos de pie de un salto. Bueno, eso es lo que hace Loto. Yo trastabillo con punzadas en las piernas y cojeo tras ella. A medio camino del paso nos encontramos con un grupo de soldados. Se forman ante Loto y contengo un grito cuando veo a uno de ellos.

Lo peor no es que esté tirado en el suelo con una flecha hincada limpiamente a través del cuello. Lo peor es que aún se está retorciendo como un pez sobre una tabla de cortar.

Loto se agacha a su lado.

—¿Wei? ¡Wei!

Loto se incorpora y mira a las formaciones de piedra pómez a ambos lados de nosotros. Mientras observa los alrededores, mi vista se centra en la flecha. La mitad de las plumas son carmesí y la otra mitad, negras. Reconocería esa marca en cualquier sitio: recolecté cien mil como esas.

El imperio.

Pero ¿una emboscada de Miasma? ¿Aquí? Imposible. No puede haber intuido los designios de la batalla. Y aunque lo hubiera hecho, no es de las que sacrificaría toda su flota solo para capturarme. Es a Ren a quien perseguiría. Y Ren no está aquí, sino en la vanguardia luchando junto a Cigarra.

Algo falla. Lo siento en las tripas.

—¡Escudos arriba! —grita Loto.

Un silbido y cae otro soldado. Una flecha en pleno pecho. Lo miro fijamente hasta que Loto me saca de mi ensimismamiento. Me pone detrás de ella y gira sacando su hacha.

—¡En formación de tortuga!

Nuestros soldados colocan sus escudos justo cuando caen la lluvia de flechas. Algunas traspasan la formación. Una de ellas se queda a un pelo de la nariz de un soldado. Otra, clava al suelo el dobladillo de mi túnica. Nuestra formación aguanta, la lluvia se detiene.

Se oye un chasquido.

Algunas rocas pequeñas se desprenden al apoyar los pies sobre la piedra pómez. Los soldados de mi alrededor mantienen las posiciones y yo me aferro a mi abanico cuando el enemigo se hace visible descolgándose desde arriba de las formaciones rocosas.

Caen en el suelo como arañas. Van vestidos con el color negro de los mercenarios, con pañuelos atados a la cabeza que ocultan la parte inferior de su rostro. Pero las espadas y los arcos que llevan a la espalda son de un dorado imperial.

Algo se me ha escapado. El cerebro me funciona a trompicones. Me faltó prever algún detalle, alguna señal, algún cambio del cosmos. Caigo de rodillas mientras la música de mi cítara se me viene a la cabeza.

Muy a lo lejos, oigo a Loto gritar... pero no soy capaz de distinguir lo que dice. Pero ¿qué me pasa? Estoy despierta, no inconsciente ni soñando. Y, aun así, la música es ensordecedora.

Ante mis ojos estalla una lucha cuerpo a cuerpo. Se cruzan espadas. Las picas se tiñen de rojo. Un hombre pierde una mano y de su boca sale un acorde en lugar de un grito. Lo veo todo rojo, como si me estuviese sangrando la mente. Y después rosa. Un cielo rosa, piedra caliza blanca, un cenador de mimbre blanco.

Las ondas producidas por una figura que toca la cítara detrás de una cortina.

Muevo los pies desplazándome hacia el cenador. Alargo la mano para descorrer la cortina.

La punta de la lanza atraviesa la gasa.

Vuelvo a estar inmersa en el campo de batalla. Un destello de su hacha y Loto me salva la vida separando la punta de la lanza del resto del mástil. También ella ataca a los enemigos. Entonces, me levanta y me echa al hombro. Empieza a correr hacia el paso, a la curva donde atamos a los caballos. Me coloca encima de Pastel de arroz. Me entrega las riendas y me grita algo a la cara una y otra vez hasta la oigo por encima de la música.

—¡Sal de aquí!

Se da la vuelta y se aleja, metiéndose de lleno en la batalla.

«¡Sal de aquí!».

Miro las riendas que tengo en la mano. Miro la batalla campal que se ha desatado en el paso. Cierro los dedos alrededor de las riendas.

Corre. Reconozco una batalla perdida cuando la veo. *Estas tropas son prescindibles. Tú no lo eres. Eres la única estratega de Ren. Corre y no mires atrás.*

Pero sí que miro atrás. Veo a Loto entre la maraña de cuerpos. Tres secuaces del imperio vuelan hacia ella desde lo alto de una formación de piedra pómez. Acaba con ellos en el aire. Otro le viene por detrás. Le rompe el cuello con una mano.

Estará bien. Loto podrá volver como una heroína y yo como la cobarde a la que todos odian. Mientras pueda seguir planeando estratagemas del lado de Ren, mi misión sigue vigente.

Estará bien. Aprieto los talones contra el costado de Pastel de arroz y no se mueve.

—Venga —murmuro tirando de las riendas—. Vamos. A Loto no le va a pasar nada. —Miro hacia atrás para confirmar que lo que digo es cierto—. ¿Lo ves? Loto…

En ese momento, la soldado bloquea una lanza justo antes de que ensarte a uno de nuestros soldados. Mientras acaba con su atacante, algo se mueve desde una de las formaciones de piedra pómez que tiene por encima. Hay un destello y se me congela la sangre.

La punta de la flecha impacta en Loto antes de que yo sea capaz de decir ni una palabra. Le da de lleno entre los omóplatos.

Cae al suelo.

Volverá a levantarse. Sobrevivirá a pesar de todo. Tiene que hacerlo. Y si no lo consigue… no hay nada que yo pueda hacer para evitarlo. No puedo coger una espada e ir a salvarla. No puedo hacer otra cosa que preparar el tablero, mover mis piezas y minimizar las pérdidas cuando el enemigo me supera en número. Y esta noche, en este paso, el enemigo me ha superado.

Corre, me dice la estratega que habita en mí. Sujeto las riendas empapadas de sudor. *No eres una guerrera.*

En esa batalla no serías más que una carga.

Pero Loto es la hermana de juramento de Ren, y a ella no puedo fallarle.

No puedo volver a ser la chica que era antes.

Me bajo de Pastel de arroz y le doy un cachete en la grupa.

—¡Venga! ¡Galopa!

Pastel de arroz relincha, pero se queda quieto. *Caballo testarudo…* Recojo una flecha del suelo y le pincho en los cuartos traseros.

—¡Galopa, idiota! —le grito mientras relincha y se encabrita.

Sus cascos delanteros golpean el suelo y retumban entre las paredes del paso mientras huye de allí a toda velocidad.

Jadeo, casi sin aliento, y me giro hacia la sangría que se está produciendo a pocos metros de mí.

Nadie se enfrenta a mí de forma inmediata. Todos están enzarzados en una batalla a muerte contra sus oponentes. Voy sorteando cadáveres (unos nuestros, otros del imperio) y charcos de sangre (que no distingue de bandos) mientras busco a Loto, por el suelo, entre un enorme caos. Entro en pánico al no encontrarla.

No la encuentro.

No la encuentro porque está de pie y luchando con la flecha clavada a la espalda. Una segunda flecha le alcanza en el pecho. La arranca, levanta la cabeza y suelta un rugido que hace que tiemblen las rocas de nuestro alrededor. Los pájaros alzan el vuelo al cielo nocturno y, por un segundo, los soldados enemigos se quedan perplejos.

Pero otros nuevos bajan por los acantilados como hormigas a una bodega. Estoy a tres zancadas de Loto cuando uno de ellos le clava una lanza por detrás de la rodilla. Loto se dobla. Otro le da en la cabeza con una porra con púas.

Loto cae.

Golpea el suelo y yo, con las piernas ya sin fuerzas, me derrumbo con ella. Algo me golpea el cráneo. Alguien me pisa la columna vertebral. La base de una pica me golpea en la mejilla y me ahogo en mi propia sangre. *Voy a morir.* Aquí y ahora, en este paso de montaña, sin llegar a ver a Ren marchando sobre la capital. Tuve la oportunidad de vivir y dejar huella. Esa oportunidad me la dio una versión más joven y harapienta de mí misma cuando entró en aquella taberna. Ahora la he tirado a la basura.

¿Y para qué? No siento la mitad de la cara mientras me arrastro hacia Loto.

—Pavo... real, ¿qué... estratagema... usamos...?

—*Hiérete para... dañar... al enemigo.*

—Loto… se sabe… esa —gorjea.

Será mejor que se la sepa. Es una de las pocas estratagemas cuyo nombre describe la acción que representa. Consiste en autoinfligirte una herida, hacer que el enemigo baje la guardia y atacarle cuando menos se lo espera.

El problema es que no tengo nada con lo que atacar. Si al menos pudiera alcanzar la mano de Loto con mis últimas fuerzas… Mis dedos temblorosos se encuentran con sus manos firmes.

¿Merece la pena sujetarle la mano para que se sienta acompañada mientras muere?, se pregunta la estratega que hay en mi interior. *¿Merece que arriesgues tu vida?*

No. No lo merece. Yo tenía un plan. Traicioné a Cuervo por él. Renuncié a Ku. Tomé decisiones muy difíciles y sacrifiqué a gente a la que amaba.

Pero Ren… se habría quedado junto a Loto. Se me cierran los ojos. Vuelvo a escuchar en mi cabeza la música de cítara. La oigo mientras la batalla sigue rugiendo y, desde el suelo, vemos cómo los cuerpos se amontonan a nuestro alrededor.

Una bota pisa muy cerca de mi cabeza.

El silbido de un arco, el zumbido de una renuncia. Siento que la espalda me arde. Todo se desvanece. No siento nada. Solo oscuridad, como en el interior de una cabaña de paja bien prensada bajo el sol de mediodía.

Entonces es como si alguien abriese esa puerta. La luz entra a raudales. Una mujer de apenas veinte años se abre paso a través del pequeño espacio. Las dos guerreras que la acompañan la miran extrañadas cuando se arrodilla y hace una reverencia. Ante mis pies, toca el suelo con su frente y luego vuelve a incorporarse. Sus ojos grises son inexpresivos, pero cálidos como las rocas que se secan al sol que yo intentaba evitar.

«Me llamo Xin Ren», dice. «He venido a implorar tu ayuda».

Cuando me levanto, la alfombra está húmeda bajo mis pies. La nieve se está derritiendo y se cuela a través del techo.

La primavera es mi estación favorita. Representa los nuevos comienzos.

Esto, por desgracia, es un final.

A las puertas de la muerte, tengo algo que confesar.

Dije la verdad del motivo por el que soy estratega.

Lo que pasa es que hay otra verdad respecto a la chica que volvió a perderse cuando su cuarta y última mentora murió. No importaba a cuántos guerreros pudiese llegar a dirigir: siempre habría meteoritos. Inundaciones. Enfermedades. Muerte. Desesperanzada por ello, la chica se retiró a un valle llamado Puerta del Cardo, un paraíso para los sabios ermitaños. Y cerró su puerta al mundo.

Fue Ren quien la reabrió.

Ella más que nadie me necesitaba como estratega.

En estos momentos finales, vuelvo a este recuerdo. Estoy con Ren.

Es su tercera visita, va flanqueada por Loto y Nube, camina hasta mi cama, se arrodilla y me hace una reverencia.

Me hizo darme una segunda oportunidad.

«Lo siento, Ren», murmuro. En algún lugar, en la distancia, me parece escuchar una cítara. «Pensabas que podrías fallarme».

«Pero siempre soy yo quien te falla».

La música se apaga.

Poema Segundo

Al norte, una miasma se retiró,
derrotada pero viva. Hubo una emboscada
en el paso, antes de que llegaran.

Al sur, una cigarra se libró
de la sombra de su hermana y puso
la mirada en el oeste.

Al oeste, una señora había ganado una
batalla, pero había perdido a una estratega.

Y arriba, en el cielo,
una estrella se apagó para siempre.

十三
LO QUE ESTÁ ESCRITO

Cuando abro los ojos lo veo todo rosa. Escucho el canto de los pájaros. Cerca de mí, alguien puntea una cítara. Me incorporo en una cama suave como una nube, cubierta por una cortina de gasa, y la música cesa. Se oyen unos pasos suaves contra el suelo de piedra. Aparece una sombra detrás de la gasa. Una mano delgada la abre.

Quien tocaba la cítara y yo nos miramos a través de la apertura. Lleva el pelo recogido por una serpiente viva. Otra le cuelga de los brazos como una banda decorativa. La piel de una tercera le ciñe el pecho. Bajo el vientre desnudo lleva una larga falda esmeralda que le llega hasta los pies descalzos.

Pero mi atención se centra en sus ojos. Lo que debería ser blanco es negro. Tiene los iris rojos. Son como soles rodeados de una corona dorada durante un eclipse.

Un demonio. Un monstruo.

—¿Céfiro?

El monstruo sabe mi nombre.

—Céfiro —susurra de nuevo la mujer serpiente, ahora en tono afirmativo—. ¡Escarcha! ¡Ya está de vuelta!

Se sienta en mi cama y me toca la cara. Yo retrocedo.

—¿No estoy muerta?

—¿Muerta? —se ríe la mujer serpiente—. ¡Claro que no, tonta!

Así que no estoy muerta...

Antes de que pueda procesar esto, se sube a mi cama una niña pequeña que no lleva más que un pantalón amarillo y que tiene toda la cabeza afeitada a excepción de un mechón en el flequillo. Se acomoda en mi regazo y me estremezco cuando veo que a su alrededor se materializa una multitud de abejas multicolores. Pero los insectos se vuelven la menor de mis preocupaciones cuando me abraza fuerte a la altura del estómago. De repente oigo una voz en mi cabeza que no se parece en nada a la de una niña, sino a la de una bestia hambrienta.

—*Hummm... está un poco más delgada, pero todavía es cómoda y suave.*

—Bienvenida a casa —me dice la mujer serpiente.

—*Ya era hora* —dice la niña demonio sin abrir la boca.

A casa.

Durante toda mi vida, he sido un hogar para el conocimiento... pero ningún sitio ha sido un hogar para mí. Ni el orfanato, ni la residencia de mis mentores, ni mi cabaña en Puerta del Cardo. Puede que no sepa lo que es un hogar, pero sí sé lo que no es.

Aparto a la niña llamada Escarcha y me alejo de la cama. La sorpresa invade el rostro de la mujer serpiente. Es en ese momento de confusión cuando intento escapar.

—¡Céfiro!

Salgo corriendo del cenador a través de las terrazas blancas. El cielo sobre mí es de color rosa. Conozco este lugar, es el paraíso. Pero no estoy muerta. En el mundo real, debo de estar desmayada en algún sitio, babeando y magullada, pero aún respirando y en peligro. Me estoy perdiendo la batalla más importante de mi vida.

Tengo que volver.

—¡Céfiro! ¡Espera!

Corro más rápido. Si me capturan, nunca podré liberarme. Conforme ganan terreno, busco algo, cualquier cosa, que pueda usar para frenarlas. Me rodea un lago de nubes rosas. El borde labrado de la terraza es lo único que se interpone entre el cielo y yo.

Me quieren viva. Eso es lo único que puedo deducir. Y hablan mi lengua. Si hablamos la misma lengua, puedo negociar.

Solo necesito alguna ventaja.

Me subo al borde de la terraza.

—¡Si os acercáis más, salto!

La mujer serpiente frena hasta detenerse. La niña para tras ella, pero las abejas siguen avanzando a toda velocidad. Una llega hasta mí y se me posa en la nariz. Me echo hacia atrás y, por un segundo, caigo por los aires.

La caída termina antes incluso de que me dé tiempo a gritar. Mis sentidos se sumergen en la oscuridad total.

Aparecen algunas formas, borrosas al principio. La vista se me va acostumbrando y distingo las líneas de una habitación pequeña así como el contorno irregular de una persona que se sienta en el centro. Una persona que no es otra que Ren.

Ren. Casi me río. Es como si hubiera escapado de una terrible pesadilla. Entro en la habitación. Está iluminada por velas. Ren no se gira y yo no la llamo. Es un silencio que tiene algo de sagrado y Ren parece perdida entre sus pensamientos. Está encorvada sobre un objeto.

Es una cítara. Me doy cuenta cuando estoy lo bastante cerca como para echar un vistazo por encima de su hombro. Es mi cítara. La inscripción del lateral está desvaída y las incrustaciones de mica del diapasón están desgastadas. Ren la mece mientras pasa un paño por las siete cuerdas. El instrumento emana notas dulces de aceite de albaricoque.

—No sirve de nada —murmuro—, el brillo se le va.

Ren no responde.

Me acerco más y me detengo en seco. Hay tres varillas de incienso quemándose ante Ren. El humo ondea por encima de un cuenco con melocotones. Se eleva y pasa por encima de una placa que suele reservarse para los difuntos.

Pan Qilin
Céfiro Naciente
18 años
Su brillo rivaliza con el de las estrellas

Pero yo no estoy muerta. Lo dijo la mujer serpiente.

No puedo estar muerta.

—Señora, señora... —le digo palpándole el hombro. Me callo y pruebo con su nombre—. Ren.

Se me corta la respiración cuando levanta la vista. Su cara está muy cerca de la mía. Enfoca la mirada de forma gradual.

—¿Qué sucede...? —dice en tono áspero—. Gracias al cielo...

—Xin Gong requiere tu presencia para tomar el té.

Me vuelvo despacio. Turmalina está encorvada ante el umbral de la habitación. Un nuevo corte le recorre el pómulo izquierdo y se acaba uniendo a la cicatriz que le ocupa el puente de la nariz. ¿Era de la batalla de los Acantilados? ¿Ganamos? Se me rompe el corazón de pensar en la alternativa.

—Tomar el té... —repite Ren con voz triste mientras sigue puliendo mi cítara—. Otro día.

—Eso dijiste ayer —le responde Turmalina. El paño se detiene sobre las cuerdas del instrumento—. Ganamos, mi señora. —Exhalo, por fin. Turmalina prosigue—. A un precio terrible. Pero el pueblo necesita...

—¿No tienes tropas a las que entrenar, Turmalina?

A pesar del desplante de Ren, la guerrera no se marcha. Se queda en el marco de la puerta mientras Ren sumerge el paño en el recipiente que tiene al lado y empieza a repasar el diapasón.

Salgo de mi aturdimiento y me lanzo hacia la guerrera.

—¡Turmalina! —le digo agarrándole de los antebrazos cubiertos por la armadura—. ¡Soy yo, Céfiro! ¡Turmalina, di algo! ¡Turmalina!

Pero se da la vuelta.

Vuelvo a entrar en la habitación iluminada por velas, a esta especie de santuario, y tropiezo en el umbral. Aún puedo reaccionar ante este mundo, pero él no reacciona ante mí. ¿Qué soy, entonces? ¿Un fantasma? ¿Me he convertido precisamente en algo en lo que nunca creí?

Alguien me agarra. Es la mujer serpiente.

—Céfiro, vuelve al palacio celestial —me suplica mientras me resisto—. Te lo explicaré todo.

—Pues empieza ya. ¿Por qué me sigues? ¿Quién eres?

—Soy tu hermana.

—No. —He formulado mal la pregunta—. ¿Qué eres? ¿Qué soy yo? ¿Somos…? —Me vuelvo y miro a Ren, que sigue junto al incienso. En el orfanato siempre se quemaba incienso para apaciguar las almas de los niños que acababan de morir—. ¿Somos fantasmas?

—No, Céfiro. —Hay algo extraño en la forma en la que la mujer serpiente dice mi nombre. Algo en esos ojos demoniacos le hace parecer casi humana—. Somos deidades.

Se llama Nadir.

La pequeña se llama Escarcha.

Se llaman deidades a sí mismas.

—*Nosotras somos reales* —insiste Escarcha ofendida cuando nombro a Miasma. Supongo que es un poco más convincente (y preocupante) dado que se comunica a través del pensamiento—. *¿La nueva estrella que apareció? Es la tuya.*

No me digno a responderle. ¿Por qué debería responderle a una niña que asegura que tiene miles de años?

—*Te dieron un flechazo en la columna vertebral. Ningún humano podría sobrevivir a eso.*

Escarcha se baja de un puf gigante y se acerca a mí rodeada de abejas.

—Apártate —le ladro y ella se detiene.

Miro a Nadir esperando una regañina por haberle gritado a su hermana pequeña, pero esta sigue callada. Está de pie junto a una de las entradas en forma de arco que tiene el cenador. Mira al cielo y a su sol inerte.

—*Ya conocías este lugar.* —Escarcha cambia de destino y se dirige a la cítara. Se sienta ante el instrumento—. *Ya conocías esta música.*

Empieza a tocar y nacen las notas. Las mismas notas que tantas veces he escuchado en mis sueños mientras crecía y, más recientemente, cuando me caí de aquel caballo encabritado o cuando Cuervo me dejó inconsciente en el barco o cuando nos emboscaron en el paso. En todas las ocasiones, menos en la última, escapé con vida.

O, si es verdad eso de que no puedo morir, en todas esas ocasiones este… lugar me atraía de vuelta.

Escarcha deja de jugar y me sonríe como si fuera capaz de escuchar como encajo las piezas.

—*Tú controlas el tiempo atmosférico. Se adapta a tu voluntad.*

—Yo *leo* el tiem…

—*Deseaste que hubiese una tormenta en la montaña, y empezó a llover. Deseaste que hubiese niebla en el río, y la hubo. Deseaste que llegase un viento del sudeste, y llegó. Eres una deidad celestial, como nosotras. Tu especialidad es controlar la atmósfera. Es cierto que tus poderes, bajo tu forma humana, estaban sellados… pero las cosas son como son. Ningún sello podría deshacer lo alineados que están tu* qì *y el cosmos.*

Nada de esto tiene sentido. Tengo ganas de gritar: «¡Yo *leo* el tiempo atmosférico! ¡Yo no *deseo* cosas como si fuera un monje o una médium!».

Pero una palabra de Escarcha me pilla con la guardia baja: *qì.* La esencia de los universos, el elemento esquivo que hace cantar a una cítara. El maestro Yao me causó mucha aflicción por no ser capaz de conectar con ello. Seguramente…

—*¿Aún no estás convencida?* —me transmite Escarcha mientras extiende sus diez dedos regordetes—. *Mírate las manos. Míratelas de verdad. ¿Ves? No tienes líneas. Solo los humanos se rigen por las líneas del destino. Pero incluso en tu forma mortal eras ligeramente distinta a ellos. Te curabas más rápido. No contrajiste enfermedades infecciosas en el orfanato. Mantuviste relaciones con ese otro estratega y no te infectaste de tuberc…*

—¿Cómo que relaciones?

—*Relaciones. Intercambio de fluidos muy ricos en* qì —me transmite Escarcha frunciendo el ceño.

Niego con la cabeza. Me siento idiota por estar escuchando estas cosas.

—Si soy una deidad, ¿qué demonios he estado haciendo dieciocho años en el mundo de los humanos? —Espera… dieciocho años…—. La estrella no apareció hasta hace ocho años.

Me siento, satisfecha conmigo misma. *Chúpate esa, niña demonio.* Escarcha me mira.

—*Es cierto que no recuerdas nada, ¿no?*

—No, no lo recuerda —dice Nadir acercándose a nosotras.

Allá donde pisa, el suelo se convierte en barro. Después, vuelve a transformarse en piedra.

—Una parte de ella está aún atrapada en su envoltorio humano —le dice a Escarcha—. La Céfiro que conocemos no volverá hasta que lo destruyamos.

—*Tendremos que encontrar el cuerpo si queremos destruirlo.*

—O podemos destruir una representación del mismo.

Nadir se agacha y recoge un puñado de barro. En sus manos, se convierte en una muñeca. La sostiene en la mano y la serpiente que sujeta en los codos abre la boca. De ella sale una llamarada. El barro se endurece, se vuelve de color blanco y adquiere un acabado brillante.

Nadir contempla la estatuilla que tiene en la mano. Las abejas que pululan alrededor de Escarcha zumban.

—*Esto va a doler.*

—No hay otra manera.

—¿Qué…?

Nadir lanza la estatuilla y se hace añicos. Yo me hago añicos. Se me rompen los huesos y grito hasta que no queda en mí nada con lo que gritar: ni pulmones, ni garganta, ni boca. Dejo de existir… hasta que vuelvo a existir. Los trozos vuelven a unirse.

Y ya me acuerdo.

Me acuerdo de aquellos días. De aquellos años (cuarenta mil) desde el momento de mi génesis hasta cuando fui expulsada del cielo. Así fue. La Madre Enmascarada, emperatriz de todas las deidades, selló mis recuerdos de cuando era un ser celestial y me desterró al mundo humano porque hice alguna tontería. Bueno, ahora que me acuerdo, hice muchas tonterías. Pero este incidente en particular, durante una borrachera, tiene que ver con una apuesta con otra deidad sobre quién podía provocar unos vientos más fuertes… ejem, pedorreando desde el borde del cielo.

Como he dicho, fue una tontería. Un acto irreflexivo. Peor aún, una muestra de que cuando Céfiro era una auténtica deidad no le podían importar menos los campesinos de ahí abajo. No se le ocurrió que sus vientos causarían una plaga, y que esa plaga provocaría una hambruna… una de las muchas del gobierno de Xin Bao.

Cuando los guardias de la Madre Enmascarada vinieron a por mí, Nadir alegó que había sido un accidente. Pero la humildad no era (ni es) una de mis fortalezas. No quería ser conocida como Céfiro, la asesina accidental. Así que confesé y esperé mi castigo. Se suponía que los dioses malos eran encadenados al Obelisco de las Almas para que fuesen alcanzados por los rayos.

Pero, en lugar de eso, la Madre Enmascarada me llevó aún más abajo, pasadas las nubes de tormenta de los cielos inferiores.

Al mundo de los mortales.

Nos materializamos en una habitación pequeña y oscura que olía realmente mal. Me quedé atrás mientras la Madre Enmascarada avanzaba. Dos niñas yacían en un saco de dormir. Las dos eran pequeñas, pero una de las dos era ligeramente más joven. Ambas estaban muertas de hambre, pero una un poco más que la otra.

—Vuelve —susurró la chica más joven y menos muerta de hambre.

Era Ku.

—Vuelve. Vuelve.

Me miraba sin parar, como si pudiera verme. Era algo muy desconcertante. Se suponía que el *qì* de los dioses era demasiado puro para que lo detectase el ojo humano.

Entonces vi al espíritu que había entre nosotras. Un alma mortal que se parecía a la chica que ya había partido. En términos humanos, un fantasma. Yo podía verla y parecía que la chica más joven también podía. No sé cómo. Quería preguntarle a la Madre Enmascarada cómo eso era posible. Quizás lo sabría si me hubiese preocupado de educarme respecto a los humanos, como Nadir. A Nadir le encantaban los humanos. Una vez, cuando éramos jóvenes y aún era posible que los dioses lo hicieran, insufló vida a sus figuritas de arcilla y las usó para poblar el mundo mortal.

Pero, obviamente, yo no era como Nadir, y nunca tuve la oportunidad de preguntar cómo se hacía.

—Observa un alma que has extinguido —dijo la Madre Enmascarada mirando el cuerpo sin vida de la chica muerta y no prestando atención al insistente espíritu—. Hay miles más como ella.

Vale, pillo el mensaje. El hedor del lugar me mataba. ¿Era demasiado tarde para pedir que se me impusiera el castigo de los rayos?

—Ahora vas a ocupar su puesto.

—Espera… ¿qué?

Lo siguiente que supe es que estaba volviendo en mí, que se me habían arrebatado mis poderes divinos y que había olvidado mi identidad. Ya no era yo, ahora era la chica: Qilin. Tenía el recuerdo borroso de unos padres muertos hace mucho tiempo y una sensación nítida de inanición. También tenía a Ku: una hermana que, de alguna forma, se dio cuenta de que yo no era yo.

Ahora mi sentencia ha expirado junto a mi último aliento humano. Se acabó.

Todo ha terminado.

Cuando me despierto estoy tumbada en la cama. Escarcha me está trenzando el pelo y Nadir me observa con ojos preocupados. Los ojos de mi hermana, no los de un demonio.

—Hola —susurro.

Nadir cierra los ojos y unas lágrimas le surcan las mejillas. No sé cómo consolarla. He vuelto, pero he estado fuera ocho años. Un abrir y cerrar de ojos para una deidad, una vida para mí.

Acabaré no sintiéndolo así. Yo seré Céfiro, la deidad, una maestra de todo el cosmos. ¿El tiempo que he pasado en el mundo humano? Eso solo supondrá un instante para mí.

Me acerco a Escarcha y le tiro del flequillo. Odia que le haga eso.

—*Ya veo que vuelves a las andadas…* —piensa Escarcha.

—Sí —murmuro.

Este es mi hogar, mi familia. Nunca se me morirán, nunca me abandonarán como abandonaron a Qilin. No sé por qué entonces me duele tanto decir:

—De vuelta a la normalidad.

Tras vigilarme durante un día, Nadir cree que estoy preparada para enfrentarme a la Madre Enmascarada. Ella será la encargada de juzgar si soy o no apta para recuperar mis poderes. Me pongo la túnica que mi hermana me ofrece y me sorprendo cuando veo que me está mirando.

—¿Qué pasa?

—Te has puesto lo que te he dicho.

—Confío en que sabes qué es lo mejor para mí.

La serpiente que Nadir tiene alrededor del cuello aprieta su agarre y me veo a mí misma tratando de leer su lenguaje corporal. Está nerviosa.

—Sueles poner por encima tus propias opiniones.

Traducción: como deidad soy aún más arrogante que de costumbre.

—¿En qué otras cosas... te parezco diferente? —le pregunto mientras dejamos atrás Nido de la Aurora, nuestra casa, y bajamos por las terrazas.

—Bueno... en tu dieta, por supuesto.

—*Tiene razón.* —Escarcha se pasea entre ambas, con la cabeza balanceándose por debajo de nuestras caderas—. *Nunca te he visto tantas horas sobria.*

—No quería decir eso —se excusa Nadir.

—*Ambas sabemos que es cierto. Por cierto, además, comes como un monje.*

—Has adoptado una dieta muy vegetal.

—*Lo mismo es.*

Llegamos al final de las terrazas, donde comienza el lago sin fin. Como mis poderes siguen sellados, Escarcha convoca una nube que nos transporta al Palacio del Cénit, donde vive la Madre Enmascarada. En cuanto nos montamos en la nube, me doy cuenta de que las palabras de Nadir y Escarcha son ciertas. Consumía mucho más vino y carne cuando era una deidad. No sé por qué perdí el interés por ambas cosas en el mundo mortal. Quizás fue porque Qilin pasó mucha hambre en el orfanato o porque la comida y la bebida más lujosa me recordaba de forma inconsciente a una persona que ya no era.

Los altos cenadores del Palacio del Cénit atraviesan las nubes lejanas cuando nos acercamos a los dominios de la Madre

Enmascarada. Nos montamos en el lomo de Qiao y Xiao, las serpientes gemelas que le sirven. Sus cuerpos se arquean en un puente iridiscentes que nos lleva al vestíbulo principal.

Un Guardia Enmascarado nos para al final del puente.

—Solo la puede acompañar una de vosotras —dice a través de su máscara, una sólida lámina de oro.

Las serpientes de Nadir sisean. Recuerdo remotamente su miedo a los guardias. Lo que sí recuerdo de una forma muy vívida es la forma en la que venció sus miedos y se abalanzó sobre ellos para suplicar por mí ante la Madre Enmascarada. Cuando Escarcha se ofrece a acompañarme, la mirada de Nadir se reafirma y añade con determinación:

—Yo acompañaré a Céfiro.

—*Entonces os veo en un rato* —nos comunica Escarcha.

Cuando vuelvo a mirarla, es solo una mancha amarilla junto al enorme guardia del otro lado del puente.

Sigo hacia adelante. Las vistas parecen nuevas para mí durante un par de segundos, pero después me vuelven los recuerdos. Ahí está la Puerta del Farol (que yo una vez prendí fuego) y también la estatua de una bestia quilín (en cuya grupa grabé mi nombre, de nuevo por culpa del alcohol y las apuestas).

A lo mejor Nadir también se está acordando de mis indiscreciones del pasado, porque se detiene justo ante el umbral del edificio. Los dos pilares que tenemos a ambos lados se levantan como piernas gigantes hacia la luz del sol.

—Recuerda: es la Madre Enmascarada —murmura Nadir.

—Es cierto. Y me odia.

No la culparía por ello. Tanto Nadir como Escarcha son mayores que yo —cien mil años una y setenta mil la otra— pero soy yo la que se aburría de ser una pequeña deidad bondadosa.

—Ella no odia ni ama —me corrige Nadir—. No conoce más emoción que la de los demás. Lo que escondas, ella lo verá. Lo que sientas, lo usará para ponerte a prueba.

La verdad es que preferiría que, simplemente, me odiase.

—Estaré bien —le digo para tranquilizarla—. Soy Céfiro Naciente.

La serpiente que Nadir lleva alrededor de los brazos se contrae.

—Recuerda quién eres realmente, Céfiro.

Entonces, los sirvientes de la Madre Enmascarada nos anuncian.

—Agacha la cabeza. Nos debes mirarla a los ojos a menos que ella te lo indique —me comenta Nadir mientras clava el mentón en el pecho.

Cruzamos el umbral.

Entrar en el vestíbulo es como entrar en un campo de batalla de Miasma. Busco mi abanico, pero ya no existe. Nadir está demasiado ocupada haciendo reverencias como para darse cuenta de mi despiste. La imito y también me pongo a hacer reverencias. Entonces, una voz ni masculina ni femenina suena desde la tarima que hay más en el interior.

—Descansen.

Nadir endereza el cuerpo, pero no la cabeza. Yo la imito y clavo la mirada en el suelo de ágata turquesa, melocotón y blanco mientras la Madre Enmascarada desciende desde la tarima. Su sombra cae en cascada sobre los escalones y se superpone a la mía.

—Bueno… hola de nuevo, Céfiro.

Levanto la mirada. Quien tengo delante de mí es Cuervo. No… es Ku. Parpadeo y es Cigarra quien me rodea.

—¿Has disfrutado de tu estancia en el mundo de los humanos?

Abro la boca y de ella no sale ninguna palabra. Dos pares de ojos se clavan sobre mi piel: los de Nadir, cada vez más preocupados, y los de Cigarra, negros como la tinta.

No. Madre Enmascarada, creadora del universo, emperatriz de las deidades. Para recuperar mis poderes, tengo que demostrar que soy una más de las deidades. Si no lo consigo, no sé lo que pasará. Nadie lo sabe. Las deidades no pueden morir, pero nunca se vuelve a saber nada de las deidades a las que ella expulsa.

Me clavo las uñas en las palmas de las manos. Me concentro en el dolor, dejo que me guíe.

—Sí que disfruté de mi estancia en el mundo de los humanos.

Nadir se envara. Me doy cuenta demasiado tarde de que no es la respuesta correcta.

—¿Ah, sí? —la Madre Enmascarada se para detrás de mí— ¿Cuánto…? —Le cambia la voz del timbre adolescente de Cigarra a la de un perfecto tenor que pulula sobre el lóbulo de mi oreja—. ¿… lo has disfrutado? —pregunta la voz de Cuervo antes de posar los labios sobre mi cuello.

Se me desboca el corazón. Me arde el estómago. Mi cuerpo está confundido, pero mi mente no. Me aparto bruscamente de Cuervo.

—He aprendido la lección —digo con la voz temblorosa y con los puños apretados—. No lo volveré a hacer.

—¿Qué no volverás a hacer?

No hagas daño. Esa es la primera regla para ser una deidad. Y fue la que rompí hace ocho años.

—Hacer daño a los humanos.

—¿Es eso cierto?

Afirmo con la cabeza.

—Bueno, bueno… —dicen Cuervo y la Madre Enmascarada. Se pone delante de mí y se convierte en Miasma—. Excelente —murmura la primera ministra con su cascabel tintineando en la oreja y su media cabeza afeitada—. ¿Y qué pasa con lo de la ayuda? ¿Y si…?

Miasma se cae y de derrite. Un batiburrillo de piel, órganos y huesos burbujea en el suelo. El grotesco andamiaje que sostiene a los humanos se expone ante mis ojos. El amasijo vuelve a tomar forma y una persona, desnuda como recién llegada al mundo, se alza de esa amalgama mientras sus vértebras van encajando de forma audible al formarse la columna.

—¿Y qué pasa si necesito ayuda, Qilin? —jadea Ren.

Solo es una ilusión, me digo cuando Ren colapsa e inmediatamente empieza a licuarse. *Una ilusión*.

Pero, entonces, la falsa Ren, medio derretida en el suelo, me mira con lo que le queda de cara. Abre la boca y dice mi nombre con un sonido grotesco.

—Qi... lin. Ayuda...

No siento que me he movido, pero debo de haberlo hecho porque algo me tira hacia detrás.

La serpiente de Nadir sisea alrededor de mi brazo, poniendo fin a mi avance hacia mi señora, que ya está completamente irreconocible y parece un humano cualquiera después de haber sido cocido.

Yo no soy como ellas. Puede que todos estemos compuestos de *qi*, pero hay un mundo de diferencia en la pureza de nuestra materia física, de nuestra energía. Las cosas son como son. Soy una deidad. No soy como los humanos.

Se supone que no debería preocuparme por ellos.

No hagas daño. La primera regla de los dioses. Tiene una contraprestación.

No hagas el bien, pienso mientras la forma del charco se convierte en otra persona. Tengo que enseñarle a la Madre Enmascarada que no me importan. Que no interferiré. La Biblioteca de los Destinos ya ha escrito el sino de cada mortal.

Lo que está escrito no puede cambiarse.

La nueva persona se eleva y se me acerca. Sus rasgos se van transformando en un rostro familiar.

Se me corta la respiración.

—Sabía que no eras mi hermana —me dice Ku—. Siempre lo supe. Mi hermana se fue ese día. La vi irse flotando. Eras una impostora. Por eso te odiaba.

—Lo siento. Lo siento. Lo siento —digo antes de poder frenar mis palabras.

—Te perdono. —Ku se acerca a mí—. Te echo de menos. —La serpiente de Nadir me suelta—. Por favor, vuelve. Vuelve, hermana.

Temblando, tomo aliento. Busco el pozo de *qì* enterrado en lo más profundo de mi interior, el que siempre está ahí, el que nunca desaparece. Pero ahora el sello se ha roto. Tras la cara de Ku siento otra presencia. La de la Madre Enmascarada. Está observando, esperando a ver qué hago con el destello de poder que ha liberado para mí.

Pues enséñaselo. Enséñale que no te importa.

Convoco mi energía. Giro la palma hacia Ku. La reduzco a niebla.

Por un segundo no sucede nada. Entonces el viento se agita a través de mí. Yo soy el viento. Soy las nubes que hay afuera de esta habitación, el batir de las alas lejanas, la vibración de una cítara mientras la tocan a miles de *li* de distancia. Pero conforme mi poder sobre la atmósfera se instala en mis huesos, sus voces vuelven.

Son todo lo que soy capaz de oír.

十四

A UN MUNDO DE DISTANCIA

—*Vuelve, hermana.*

Escarcha está tumbada boca abajo jugueteando con la nube sobre la que volvemos a casa. Yo voy sentada a su lado en silencio.

No era Ren a quien vi morir. No era Ku a quien hice que se evaporara. Solo eran ilusiones inspiradas por mis miedos más profundos.

«Lo que escondas, ella lo verá. Lo que sientas, lo usará para ponerte a prueba».

Nadir está de pie al borde de la nube mirando fijamente al frente. Es la primera en bajar cuando llegamos a las terrazas. Escarcha y yo la seguimos. En cuanto cruzamos el umbral del atrio da un pisotón en el suelo. El barro que hay bajo sus pies se expande, se endurece y se resquebraja. Terrones de suelo se levantan en el aire y vuelan hacia mí. El material me envuelve y se vuelve incandescente.

—Eh... ¿esto para qué es?

—Para que te quedes ahí y reflexiones sobre lo que has hecho hoy.

Esas palabras abren el baúl de los recuerdos: Nadir dándome tónicos para la resaca, poniéndome paños fríos sobre la frente, vistiéndome con ropa limpia. Siempre ha sido más como una madre que como una hermana. Pero la dureza de su tono sí que es nueva.

—Pasé lo que fuera que fuese… esa prueba. Recuperé mis poderes. Hice lo que me pediste —protesto.

—¿Ah, sí? Te tuve que decir que pensaras en ti y no en esos… mortales —me responde con la voz temblorosa.

—Lo que viste ahí fue… —Un accidente. Un error. Trago saliva, incapaz de decir esas palabras—. No volverá a pasar.

—Prométemelo.

Nadir extiende una mano y en su palma se materializa una botella verde. Me lleva un segundo recordar lo que es. Retrocedo como si el elixir del olvido pudiera tener efecto solo con verlo.

—No.

La botella se desvanece. Nadir cierra la mano.

—Ya no eres la de antes.

—No quiero volver a ser como antes —le respondo y me mira horrorizada.

Pero es cierto. Los otros dioses estaban obsesionados con hacer el amor o hacer la guerra (en los cielos nunca falta ninguna de las dos cosas), o también los había como Nadir, dedicados a cultivarse. Pero ¿yo? En mi desenfreno juvenil recuerdo mi demoledora apatía al ser consciente de que nada de lo que hiciese importaba en esta existencia sin final.

—Antes era alguien terrible.

—Pero eras tú: nuestra hermana. No eras de ellos. —La serpiente de los brazos de Nadir se retuerce.

—Nadir…

—Céfiro, nunca te he negado nada. Nunca. Te permito hacer todas las locuras a las que te empuja tu corazón. Pero no puedo perderte de nuevo. Mientras te niegues a olvidarte del mundo humano, no te dejaré marchar —me dice mientras se dispone a marcharse.

—Espera, Nadir. —Extiendo la mano sin pensarlo y contengo un grito al quemarme las yemas de los dedos—. ¡Nadir!

Pero se ha ido. En el atrio solo quedamos Escarcha y yo.

—No lo entiendo. A Nadir le encantan los humanos —digo sacudiendo la cabeza.

—*Pero no se mezcla con ellos. Ninguna deidad lo hace. Ya sabes las reglas.*

Claro que las sé. *No hagas daño. No hagas el bien.* Pero no siempre fueron las mismas. Como alguien a quien nunca le interesaron los más mínimo los mortales, nunca pregunté por qué cambió el paradigma. Por qué los dioses antiguos podían relacionarse con los humanos pero ahora está prohibido. Es muy arbitrario y muy injusto. Doy un gruñido y las abejas de Escarcha zumban como para consolarme.

—*Entrará en razón. Pero dale algo de tiempo.*

—¿Cuánto?

—*Puede ser un mes. Puede ser un año.*

—¿Un año?

No me puedo permitir estar un año en esta prisión de arcilla. Un año es tiempo suficiente como para que una dinastía se alce y se hunda.

—*Un año es poco comparado con ocho años. Si nos quieres, haz lo que Nadir te pide. Olvídate de tu vida mortal. Olvídate de la gente que había en ella.*

—No puedo. Me necesitan.

—*Y nosotras también.*

—En realidad no me necesitáis para nada.

Al menos no de la misma forma en la que me necesitan los campesinos. No puedo creer que esté pensando en ellos, pero son lo primero que se me viene a la cabeza.

—Nunca has estado con ellos arrastrándote por el fango solo para poder vivir un día más. Nunca has... —*conocido a Ren*— servido a alguien que prefiera morir antes que dejar atrás a su gente. Nunca te ha... —*salvado nadie del otro bando.* Me interrumpo y trago saliva—. No quiero olvidarlos. —A ninguno de ellos.

Escarcha no habla durante un buen rato.

—*Tienes que ver algo.*

Lo siguiente que sé es que estoy de pie sobre una roca flotante cubierta de musgo. Una fila de piedras parecidas a esta asciende hacia lo más alto por un cielo cubierto de nubes.

—*Ven.*

Escarcha va saltando de roca en roca. Nuestro destino está arriba del todo. Sobre la roca más grande hay una pagoda lacada en rojo en la cual también hay unos estantes flotantes de la misma piedra musgosa. Escarcha agita una mano y las estanterías se reorganizan solas. Una de ellas sale disparada hacia adelante, deteniéndose justo ante nosotras.

—¿Dónde estamos? —Debería saberlo, pero aún tengo la memoria algo borrosa.

—*En la Biblioteca de los Destinos.*

Escarcha rebusca entre los pergaminos de la estantería que se nos ha acercado. Sus abejas se los van acercando. Al fin, encuentra lo que buscaba. Me entrega un pergamino sin abrir.

—*Hay un motivo de que, de entre todos los señores de la guerra, eligieses servir a Ren* —me transmite Escarcha mientras lo desenrollo—. *Y esa razón está aquí escrita.*

Leo las palabras una, dos, tres veces sin creérmelas. Esto no puede ser cierto. Esto...

—*Estabas destinada a vivir y a morir como una mortal* —piensa Escarcha—, *por lo que los escribas de la Madre Enmascarada escribieron tu destino al igual que el de cualquier otro mortal. Se decretó que sirvieses a la señora más débil del reino. Nunca tuviste el control.* —Las abejas me quitan el pergamino y lo devuelven a la estantería—. *No tenías nada que decir en cuanto a qué señora servirías. Esta lealtad ya había sido decidida. Era parte de tu castigo.*

La Biblioteca se desvanece y vuelvo a estar rodeada de terrones voladores incandescentes.

—*Piensa en ello, Céfiro.* —Escarcha se aleja de mi prisión y, como Nadir, se marcha del atrio llevándose sus abejas con ella—. *No elegiste a Ren. Nunca tuviste elección.*

El tiempo pasa. La noche no llega. El cielo continúa siendo de un color rosa desquiciante mientras paseo por mi prisión. Debería quedarme quieta.

Así que lo hago.

Me detengo de golpe y tengo el pecho agitado.

No elegiste a Ren.

No tenías nada que decir en cuanto a qué señora servirías.

La señora más débil del reino.

Aprieto los puños. Sí que elegí a Ren. Elegí a la señora de la guerra que tenía el apoyo del pueblo. ¿Cómo que la más débil? Eso será a los ojos de los ignorantes como Cigarra. Miasma y todos los demás se sintieron amenazados. Me fío de mi criterio.

No estuve atrapada por ningún destino previamente escrito.

Nada puede atraparme. Giro sobre mis talones y golpeo los terrones de arcilla con *qì*. Lo intento varias veces antes de hacer lo que cualquier humano haría: agarro esos fragmentos con mis manos desnudas. La arcilla arde. El hedor de la carne chamuscada es peor que el propio dolor. Pero aguanto hasta que se empieza a desmigajar. Está funcionando. Está…

Las grietas que he conseguido crear en la arcilla vuelven a cerrarse.

Las suelto, agotada. El estropicio sangriento de mis manos se cura ante mis ojos. Me limpio las babas y lo intento de nuevo. Esta vez, evito curarme. El *qì* que controla los terrones se debilita. Está diseñado para encarcelarme, no para hacerme daño y, cuando me empiezan a salir ampollas y pompas, los trozos de arcilla empiezan a apartarse.

Arranco a correr. Tengo las manos medio curadas cuando llego a las terrazas. Este nuevo dolor me deja sin aliento. Pero soy libre. Este cielo rosa de aquí arriba es el hogar de las deidades.

Pero el mío está ahí abajo.

Mientras me tambaleo en el estrecho saliente de piedra que sirve de frontera entre los dos mundos, me vuelven a la mente las palabras de Escarcha.

Esta lealtad ya había sido decidida.

Al diablo con eso. Si tengo que abandonar a Ren será bajo mis propias condiciones.

Las nubes se desplazan y golpean las terrazas como las olas contra una orilla. Se cierran sobre mí cuando salto.

⁓ ❧ ⁓

No debería estar aquí.

Ese es el primer el primer pensamiento que me viene cuando me despierto en lo que, sin duda, es una sala del imperio. Las paredes lacadas en rojo me hacen sentir atrapada. La luz de las velas parpadea sobre los muros de bronce, las urnas y un gong decorativo redondo y pulido.

No veo mi reflejo en ese gong.

Tampoco el de los fantasmas. Ahora los veo. Ahora veo a esas criaturas sobrenaturales en las que nunca creí y que nunca pude ver porque tenía sellado el *qì*. Aquí toman la forma de sirvientes, de generales, de funcionarios... Me miran desde las sombras teñidas de rojo y yo les devuelvo la mirada con la cabeza alta. Puede que tanto ellos como yo estemos hechos de *qì*, pero los fantasmas son monstruosidades. La gente quema incienso para alejarlos. Se aferran a un mundo que ya no les pertenece.

Soy una deidad, no un fantasma. No somos lo mismo.

Dejo de mirarlos y me centro en el resto de la habitación.

Dos personas están frente a frente ante un tablero de ajedrez. Una de ellas es Miasma. Está sentada con una rodilla doblada bajo el codo y se frota una pieza negra por el labio inferior.

—Me has dejado ganar a propósito.

La otra persona es Cuervo.

—Me alegro de que te hayas dado cuenta —le contesta y me hormiguea la zona del cuello donde me besó la Madre Enmascarada.

Por una vez, me interesa más la cara de alguien que su forma de jugar. Clavo la mirada en los ojos de Cuervo y voy bajando hasta el puente de su nariz. Es más pálido de lo que recordaba. ¿Miasma le echó la culpa de la derrota en la batalla de los Acantilados? ¿O por no predecir mi traición? Se me revuelve el estómago y un ruido sordo me hace dar un respingo. Pero solo es que a Miasma se le ha caído una pieza del ajedrez.

—¿Cómo? ¿Y eso por qué?

La pieza negra rebota y cae en el dobladillo de mi túnica.

—Porque es peligroso pensar que has ganado cuando en realidad has perdido —dice Cuervo mientras yo me agacho guiada por mi instinto. Trato de recoger la pieza, pero no se mueve. Puedo sentirla, sólida y rebosante de *qì*, pero no puedo ejercer ninguna fuerza sobre un objeto inanimado.

—¿Sabes lo que sí que me gusta? Pensar que he ganado cuando sí que he ganado —le contesta Miasma inclinándose hacia adelante.

En silencio, Cuervo despeja el tablero y va colocando las piezas blancas y negras en sus respectivos recipientes. No usa la mano derecha, ni siquiera para sujetarse la ondeante manga izquierda. Pum. Una pieza suena al mismo tiempo que mi estómago.

—¿Me guardas rencor? —pregunta Miasma y el estómago me vuelve a rugir aún más fuerte.

—No. —Cuervo sigue depositando una por una las piezas en los recipientes. Pum. Pum. Pum. Tiene el codo izquierdo apoyado sobre la mano derecha y me bloquea la vista—. Tuve un error de cálculo y fueron nuestras tropas quienes lo pagaron. Yo también debería pagarlo.

Detrás de mí, un fantasma murmura.

No. Me acerco a él, lo sujeto del brazo. Le siento. Siento su energía, su calidez dócil y familiar. Pero bajo el *qì* de su cuerpo está el de su alma, inexpugnable como una armadura. Se me resiste al igual que la pieza de ajedrez, pero por las razones opuestas. El *qì* de su alma está demasiado vivo, es como una tormenta que ahuyenta todo lo demás. No le puedo apartar el codo de la mano.

—Hemos pasado por muchas cosas, ¿no es cierto? —reflexiona Miasma.

—Así es —afirma Cuervo—. Desde la batalla de las Llanuras Centrales.

—Todavía trabajabas para Xuan Cao —dice Miasma sacudiendo la cabeza—. Un cerdo salvaje, como el resto de líderes de los Fénix Rojos. Hay un montón de gente persiguiendo cerdos salvajes. Hemos acabado con todos ellos. Y ahora... —Con el corazón y el índice señala dos piedras blancas que aún permanecen en el tablero—. Ahora solo quedan una donnadie y un insecto.

—No deberías subestimar a Ren —le contesta Cuervo mirando el tablero.

—¿Debería sobreestimarla como hace el resto del mundo? —Miasma se lame los labios—. ¿Sabes una cosa, Cuervo? Nuestra emperatriz una vez ofreció a Xin Ren un título real. Yo estaba allí, lo vi. Ella no lo aceptó. Las tierras de Xin Gong están ahora a su disposición y no las ha reclamado. Cuando aún se veía aquella estrella en el cielo, podría haber difundido el rumor de que era una deidad... ¿Y lo hizo? No.

—Ya lo difundieron otros por ella —apunta Cuervo, y a Miasma le brillan los ojos. No debería haber dicho eso—. Siento lo de la estrella —añade, y mi corazón se acelera ante el silencio de Miasma. Me preocupa que malinterprete esas palabras como una forma de compasión.

Pero entonces ella se ríe echando la cabeza hacia detrás.

—Cuervo. Ay, Cuervo. Llevo veinticinco años viviendo sin la bendición de un apellido como Xin Ren. Viviré también sin la bendición de los cielos. Me apoderaré de todo lo que quiera, crean ellos que lo merezco o que no. ¿No es eso lo que significa ser una deidad? —Agarra una de las piezas blancas y la mira sonriente—. Puede que haya perdido una estrella en el cielo, pero Ren ha perdido mucho más. Sin su pequeña estratega, no tiene nada. Acabaré con ella yo misma.

No recuerdo haberme movido, pero tengo las manos sobre el pelo de Miasma y estoy tirando. Ella da un respingo y se palpa la cabeza.

—¿Debería llamar al médico? —pregunta Cuervo al instante.

—No te molestes. Esa vieja mula es tan inútil conmigo como contigo.

—Pues bajo su cuidado no he empeorado.

—Si eso hubiera pasado, le habría cortado la cabeza.

Miasma se levanta. Ojalá pudiera hacer algo más que despertarle una migraña. Ojalá pudiera quemar este sitio hasta los cimientos.

Pero entonces también quemaría a Cuervo. *Que es exactamente lo que deberías hacer*, me dice una parte de mí. *Él es el enemigo.* Pero si no hubiese sido también un amigo, no habría tenido la oportunidad de dar el cambiazo del antídoto. El imperio me acabó matando igual, claro… pero al menos no me mató él.

Enemigo, amigo, rival. Todo se vuelve aún más confuso cuando Miasma, con una ternura nauseabunda, le dice:

—Descansa un poco, Cuervo.

¿Cómo puede seguir preocupándose por su bienestar después de haberle hecho tanto daño? ¿Cómo puedo seguir preocupándome yo?

—Deja eso. Que se encargue un sirviente —le ordena Miasma a Cuervo, que sigue recogiendo las fichas del tablero.

Se levanta del suelo y un criado se arrodilla en su lugar. Al dirigirse hacia la puerta, dice:

—Mi-Mi.

—¿Sí?

—¿Alguna vez confiaste en Céfiro?

Se me para el pulso al escuchar mi nombre.

Di que no, intento transmitirle a Miasma. Tiene que ser que no. ¿Por qué si no habría preparado una emboscada para atraparme en el paso de Piedra Pómez?

Miasma se pasa un dedo por la oreja y llega hasta su cascabel.

—¿Y tú, Cuervo?

Lo pregunta como si ya hubiera respondido. Pero no lo ha hecho. En su lugar, es Cuervo quien dice:

—No.

El silencio se vuelve denso. Sacudo la cabeza tratando de escuchar lo siguiente.

—¿Entonces por qué no dijiste nada?

—Quería respetar tus deseos —le responde Cuervo.

—Pues no vuelvas a hacerlo nunca más —contesta Miasma arrugando la cara.

—Me temo que tendré que hacerlo... No quiero que me mates.

¿No le tienes miedo? ¿Por qué se lo recuerdas?

Pero Miasma, simplemente, vuelve a reírse.

—Tienes razón, Cuervo. Eres muy sabio. Esta vez la tonta he sido yo. Pensé que alguien tan inteligente jamás serviría a Ren.

No oigo la respuesta de Cuervo.

Miasma confiaba en mí.

Pero Cuervo no.

O eso dice. No acepto su respuesta con la misma facilidad con la que lo hace Miasma. Respetar sus deseos no es suficiente como para perder toda una flota. Respetar sus deseos no explica por qué él no me privó del antídoto. Me salvó la vida en la barca. Tuvo que confiar en mí, aunque solo fuese un poco.

¿Por qué mientes?, pregunto.

Cuervo no responde. Le sigo por un estrecho pasillo y, antes de darme cuenta, estoy en su habitación. Cierra la puerta con su brazo rozando el mío. Todo parece muy real. Estoy viva. Está vivo.

Los dos vivimos a un mundo de distancia.

Se quita la capa y la cuelga de una percha que hay en la pared. Sin ella es muy delgado, muy poca cosa. Empieza a quitarse también la túnica exterior. Estoy a punto de apartar la vista cuando para de desvestirse y se queda semidesnudo... aunque, por la temperatura de mis mejillas, bien podría estar en cueros.

Lleva la túnica desatada a modo de chal y se sienta a su escritorio. Me pongo junto a él. Levanta el brazo derecho y la manga se le echa hacia atrás cuando trata de alcanzar un cepillo. Por fin veo el vendaje. Le envuelve la mano y pasa por el hueco entre el tercer dedo y el índice.

Le falta un dedo.

No sé si sentirme horrorizada o aliviada. Miasma bien podría haberle cortado la mano entera. Podría haber perdido la vida, como los fantasmas de esa habitación que quizás también estuvieron una vez al servicio de Miasma.

Ya ha perdido demasiado.

El mango del cepillo, que debería sostenerse bien entre los dedos, se tambalea en la mano de Cuervo. Tras verlo esforzarse durante varios minutos, no puedo soportarlo más. Envuelvo su mano con la mía y finjo que le estoy ayudando aunque sé que no es así. Si acaso, a juzgar por cómo le palidece la cara, le estoy haciendo daño. La venda se tiñe de rojo.

Me aparto bruscamente respirando con dificultad. *Vete a la cama*, le digo. Pero no me escucha. Pienso que no me escucharía ni aunque pudiera oírme.

La noche se cierra, la habitación se enfría. Por fin, Cuervo deja el cepillo. Se acomoda en la silla y cierra los ojos.

Su respiración se vuelve lenta y regular.

Vine por Ren, no por él. Por mucho que yo haya sido la causa del sufrimiento de Cuervo. Por mucho que le engañase, que cayese en mi trampa. Por mucho que acabe de ver cuánto le costó cometer ese error.

Debería irme.

Pero me quedo un instante más. Me siento a su lado, ante el escritorio. Trato de aprenderme bien cómo es su cara, aunque nunca me haya olvidado de ella. Cuando inclina la cabeza y se le desliza el cuello de la túnica, trato de volver a ponérselo en su sitio aun a sabiendas de que es un gesto inútil. Rozo su piel con mis nudillos.

Abre los ojos de golpe.

Se me acelera el pulso. Me ha visto. Estoy segura.

Entonces cierra los párpados y suspira. El sonido es tan agudo que me quedo quieta hasta que estoy segura de que se acaba de quedar dormido.

Está claro que tengo algún tipo de efecto sobre Cuervo, al igual que lo tuve sobre Miasma. ¿Podré existir así, como una deidad en el mundo de los mortales que, de alguna manera, sirve a Ren?

—*Como una deidad no.*

Miro por encima del hombro de Cuervo y me encuentro a Escarcha de pie junto a la pared con la cabeza casi rozando la parte inferior de su capa.

—*Una deidad no puede hacer nada que altere el destino de los mortales* —me transmite telepáticamente mientras se me acerca acompañada de su nube de abejas.

De un salto se sienta sobre el regazo de Cuervo.

—Déjalo en paz —le digo intentando agarrarla, pero sus abejas forman un bloque que me lo impide. Escarcha salta sobre él mientras Cuervo sigue dormido—. Vas a…

—*… Despertarlo.*

Escarcha le da un toquecito en la cara y le estira las mejillas.

—*¿Qué es lo que te gusta de él?*

—¿Por qué me lo preguntas?

—*Porque eres la única que sabe la respuesta.*

—No me gusta.

—*Tu* qì *dice lo contrario* —me contesta Escarcha haciendo el pino sobre las rodillas de Cuervo.

—Basta. Para ya. —La alzo en brazos y una de sus abejas intenta metérsele a Cuervo por la nariz—. No, Escarcha.

—*¿Por qué no?*

—Porque lo digo yo.

—*No va a sentir nada. Tengo práctica, no como tú.*

—Te he dicho que no.

Alzo en brazos a Escarcha y casi se me cae cuando Cuervo mueve los labios de repente. Tres temblores. Sílabas, algo parecido a un nombre.

No parece que sea el mío.

Algo se enciende en mi interior y trato de apagarlo. No voy a ser tan patética. Saco a Escarcha de la habitación de Cuervo sin mirar atrás.

—*Nadir tiene razón. Has cambiado* —me dice abrazándome del cuello.

—¿Por eso estás aquí? ¿Te ha mandado Nadir que me espíes?

—*No. Quería verla. A tu hermana humana.*

Me freno en seco.

¿Es mi hermana o no es mi hermana?

No lo es.

Aun así hay una parte de mí que quiere protegerla como a algo secreto.

—De acuerdo —acabo diciendo.

El paisaje cambia. Estamos en otra habitación muy diferente a la de Cuervo. En las paredes hay más huecos que madera. De las vigas cuelgan tapetes de junco y sus sombras se alternan con los haces de luz de luna sobre el suelo de bambú. Ku duerme entre la claridad y la oscuridad. Se ha deshecho de la manta y bajo su túnica asoman unas piernas blancas como cebollas tiernas. Masculla una y otra vez la misma palabra:

—Vuelve. Vuelve. Vuelve.

Sé que no lo dice por mí sino por el fantasma de Qilin.

Aquí hay otra persona a la que he herido.

Me agacho junto a Ku con un nudo en la garganta. Escarcha me pone una mano en la rodilla.

—*Se llama Pan Ku, ¿verdad?*

—Sí —susurro algo temblorosa.

En las Tierras del Sur nunca hace frío, pero las noches son húmedas y Ku siempre ha sido de enfermar fácil. En el orfanato se contagiaba de todo lo que podía contagiarse. Una corriente de aire sopla a través de las ventanas y yo aprieto los dientes. Pero ¿dónde está Cigarra?

Las abejas de Escarcha agarran la manta por las esquinas y la posan sobre Ku.

—Creía que no se podía hacer eso.

—*No estaba destinada a enfriarse esta noche.*

—¿Y Cuervo sí?

Escarcha sonríe con inocencia.

—Nada de esto tiene sentido —resoplo.

—*Podemos saltarnos las reglas en cosas sin importancia. Respeta a tus mayores y te enseñaré cómo hacerlo.* —Entonces Escarcha deja de sonreír. Mira a Ku—. *Su qì está muy asustado.*

—Es una parte inherente a ser humano. —Temer perder a alguien. Herirle. Fallarle—. Hay otra persona importante para mí —le digo a Escarcha agarrándola de la mano—. Déjame enseñártela.

Pienso en su nombre y la habitación alumbrada por la luz de la luna se ensombrece. Las paredes se vuelven de piedra. Estamos en algún lugar bajo tierra. Contra los sucios muros hay antorchas que alumbran la mesa del centro. En la cabecera hay un chico a punto de convertirse en adulto. Va vestido de púrpura, con el pelo recogido en un moño y dos mechones de pelo enmarcándole la cara.

—¿Dónde está Helecho? —pregunta haciendo medio giro sobre sí mismo.

La luz de las antorchas se refleja en su máscara dorada. *No es un guardián enmascarado,* me digo para tranquilizarme. Estamos en el mundo de los humanos y la máscara de este chico solo le cubre la mitad de la cara. Además, los guardianes enmascarados son enormes y él es incluso más flacucho que mi forma humana.

A pesar de ello, la gente contesta a sus preguntas con mucha deferencia:

—De camino, joven maestro.

El *joven maestro* sigue dando vueltas por la estancia. Un segundo después alguien da tres golpes (dos fuertes y uno suave) en la puerta. Los sirvientes se apresuran a abrir. Le hacen pasar y le llevan ante el chico enmascarado.

—¿Te han seguido, Helecho?

—No, joven maestro.

—Entonces, que dé comienzo esta reunión —le contesta el chico asintiendo—. ¿Has contactado ya con Xin Ren?

—Se niega a ver a nadie —contesta Helecho. También lleva una máscara, como el resto de las personas sentadas a la mesa—. Ni siquiera se digna a tomar el té con tu padre.

—Entonces ¿has contactado con su hermana de juramento?

Se me para el corazón al escuchar ese singular.

—No.

—¿Es así como te ganas el salario? —suelta el chico, lo que hace que Helecho dé un respingo—. Esfuérzate más.

—Sí, joven maestro.

—*No le conoces, ¿no?* —Escarcha observa la habitación de paredes arcillosas y me tira de la manga—. *Vámonos.*

No me muevo. Puede que Ren no esté aquí, pero están hablando de ella. Por si eso no fuera lo bastante importante, el chico dice lo siguiente:

—Llevo mucho tiempo esperando a una líder como Xin Ren. Consigue llegar hasta ella o te despojaré de todos tus títulos.

—Pero, joven maestro, aunque tu padre no se merezca esas tierras, ¿acaso no te las mereces tú? —dice alguien desde el otro lado de la mesa.

—¿Yo? —el chico ríe con tristeza— Yo...

La sala subterránea en la que estamos desaparece antes de que pueda escuchar el resto.

—¡Oye!

—*Ya tendrás tiempo para cotillear* —me transmite Escarcha dándome una palmadita en la mano.

Pero ¿será eso cierto? ¿Cuántas oportunidades tendré de escabullirme así? ¿Y cómo voy a encontrar de nuevo este lugar?

—Por cierto, ¿dónde estamos?

—En una nube.

Hasta ahí llego. Pero no distingo nada de la tierra sobre la que flotamos hasta que la nube desciende. Es un rompecabezas de prefecturas bordeadas por pantanos al este y por acantilados en el resto de puntos cardinales. Esta región es una depresión y solo hay una así en todo el reino.

Las Tierras del Oeste.

La nube nos lleva a la plaza central, que es al menos veinte veces más grande que Hewan. Los caminos están marcados por filas de olmos. Las calles se entrelazan como celosías. Los callejones llegan hasta enormes pabellones. Hay puentes sobre todos los canales.

Mientras Escarcha y yo cruzamos un puente, un amanecer azul irrumpe lentamente sobre las montañas del norte. El cielo, con una estrella menos, se ilumina. Y yo hago una serie de deducciones.

Ganamos la batalla de los Acantilados. Forzamos la retirada de Miasma, pero no la capturamos. Ren se fue al oeste con nuestras tropas para devolverle las suyas a Xin Gong, y este le suplicó que se quedara. Ha sido un giro inesperado, pero eso es lo que pasa cuando un ejército derrota al de Miasma.

Una alianza con el sur y una fortaleza en el oeste. Esos eran mis dos primeros objetivos como Céfiro Naciente antes de poder llevar a cabo el tercero: marchar sobre las Tierras del Norte.

Estamos más cerca que nunca de llevar la guerra a las puertas del imperio.

Y yo no estaré allí para verlo.

Aprieto la mano de Escarcha y ella me devuelve el apretón.

—*No les debes nada.*

—Lo sé.

Pero no creo que sea así. Aunque todo lo que le ofrecí a Ren estuviese predeterminado, todo lo que ella me dio (los zapatos que me tejió cuando se me rompieron los míos, los libros que me conseguía cuando íbamos de pueblo en pueblo…) fue solo cosa suya. Nunca pareció sorprendida cuando yo conseguía nuestros objetivos. Ella creía en mí, y eso significa algo.

Como si me estuviese leyendo los pensamientos, Escarcha me tira del dedo índice.

—*¿Volverás con nosotras?*

—Nunca dije que fuera a marcharme.

Seguimos andando. Cuando me doy cuenta de que el esfuerzo de nuestras piernas es insuficiente, hago un gesto con la mano y una ráfaga de viento nos transporta. Las Tierras del Oeste son enormes, pero parece que sé exactamente dónde tenemos que ir. Ventajas de ser una deidad.

—*Si te marchas, ¿para cuánto tiempo sería?* —me pregunta Escarcha mientras se desdibujan los muros rojizos y los arrozales color esmeralda.

—Para poco tiempo.

—*¿Estás segura?*

—Estamos muy cerca de conseguir nuestro objetivo.

—*Si tú lo dices…*

—¿Qué pasa? ¿No me crees?

—*A ti sí, es a los humanos a quienes no creo.*

—No son tan malos…

—*¿Seguro que estás sobria?*

La ráfaga se frena cuando entramos en un camino cubierto por higueras de Bengala. El camino lleva hasta una puerta cubierta de pilares de piedra tras la que hay establos, barracones y campos de entrenamiento. El viento se disipa y nos deja ante un barracón levantado sobre soportes de madera.

Ren está en ese barracón. Lo sé. Antes de entrar le echo un vistazo a Escarcha. Su expresión es inexpugnable.

—Solo quiero verla, eso es todo —digo en voz alta, tratando de convencerme también a mí misma.

Dentro me asalta el olor de las hierbas. Efedra, regaliz, bayas de goji... Cuelgan del techo en cestas como un testimonio de la fertilidad de las Tierras del Oeste. Pero mi mirada se posa sobre Ren. Está sentada en la cama. Me acerco un poco más... y me quedo petrificada al ver a la persona que hay bajo sus sábanas.

La última vez que vi a Loto estaba en el campo de batalla. Ambas teníamos bastante mala pinta. Pero nunca pensé que vería a Loto (la cazadora de tigres, la reina de los concursos de bebida...) tan inmóvil y silenciosa. Una venda le cubre el ojo y la piel de alrededor resalta en tonos morados. Cuando pongo una mano sobre ella, no emana ninguna energía. No hay nada de *qi* en su espíritu. Solo un hilo de aliento. El eco del latido de un corazón.

Me giro hacia Escarcha y le pregunto:

—¿Dónde está?

—*Aquí.*

—¿Y dónde está su espíritu?

Escarcha se sienta en el filo de la cama enfundada en sus pantalones amarillos y con las piernas colgando.

—*Se ha ido.*

—¿Qué quieres decir con «se ha ido»? ¿Que ahora es un fantasma?

Se me corta la respiración. No puede ser. Loto sigue viva. Está respirando.

—*No es un fantasma. Simplemente se ha ido. Se ha esfumado* —dice balanceando las piernas—. *En un nivel minúsculo, los humanos y las deidades no somos tan diferentes. Ambos tenemos espíritus hechos de* qì. *Pero el espíritu mortal es más inestable. Tú y yo podemos viajar en la forma en que queramos, sin necesitar nuestros cuerpos. Los humanos no pueden hacerlo. Si su espíritu se va...*

—Puede volver. Sé que puede volver. —Al menos el mío lo hizo después de varios incidentes de tipo equino.

—*Quizás, pero solo si el espíritu se ha quedado cerca del cuerpo. Pero el suyo se ha alejado demasiado, Céfiro. Incluso si aún hay partes de ella atrapadas en este mundo, se han dispersado. Podrías pasarte el resto de tu infinita existencia buscando esas partes por el éter, y aun así no las encontrarías todas.*

—¿Entonces nunca se va a despertar?

Escarcha mueve la cabeza de lado a lado.

—No. Loto sí que volverá.

—*Se reencarnará. Pero cuando su cuerpo expire y su espíritu sea devuelto al Obelisco de las almas.*

—¡No me refiero a eso!

Si Loto se va, Ren también se acabará yendo. Ya casi se ha ido. Tiene los ojos vacíos y las mejillas hundidas. Está mucho más delgada que la última vez que la vi en mi santuario. Cuando Loto y Ren juraron su hermandad, juraron vivir y morir juntas. Loto tiene que despertar.

—*Escucha. Ya se le está debilitando el corazón* —dice Escarcha cerrando los ojos.

No quiero escuchar nada. Quiero gritar. Quiero chillar.

—Ren. —La agarro de los hombros y ella los encorva—. Ren, no puedes…

—… Hacerte esto.

Una sombra se cierne sobre nosotras. Miro hacia arriba y veo la angulosa cara de Turmalina. Ya se le ha caído la postilla de su herida.

—Por favor, las tropas necesitan verte.

—No quiero ver a nadie.

—¿Entonces qué quieres? ¿Qué podemos hacer para ayudar?

—Quiero que me dejéis en paz, Turmalina. Quiero que te vayas. ¿Me lo concedes? —le contesta Ren sin levantar los ojos de Loto.

—No.

Ren toma las manos de Loto.

—Entonces eres libre de quedarte ahí de pie.

Estoy tan cerca de Ren… y aun así soy incapaz de hacer nada para ayudar. Está tan perdida como yo. Quiero escapar y esconderme.

Pero Turmalina no se achanta y ambas nos quedamos ahí mirando a nuestra señora de rodillas ante la cama de Loto.

Entonces Nube entra de golpe. Pum. De repente ya no estoy bajo la sombra de Turmalina porque Nube la ha apartado. Ren se levanta y cruza su espada con la guja de Nube.

—Pero ¿qué haces?

—Comprobando si aún recuerdas tus votos —le contesta Nube mientras sigue empujando con su arma.

—Hicimos el voto de morir como una sola.

—Eso fue un voto que hicimos entre nosotras. Pero también juramos a la gente de este reino que derrotaríamos a Miasma. ¿Estás dispuesta a romper esa promesa? —Ren no contesta—. Porque yo no lo estoy. —Con un giro de muñeca, Nube aleja la guja de Ren y golpea el suelo con su base—. Voy a desollar a quien le haya hecho esto a Loto. Hasta entonces, haz tu trabajo: vive y lidera a tu ejército.

Despacio, Ren mira la espada que tiene en la mano. Su instinto de supervivencia sigue ahí, por muy enterrado que esté. El ataque de Nube lo ha revivido.

—Ve allá donde te necesiten —le insta Nube al ver que Ren sigue inmóvil—. Yo me quedo vigilando.

Haz lo que te dice Nube, pienso por primera vez en mi vida mientras contengo el aliento.

Por fin, Ren asiente, y cuando enfunda la espada, vuelvo a respirar. Ha regresado. No del todo, pero es solo cuestión de tiempo.

Cuando Ren sale, Nube se vuelve hacia Turmalina.

—Ve con ella.

Turmalina no discute. Cuando se ha ido, Nube le agarra las manos a Loto tal como había hecho Ren. Mientras que Ren se las agarraba con suavidad, Nube le aprieta. Se le tensan los tendones sobre la piel ajena.

—No puede sentirte —susurro mientras Nube mira a Loto muy concentrada. El *qì* emana en ondas desde sus hombros redondeados como tratando de compensar la falta de energía de Loto. Le toco las manos a Nube tratando de que relaje el apretón—. No te hagas esto.

Mientras aprieto los nudillos de Nube, mi meñique roza la piel de Loto.

De repente es como si estuviera cayendo. Me siento como cuando salté de las terrazas del cielo. Pero, al contrario que entonces, sé exactamente dónde voy a aterrizar: en el recipiente vacío que hay ante mí.

En Loto.

Trato de retroceder. El ímpetu de mi *qì*, privado del fluir hacia el sitio donde se dirigía, se catapulta por mi columna vertebral. Jadeando, miro hacia arriba y me encuentro la resignada mirada de Escarcha. Aquellas preguntas hipotéticas que me hizo de camino a aquí… no eran tan hipotéticas. Sin que nadie me lo explique, lo entiendo:

Puedo quedarme así. El cuerpo que hay ante mí carece de espíritu. Mi *qì* es compatible con él. Esto podría afectar al destino si el cuerpo mortal enmascara mi esencia divina. Puedo volver y ayudar a Ren.

Puedo darle la segunda oportunidad que me dio cuando visitó mi choza en Puerta del Cardo.

—¿Vas a frenarme?

—*Nadie ha sido nunca capaz de frenarte, Céfiro.*

—¿Se lo dirás a Nadir por mí?

—*¿Qué quieres que le diga?*

—Que le quiero. Que lo siento. Que volveré antes de que os deis cuenta.

Escarcha se queda callada.

—*Ten cuidado* —me acaba diciendo—. *A la Madre Enmascarada no le importa que los dioses visiten el reino de los mortales, pero si se entera de que vas a tratar de entrometerte…*

No tiene que decirme nada más. Ninguna de las dos sabe exactamente qué tipo de transgresiones hacen que se destierre a una divinidad en vez de, simplemente, castigarla... pero he de asumir que entrometerse en los asuntos de los humanos de forma deliberada es, desde luego, una de ellas.

—Ven aquí —le digo rompiendo el silencio. Cuando Escarcha se me acerca, la aprieto fuerte, la suelto y le doy un tironcito del mechón de su flequillo—. Tendré cuidado. —Escarcha me mira llena de escepticismo—. ¡En serio!

—*Más te vale.*

Las abejas se condensan a su alrededor. Y, tras un estallido de color, desaparece.

Ya solo quedamos Nube, Loto y yo.

Se oye un gong en la distancia. Las sombras del suelo se mueven con el sol.

Con cuidado, pongo la mano sobre la frente vendada de Loto.

Perdóname, pienso mientras libero mi existencia. Es como descorchar una jarra y verter mi espíritu como si fuera vino. *Espero que lo entiendas.*

Imagino que en algún sitio, allá donde esté, Loto puede escucharme.

Imagino lo que me diría: «Haz lo que tengas que hacer, Pavo real». Y justo después alzaría su vaso y propondría un brindis: «¡Por Ren!».

十五

EN SU NOMBRE

Por Ren.

Cuando despierto, solo siento dolor. En la rodilla, la espalda, la cabeza… Tengo una fuerte sensación de ardor en el ojo izquierdo. Y en la piel de la cara siento un pinchazo más suave.

Me corren las lágrimas por la cara como si fueran lluvia. Nube tiene la cabeza apoyada sobre mi regazo, así que le apoyo la mano sobre la coronilla y ella mira hacia arriba. Tiene una lágrima en la punta de la nariz. Esta aterriza en mi cara y la siento a través de la venda como una aguja.

—Nube —mi voz suena demasiado grave, demasiado cortante—. Nube —repito, probando cómo vibran las cuerdas vocales de Loto.

Despacio, Nube se limpia los ojos y la nariz.

—Loto —dice con los labios temblando—. Loto —vuelve a decir, ahora con una sonrisa luminosa.

Demasiado luminosa. Duele verla. Duele mucho más que la suma de todos mis dolores, especialmente cuando se me desvanece el escozor de la mejilla y los otros dolores se calman. Escarcha tenía razón: me curo muy rápido. Simplemente, es que no tuve la opción de comprobarlo cuando era estratega. O a lo mejor es que Loto tiene la piel más dura. Se le tensan los músculos de las piernas, con ganas de ponerse en marcha.

—Espera —dice Nube con mientras nuevas lágrimas le llegan hasta la comisura de los labios—. Espera a que vaya a por Ren. Ella querría estar aquí. —Mira confundida a su alrededor—. ¿Qué hora es?

Entonces suena un único y contundente golpe de gong. Es la una del mediodía. ¿Ha estado Nube aquí todo este tiempo?

La respuesta obvia es que sí. Nube es la hermana de juramento de Loto. Mi hermana de juramento, ahora. Tengo que convencerme de ello antes de tratar de convencer a los demás. Pero, por un momento, dudo. No quiero hacerle a Nube lo que le hice a Ku. Si pudiera decirle la verdad, si pudiera decirle que he tomado la forma de Loto para ayudar a Ren…

—Claro —dice dándose un golpecito en la frente—. Está en el santuario.

—En el santuario.

Afirmo con contención, lo que chirría levemente ante el fuego oscuro de los ojos de Nube.

—La traidora hizo que la mataran.

La traidora.

Yo.

Céfiro.

Habla de mi santuario y parece que, si pudiera, lo quemaría.

Se me disuelve la verdad en la boca antes de poder decir nada. Nube nunca me dejaría ver a Ren si supiera quién soy en realidad. Dudo hasta de que me dejara salir viva de esta cama.

Me deshago de las mantas. Nube me ayuda a incorporarme y se levanta.

—Cuidadito, Lince.

—Puedo andar.

Mis primeros pasos son inseguros. Mi ojo sin vendar hace que varíe mi percepción de profundidad. Nube me sostiene. La aparto cuando me roza la herida de la espalda. Se me escapa de los labios una maldición muy soez.

—¿Dónde está el santuario? —pregunto sujeta a la puerta.

Me da miedo que Nube no me lo diga o, peor, que decida acompañarme. Pero mis miedos son infundados.

—Ve por el camino de higueras de Bengala —me contesta Nube sin preguntar si necesito que me diga por dónde es. Veo preocupación en su mirada, pero también confianza. Solo me hace una advertencia—: A Ren no le gusta que la molesten.

Salgo y veo que la niebla lo cubre todo hasta donde alcanza la vista, igual que aquella mañana en el río. Entonces tenía un plan, una estratagema. Las flechas volaban para que yo me las quedara.

Ahora lo único que tengo es un carcaj lleno de mentiras.

Loto ya no es nadie.

El camino de higueras de Bengala huele muy dulce y está resbaladizo por los higos caídos de las ramas. Pero el olor del incienso se impone cuando llego al santuario.

A mi santuario.

No hay nada aquí que me guste. Ni la elección de incienso, que casi me da un ataque de asma, ni el espacio sin ventanas tan oscuro como la tinta. Lo que menos me gusta es ver cómo la oscuridad se cierne sobre Ren, que está de rodillas ante el altar con mi nombre inscrito. La ofrenda de melocotones parece recién puesta en el cuenco y mi señora se inclina sobre algo. Me temo que es mi cítara. Quizás no pueda superar el hecho de no habérmela arreglado antes de mi muerte. Ojalá pudiera decirle que no hay nada que me importe menos.

De hecho, se lo puedo decir.

—Es importante seguir hacia adelante.

No sueno para nada como Loto, pero no me doy cuenta hasta que ya lo he dicho. Me quedo clavada en mi sitio hasta que Ren se vuelve. Relaja el gesto que le arruga la frente.

—¿Loto?

En su boca, mi nombre es una pregunta. En la de Nube era una afirmación. Ren se levanta de un salto con la cara desencajada.

—¿Eres tú?

Nube nunca había terminado de aceptar la idea de que Loto no iba a volver a despertar, pero Ren sí lo había asumido. Creía que su hermana de juramento ya se había ido.

Estaba preparada para seguir adelante.

Estoy aquí para fortalecer a mi señora, no para debilitarla.

Asiento.

—Ven aquí —me dice Ren abriendo los brazos.

Camino hacia ella. Me sujeta de los brazos y me escanea de arriba abajo.

—Estás en pie —comenta más para sí misma, pestañeando de forma repetida para asegurarse de que es cierto lo que ve—. Tus... tus heridas...

Le tiemblan las manos cuando me suelta. Me acuerdo de que Ren hizo que a Loto le diesen latigazos por insubordinación. Traga saliva. Siento la culpa en su sollozo.

En esta nueva forma tengo la posibilidad de calmarla.

—Loto está bien —le digo golpeándome el pecho con el puño y haciéndome algo de daño sin querer—. Soy fuerte.

—Bien. Me alegro, me alegro... —contesta Ren.

La sujeto mientras se bambolea. La siento frágil como la paja. ¿Siempre ha sido así de endeble, o es que Loto es muy fuerte? Frunzo el ceño y Ren me palpa el hombro.

—Muy pronto volveremos a entrenar —añade.

Se calla y pienso en qué contestaría Loto.

Pero Ren vuelve a tomar la palabra.

—Estabas allí durante la emboscada, ¿verdad? Estabas con Qilin.

«Qilin».

Digo que sí con la cabeza.

—El imperio niega tener nada que ver con su muerte. Pero eran soldados imperiales, ¿verdad?

Asiento de nuevo.

Ren se agacha ante el altar para alcanzar el objeto sobre el que estaba inclinada. No era mi cítara sino una caja forrada en seda blanca. Dentro tiene todas mis posesiones. Verlas es como ver mi cadáver. Aparto la mirada, pero Ren saca antes la flecha.

Es como la que se clavó en Cuervo. La mitad del astil es más oscuro que el resto. Está manchada. Ren pasa los dedos sobre ella. Aprieta la mano hasta que los nudillos se le ponen blancos.

—La gente dice muchas cosas, Loto. —Su voz es suave, introspectiva—. Dicen que no lucho por la emperatriz sino por mí misma. Dicen que me enfrento a Miasma porque la odio. En los ojos de algunos, nuestro conflicto es personal. Pero yo no lo veo así. ¿Acabará una ensartada en la espada de la otra? Supongo que es inevitable. Pero nuestro descuerdo sobre cómo dirigir el mundo no era personal. Hasta ahora. —La flecha tiembla entre las manos de Ren—. Podría haberse llevado mi vida por delante, o retaros en duelo a ti o a Nube, guerrera contra guerrera, y yo habría respetado el resultado. Pero esto no puedo respetarlo. Asesinó a mi estratega. Lo convirtió en algo personal.

Se hace el silencio. Ren respira de forma audible.

No debería estar tan dolida. Era su estratega, no su hermana de juramento.

—Así es la guerra. La gente muere —digo tratando de sonar como Loto.

Pero solo sueno insensible. Ren me acabará pillando.

—Siento justo aquí el dolor de Qilin —dice Ren presionando contra su pecho la punta de la flecha—. Haré que Miasma lo pague con sangre.

Todo lo que hemos ganado será en vano si marchamos sobre las Tierras del Norte antes de tiempo.

—Ya nos vengaremos —le digo tratando de no sobrepasarme—. Primero: construir una base.

Sin escucharme, Ren suelta la flecha entre los demás objetos de la caja. Se levanta y me pone una mano sobre la espalda.

—Demos un banquete esta noche para celebrar tu recuperación.

Un banquete es lo que menos necesitamos. Pero Ren finge estar bien y yo finjo ser Loto, así que también habrá que fingir que nos apetece un banquete.

Cuando vuelvo a la enfermería, Nube ya ha ordenado las cosas de Loto. Pido que me deje a solas, sin importarme que esto no sea algo muy propio de Loto, y agarro la saya de piel de tigre. Es áspera y básica. Solo puedo pensar en que una vez hubo carne pegada a esta piel.

Se me revuelve el estómago. Me fuerzo a agarrar el mango del hacha de Loto. Con este cuerpo, me resulta tan ligera como mi antiguo abanico. Toco la hoja y me sobresalto al pensar en la cantidad de huesos y órganos que ha destrozado. Imagino los últimos momentos de los soldados destripados por Loto. Imagino a todos sus enemigos. También yo he matado gente.

Pero no es lo mismo.

Me pongo la túnica y la saya, y dejo atrás el arma al salir de la enfermería. ¿Quién llevaría un hacha a un banquete?

Me paro en seco.

Loto. Claro que Loto la llevaría.

Vuelvo a por ella.

La noche es cálida como un abrazo. Estamos a salvo. Todo lo a salvo que pueden estar las tropas de una señora de la guerra que no tiene feudo propio y que disfruta de la hospitalidad de Xin Gong, gobernador de las Tierras del Oeste, en la Ciudad de Xin.

Pero los brazos que te sostienen también pueden asfixiarte. Y esta noche, en el banquete, mantengo la mano en el hacha de Loto. Mis sentidos me hacen intuir que nos ronda algún peligro.

Acerté en mis suposiciones: ganamos la batalla del Acantilado, pero sufrimos una derrota en el paso de Piedra Pómez. Miasma se retiró exitosamente cruzando ese paso y volvió sana y salva a la capital. Sigue mandando en el imperio. Y Ren… está más inestable que nunca.

Pensé que la vuelta de Ren le ayudaría a centrarse.

—¡Por la recuperación de una guerrera que inspira miedo a lo largo y ancho del reino! —dice Xin Gong.

Las copas resuenan a lo largo de las mesas.

—¡Por la reunión de la mayor familia que existe bajo el cielo! —dice Xin Gong mirando a Ren.

Lo dice el tío que no tuvo el valor suficiente como apoyar a su sobrina (o, lo que es lo mismo, a Xin Bao) en su lucha contra Miasma. Xin Gong no se moja, no se mete en ninguna causa… lo que es una rareza en una época en la que hasta los ladrones se autodeclaran reyes. Miro a Ren y observo cierta oscuridad en su mirada, por mucho que a la multitud le pase desapercibida. Para ellos no es más que la señora sonriente y bondadosa. Un criado le sirve una copa de vino y ella la alza ante la reunión de todos los vasallos de las Tierras del Oeste.

—El gobernador Xin y yo trabajaremos por el mismo objetivo: fortalecer nuestras tropas y salvar las cosechas para que el pueblo pueda prepararse para la guerra que se avecina.

Cuando nombra la palabra *guerra*, la sonrisa de Xin Gong se esfuma. Debería estar nervioso. Miasma lo habría aplastado hacía mucho tiempo si no fuera por las montañas que rodean las Tierras del Oeste: una inexpugnable defensa contra los invasores. El gobernador no tiene hijos biológicos. Puede que su ejército sea uno de los pocos que ha triunfado contra el imperio, pero debe agradecérselo a Ren. Ella podría declararse ahora mismo gobernadora y el pueblo la apoyaría. El único motivo por el que no lo hace es el honor. Se niega a traicionar a su propia sangre.

Pero tiene que hacerlo. Es el segundo paso en el plan de Céfiro Naciente: *establecer una fortaleza en el oeste*, lo que no es un más un eufemismo de *arrebatarle el control a Xin Gong*. No puede haber dos líderes en una misma tierra y nosotros necesitamos este territorio. Una base en la que entrenar y alimentar a nuestras tropas. Un lugar al que retirarnos. Apoyarnos en Xin Gong en un momento de debilidad podría ser aún más fatal que perder una batalla. Ren tiene que traicionarlo, sea o no familia. Yo lo sabía desde el principio. Lo que pasa es que nunca imaginé que tendría que convencerle desde la situación en la que me encuentro. Físicamente, ahora mismo no estoy más alejada de Ren que cuando era Céfiro: Nube y yo nos sentamos inmediatamente a su izquierda. Pero no dejo de pensar en el asiento vacío que hay a su derecha.

Un puesto al que llamaba mío.

Los huecos a la derecha de Xin Gong, por el contrario, están ocupados por dos hombres jóvenes: uno es un corpulento guerrero y el otro…

Me quedo petrificada cuando lo veo.

Es el chico de la máscara dorada, el de aquella reunión en una sala subterránea que hablaba de que esperaban a una líder como Ren.

—Nube —murmuro sin quitarle un ojo de encima—. Nube…

—¿Qué?

—¿Cómo se llama esa persona? —le digo señalándolo con la cabeza mientras él le dice algo a Xin Gong.

—¿Él? —Nube suelta sus palillos y entrecierra los ojos para observar su media máscara—. Es Sikou Hai.

Al escuchar su nombre lo recuerdo. Es el hijo adoptivo de Xin Gong y su consejero de mayor confianza.

—¿A qué viene tanto interés? No me digas que te gusta —me dice Nube ante mi obvia curiosidad.

—N… No. —Debería decir algo más. Nadie es tan parco en palabras con su propia hermana—. ¿Y a ti?

Nube parpadea y me da un toquecito en la nariz.

—Me da que tu herida de la cabeza era bastante más grave que un rasguño...

Vuelve a tomar los palillos antes de que le pueda preguntar a qué se refiere y me deja con el resto de los comensales y con el plato de cabra que tengo ante mí, que parece que es su favorito. Me trago un bocado, callada y expectante. Solo cuando sacan una nueva fuente y todos se ponen a comer, me arriesgo a echarle otro vistazo a Sikou Hai.

Pero ya se ha ido. Me rechinan los dientes.

Y entonces veo un destello dorado.

Doy un salto y derramo una jarra de vino. Para mi sorpresa, nadie se inmuta salvo un soldado que me da las gracias por «emborrachar a la cabra».

—Voy a las letrinas —me siento obligada a decir.

Y salgo corriendo hacia la que espero que sea la dirección correcta. Salgo de la plaza central y me interno en la espesura. Los bichos se escabullen por la maleza mientras la atravieso. Casi choco contra un árbol al calcular mal las enormes zancadas de Loto.

En muy poco tiempo he alcanzado a Sikou Hai.

—¡Espera! —le grito.

Se para y se gira muy poco a poco.

—¿Me hablas a mí?

Me detengo con torpeza y, por una vez, en vez de sin aliento estoy sin palabras. Pero Sikou Hai no es ni Ren ni Nube, él no conoce a la verdadera Loto. Con él puedo ser yo misma.

—Eso parece, si tenemos en cuenta que aquí no hay nadie más —le digo mientras me acerco.

—Debes de haberte equivocado —Sikou Hai entrecierra los ojos y su mirada va de mi cara vendada a la armadura de mi pecho—. Yo no hablo con guerreros.

—Yo —*no soy una guerrera*— quiero hablarte de Ren.

Sé reconocer una apertura cuando la veo, ya sea en el ajedrez o en las reticencias de alguien. Cuando nombro a mi señora,

Sikou Hai baja la guardia. Le brillan los ojos y yo me pongo a la defensiva. Como hijo adoptivo de Xin Gong, su devoción por Ren es un auténtico misterio. Pero aunque no confíe en él, tengo que saber cuál es la misión detrás de su reunión subterránea.

—Entiendo que tú...

¿Quieres rebelarte contra tu padre? ¿Quieres sustituirlo por Ren? Entonces me preguntará que cómo lo sé. Mientras vacilo, la expresión de Sikou Hai se oscurece.

—Será mejor que hables con mi hermano —me dice con la voz glacial observando algo por encima de mi hombro.

—En eso tienes razón. —Me giro y veo al guerrero corpulento de la cena avanzando pesadamente hacia nosotros—. Sea lo que sea lo que necesites, yo soy tu hombre.

Sikou Hai. Sikou Dun. Hermanos, aunque no lo parezca. Sikou Dun dobla en tamaño a Sikou Hai, tiene el mentón como una maza, los dientes como tocones y de entre los labios le cuelgan hilillos de saliva cuando sonríe.

—Aparta tus zarpas de mí —le digo desprendiéndome de su agarre, pero Sikou Hai ya se ha escabullido.

—Qué guerrera... —me dice Sikou Dun—. Tienes suerte de que las chicas me gusten...

Le doy un puñetazo en plena nariz.

Se tambalea hacia detrás y yo me miro la mano. Siempre pensé que dar un puñetazo me dolería más a mí que a mi objetivo. Pero Loto estaba hecha para esto. Me crujen los nudillos cuando abro la mano. Mis nervios se templan cuando le mantengo la mirada a Sikou Dun.

—Loto, ¿cierto? —con un gruñido, vuelve a ponerse la nariz en su sitio—. He oído hablar mucho sobre ti.

—Pues yo no sé nada de ti. —*Y no tengo ningún interés en hacerlo*—. Trae de vuelta a tu hermano —le ordeno, haciendo que la estratega que hay en mí se muestre ante este guerrero.

—¿A mi hermano? —repite Sikou Dun sin creérselo.

—¿Cuál es su relación con el gobernador Xin?

—Es su consejero.

Ese dato no me sirve de mucho.

—¿Y la tuya?

—¡Soy su hijo! —dice Sikou Dun golpeándose el pecho.

Qué previsible era que Xin Gong eligiese como heredero a alguien tan incompetente como él.

—Tu apellido no es Xin.

—Pero me lo he ganado, al contrario que tu señora.

—Ren se merece todo lo que tiene.

—¿Debido a su honor? —dice Sikou Dun con sorna—. Atacar por la espalda a la primera ministra no me parece muy honorable.

—Es una líder sabia que escucha el consejo de sus estrategas.

—¿Sabes quiénes son también muy buenas escuchando? Las zorras.

—Retira eso.

—Yo te haría mi segunda al mando o, incluso, mi esposa. Pero ¿cómo te trata Ren? A latigazos. —Sikou Dun se inclina hacia mí y su mirada hace que me sienta sucia—. Una zorra rabiosa.

No sé cómo, pero de repente tengo las manos alrededor de su cuello.

—Retira. Eso.

—Pídemelo por favor —me contesta con una sonrisa.

Lo voy a matar. Le voy a sacar los intestinos y le voy a obligar a comérselos.

Pero... esta no soy yo.

Retrocedo.

Primero lo de los insultos, ahora esto. Tiene que venir de Loto. Los cuerpos, como todo lo demás que hay en el mundo, están hechos de *qì* y el *qì* fluye. Puede que el espíritu de Loto se haya ido, pero su energía física se ha mezclado con la mía.

—¿Qué te pasa ahora? ¿Tienes miedo? —Retrocedo ante los avances de Sikou Dun—. Pensaba que te gustaba jugar fuerte.

Ignóralo. No respondas.

—Te reto en el nombre de Ren.

Sikou Dun frena en seco y sonríe triunfante.

—¿Qué arma eliges? —me dice.

—Los puños.

—¿Cuándo?

—En cuanto te atrevas.

Me hace una reverencia demasiado profunda, claramente burlona.

—Después de todo parece que sí que nos vamos a revolcar...

Si le rompo los sitios adecuados, no volverá a *revolcarse* nunca más.

Pero cuando se marcha me doy cuenta de a qué acabo de acceder. No es una partida de ajedrez ni un duelo de cítaras.

Es una pelea a puñetazos.

Cielos, pero ¿qué he hecho?

十六

DOS SEÑORAS EN UNA MISMA HABITACIÓN

Pero ¿qué he hecho?

—Aquí estás —me dice Nube cuando, por fin, encuentro en la oscuridad el camino de vuelta a los barracones—. Pensaba que te habías caído otra vez en las letrinas. —Ojalá hubiera sido eso. Con un baño y un cambio de ropa se habría solucionado—. Te dejaste esto.

Nube me acerca algo y tengo que contener un grito. Es el hacha de Loto. La olvidé en la mesa. Eso ha sido bueno para Sikou Dun, pero no tan bueno para mí. Agarro el arma. ¿Debo dormir con ella? Podría hacerme daño. Pero nunca he visto a Loto sin hacha, así que la aferro (con la hoja mirando hacia el otro lado) y la coloco junto al saco de dormir ya extendido que hay junto a Nube. Ahora me toca desvestirme delante de todo el mundo.

Pensaba que eso habría quedado atrás en el orfanato.

Mientras me quedo solo con la ropa interior de Loto, la actividad bulle a nuestro alrededor. Los soldados apuestan sobre quién ganará los duelos en los entrenamientos de mañana. Una competición de pulsos da comienzo al fondo de la habitación. Una discusión muy cerca de nosotras acaba con alguien cayendo sobre mi saco de dormir. Me obligo a dejar mi lecho tan desbaratado como está.

—Ups, Loto, lo siento —me dice, mientras empuja a su oponente de vuelta a su sitio.

—¿Qué quería Sikou Dun de ti? —me pregunta Nube cuando me siento.

Con mi visión periférica veo cómo su guja brilla mientras ella la pule.

—¿Lo has oído?

—Lo sabe todo el campamento.

Siempre supe que los guerreros eran unos cotillas.

—Insultó a Ren.

—¡Venid para acá! —grita alguien, y de repente estoy en el centro de una multitud.

A mi alrededor, mirándome ansiosos y expectantes, hay rostros jóvenes y viejos… pero pocos de ellos son mayores que el de la propia Ren.

Además de a Nube, no tengo ni idea de a quiénes de ellos considera Loto sus amigos, quiénes le deben la vida después de habérsela salvado en el campo de batalla, a quiénes le debe ella seguir viva… Lo único que sé es que nunca he tenido una audiencia de guerreros tan atentos. Se me seca la boca.

—¿Y tú qué hiciste? —me preguntan.

—Le di un puñetazo.

Teniendo en cuenta los vítores, cualquiera diría que le rompí el cráneo. Me pasan una naranja. La recibo (con la mano, no con la cara como habría hecho antes). Y entonces entra Turmalina y mi audiencia se dispersa llamando *general*, entre murmullos, a la guerrera de la armadura plateada, por mucho que su rango no sea mayor que el de Loto o Nube.

—Me alegro de verte de vuelta, Loto —dice Turmalina cuando se me acerca—. ¿Cómo te sientes?

No sé cómo contestar. ¿Cómo de cercanas eran Loto y Turmalina? Miro a Nube, que está muy concentrada puliendo su guja. Me tomo eso como un no, y decido responder de la manera menos arriesgada.

—Lista para aplastar a Sikou Dun —me crujo los nudillos para darle intensidad a mis palabras y Turmalina me mira de modo solemne.

—Ten mucho cuidado mañana.

Es una respuesta muy suya y casi me hace sonreír.

—Ten un poco de fe —le dice Nube a Turmalina, salvándome de quedar en evidencia.

—No es por Loto por quien me preocupo.

—¿Entonces por quién? —pregunta Nube—. ¿Por Sikou Dun?

—Por nuestra señora.

El silencio entre las dos guerreras se podría cortar con un cuchillo. Ambas evitan mirarme, lo que evidencia que están pensando en mí. Loto casi consigue que se apague el espíritu luchador de Ren. Si hubiese muerto, quizás habría arrastrado consigo sus ganas de vivir. No importa lo que pase mañana, pero no puedo morir ni contra Sikou Dun ni contra nadie más. Es una responsabilidad con la que cargo por ser la hermana de juramento de Ren.

Es una responsabilidad que tampoco me di cuenta que también cargaba cuando era Céfiro.

—Ren está bien —dice Nube—. Lo único por lo que está *no bien* es por ese santuario que podrías hacernos el favor de quemar.

—Eso no resolvería nada —contesta Turmalina con la voz rasposa como la lija—. Construiría otro.

—Nadie construirá un santuario por Dun —digo metiéndome en la conversación malinterpretando a propósito el subtexto tal como habría hecho Loto.

Nube, en su línea, revienta mis intenciones.

—Pero admite que te gustaba la traidora —le espeta a Turmalina, y yo me quedo ojiplática.

Te gustaba. No simplemente *tolerabas*, que era lo que yo suponía que llevaba a Turmalina a seguir mis órdenes o a darme consejo. O a prestarme su caballo.

—Céfiro no era una traidora —susurra Turmalina en un tono tan grave que es casi un gruñido.

Nadie discute con ella, pero Nube no oculta su desacuerdo. Su rostro, reflejado en la media luna de su guja, se enciende. Cuando, por fin, Turmalina se va hacia la otra parte de la habitación, Nube suelta el trapo y doy por hecho que va a insultarla. Pero, en lugar de eso, suspira diciendo:

—Joder, la he cagado a lo grande.

—¿Cómo? —le pregunto, pero Nube ya está negando con la cabeza.

Su coraza de cuero cruje cuando se la desabrocha. La desliza bajo su almohada y se tumba en su camastro.

—Ojalá ella no fuera tan… —resopla sin dejar salir las palabras de su boca—. Ni siquiera lo sé.

—¿Te refieres a Turmalina?

—Nunca voy a ser digna de ella —me contesta sin negarlo y doblando un brazo sobre sus ojos.

—Tú. Y Turmalina.

—¿Qué pasa?

¿Aparte del hecho de que, incluso ahora mismo, siempre parece que la odia?

—Nada.

—Uf… —Nube se envuelve en las mantas y me da la espalda—. Se te da fatal mentir.

Se escucha el tintineo de las monedas de las últimas apuestas. Pagan la última vela con un soplido.

Los ronquidos de Nube se unen a los de todos los demás.

Me deslizo en mi saco de dormir (en el de Loto, claro) y me atraganto cuando del material sale un hedor que me cierra la garganta. El olor reconcentrado de Loto. ¿Cuándo fue la última vez que lavó esto? Prefiero ni saberlo.

Sola en mi insomnio, miro fijamente las vigas del techo. Me imagino que es el universo y que los nudos de la madera son las galaxias cercanas y lejanas.

Pero aquí, al fondo de la depresión de las Tierras del Oeste, ni siquiera la luna traspasada la niebla. Todo es muy oscuro, el cielo incluido.

Me pongo de lado y me hago daño en uno de mis moratones. Loto habría sabido qué decirle a Nube. Sikou Hai se habría frenado ante Céfiro. Ren necesita a sus hermanas de juramento, pero para construir un imperio, Ren necesita a Céfiro. ¿Es posible ser ambas? ¿Es posible, siquiera, ser una de ellas?

El sueño me envuelve antes de poder encontrar las respuestas.

A la mañana siguiente me despierto con el sonido de las hebillas chasqueando y de las picas entrechocando. Los cascos brillan en las cabezas de los soldados de Ren. Con el resplandor de una armadura plateada, Turmalina está fuera de las puertas del barracón antes de que pueda enjugarme los ojos.

—¿Nube? Nube, ¿qué pasa? —pregunto con la boca tan pastosa como los sentidos.

Todo el mundo se está vistiendo como para ir a la guerra, pero no se oye ni el silbido del cuerno ni el batir de los tambores.

—¿Qué? —me responde Nube atándose la trenza con una cinta azul y mirándome con expresión confundida—. ¿Qué haces levantada tan temprano?

¿Temprano? Ya hace mucho que amaneció. Pero parece ser que Loto no es una persona muy mañanera. Siento la cabeza y las extremidades pesadas como el plomo, y el estómago me ruge como un león.

—Todo el mundo… —Me interrumpe mi propio bostezo—. Todo el mundo está despierto.

—Sí, porque la gente de las Tierras del Sur ha llegado.

Nube lo expresa con la misma naturalidad que habría dicho: «Ya está listo el desayuno». Sigue preparándose y se coloca la capa azul. Yo solo puedo parpadear.

Los sureños están aquí.

Los aliados que conseguí.

Me levanto (demasiado rápido). Un fuerte dolor me recorre el ojo izquierdo. Nube me sujeta antes de que me caiga.

—Oye, oye, que no tienes por qué levantarte ya.

Para nada, sí que debo estar lista.

—¿Está Ren reunida con los sureños?

—Diría que sí.

—Quiero estar allí.

—Pues, entonces, allí estarás —dice, para mi alivio.

Esto es todo lo que necesito, me digo a mí misma cuando me pongo la túnica ocre de Loto y su saya de tigre. *Estar allí, escuchar lo que dicen.* Ya me las arreglaré después para dar mis consejos, pero con que…

—¡Informe!

Un soldado irrumpe en la tienda y se arrodilla, ofreciéndonos un trozo de papel.

—General Nube, general Loto: un mensaje.

—¿De las Tierras del Sur? —dice Nube arrebatándoselo de las manos.

—Del general de la guardia del gobernador, Sikou Dun.

—¿En serio? —Nube arruga la nariz al abrir el papel—. ¿Qué quiere?

Se me cierra el estómago incluso antes de que el soldado diga:

—Es para la general Loto.

Silencio.

Nube lee el papel y se dirige a mí:

—Dice que te estará esperando en el campo de entrenamiento número dos, entre las horas *chén* y *sì*…

Se escuchan ochos golpes cortos de gong. Nube frunce el ceño.

—… Es decir, ahora mismo. —Despide al soldado y hace una bola con la nota—. ¿Es esta la hora que acordasteis?

El miedo hace que no lo recuerde. No soy capaz de pensar claramente a pesar de las horas de sueño, que es lo máximo que he dormido siendo mortal. Siento otro retortijón y evito dar un bostezo.

Me vuelve a la mente lo de anoche. Sikou Don preguntándome cuándo quiero que sea el duelo. Me arde la sangre. Le dije que en el momento en el que se atreviese.

Yo, Céfiro Naciente, Sombra del Dragón, he caído en mi propia trampa.

Maldigo a la madre de la Madre Enmascarada y Nube me da un manotazo en la espalda. Supongo que así es como los soldados muestran empatía. Y duele.

—Ya sabes cómo son estas cosas. —No sé literalmente nada sobre peleas—. Gente haciendo halagos sin sentido, dándole vueltas a las mismas frases…

Nube sigue hablando y me doy cuenta de que se refiere al encuentro con las Tierras del Sur. Es el arte de la diplomacia, el tipo de lucha para la que yo sirvo (o servía).

—Te prometo que no te pierdes nada —remata.

Qué va, solo la primera reunión desde nuestra victoria conjunta como aliados.

Te cambio el puesto encantada. Me trago esas palabras. Loto nunca pensaría así. Ella saldría ahí afuera y acabaría rapidito con Sikou Dun. Yo… tengo que hacer lo mismo. Puedo hacerlo. No puede ser tan difícil.

—Guárdame un sitio —le digo a Nube mientras salgo por la puerta—. Loto no tardará.

Puedo hacerlo, puedo hacerlo, puedo hacerlo…

Se me queda la mente en blanco cuando veo a Sikou Dun.

Por encima de los hombros, el sol brilla tanto como el resto de su cuerpo. Está casi desnudo, salvo por los pantalones que lleva atados a las pantorrillas.

—¡Buenos días! —me grita a través del campo de entrenamiento.

Ya hay soldados, tanto de Ren como de Xin Gong, reunidos a nuestro alrededor. Los suyos se ríen entre dientes cuando él me suelta.

—¡Tan guapa como siempre!

—Ah, ¿eso crees?

Puedo arreglarlo fácilmente. Los gritos de guerra retumban cuando me quito la venda de mi malogrado ojo. En un charco del suelo veo el reflejo de algo furioso, demacrado y rojo. Dejo de mirarme y me enrollo la venda en la mano derecha. Sikou Dun separa las piernas y se aferra bien al suelo. Hago lo mismo. Lo único que escucho durante un instante es el latido de mi corazón. Entonces, se escucha una alondra.

Dun carga contra mí.

No hay tiempo de montar un plan de ataque. Adelanto las manos y, por un golpe de suerte, lo alcanzo. Lo agarro, lo levanto y lo arrojo a través del campo.

Vaya, qué interesante.

La multitud me aclama cuando aterriza contra el suelo. Pero no le he dado lo bastante fuerte como para noquearlo. Poco a poco, se pone de pie tambaleándose y abre mucho las fosas nasales. Los ojos se le ponen blancos cuando posa su mirada en mí.

He cenado con Miasma. He conversado con generales rivales. Cuervo me ha envenenado. Pero nunca he tenido en frente a nadie que quisiera comerme viva.

Loto se enfrentó a cosas mucho peores que un hombre, me recuerdo, limpiándome la boca con el reverso de la mano. *Ha luchado contra tigres. Podría desollar a Sikou Dun y hacerse una saya con su piel.*

Sikou Dun echa los hombros hacia detrás y se cruje el cuello. Damos unas vueltas sobre nosotros mismos. Busco un buen ángulo. En su cuerpo solo veo líneas y puntos, colinas y valles, puntos fuertes y flacos. Lo analizo como si fuera un mapa. Pero justo cuando arremete contra mí, un elemento desconocido entra en escena.

Un palanquín de seda viene por el camino que tenemos delante.

Pum. El mundo se pone boca abajo y los árboles se dan la vuelta cuando Sikou Dum me golpea por la espalda. Se sienta sobre mi estómago mientras el palanquín se sitúa frente a uno de los barracones más pequeños. Y, del revés, veo que de él sale Cigarra seguida de Ku. Ren les recibe con una reverencia antes de hacerlas pasar.

Debería estar ahí.

Debería estar al lado de mi señora. Debería estar dando la cara como estratega ante Ku… no aquí, atrapada bajo Sikou Dun.

Pum. Dejo de ver también por mi ojo bueno. Sus golpes solo me dejan tiempo para gritar, para sentir cómo mi cuerpo se magulla, sangra, se rompe. Se me llena el ojo de sangre, entumeciendo el contorno de la cara de Sikou Dun mientras se inclina hacia mí.

—¿Cómo te quedas? —El sudor de su cuello cae sobre mí. Una abeja le zumba alrededor de la cabeza—. Si lo pides por favor, paro.

No puedo. Su peso sobre mí es tan contundente que apenas puedo respirar. Pero no necesito el aire para lo que voy a hacer ahora.

Dun se tambalea cuando le escupo a la cara una buena cantidad de saliva ensangrentada. Estupefacto, trata de despejarse la cara. Las venas de las sienes les van a explotar. Lanza el puño como una pitón. Veo la trayectoria del golpe. Sé que lo que va a pasar. Me va a romper la cabeza sin posibilidad de que se cure. Ya me ha sucedido antes.

Ya he muerto antes.

Pero no se me vuelve todo negro, como la última vez. Se me vuelve azul, como la capa de Nube, que ondea antes de que ella descienda sobre Sikou Dun.

Me lo quita de encima y me quedo ahí tumbada como un despojo purulento, mientras ella lo golpea contra el suelo a un brazo de distancia.

—¿Nos vamos a revolcar a tres bandas? Me encan...

Pum.

—Vete a revolcarte con un caballo —le dice Nube.

Y ya nadie dice nada más. Solo hay puñetazos. Nube le da un par más antes de que a los espectadores se les pase la sorpresa y los lacayos de Sikou Dun entren a socorrerlo. Otra refriega que se salda con la victoria de Nube. Al final ella se sacude la sangre de los nudillos y se gira hacia mí... o hacia donde creía que estaba yo.

∽∾✠∾∽

Para cuando oigo mi nombre, ya estoy a medio camino de los barracones.

—¡Loto! ¡Espera!

Acelero, presa de la adrenalina. El suelo burbujea como si estuviera hirviendo mientras paso por el camino de tierra, de camino a los establos y al palanquín de las Tierras del Sur.

—Loto. —Nube me alcanza, tiene la voz acelerada—. No puedes entrar. Al menos no tal como...

—¡Ese es el sitio al que pertenezco!

El gruñido es de Loto, pero el dolor es mío. Le lanzo a Nube una mirada que la reta a frenarme. Por un segundo, está demasiado aturdida para hacerlo.

Pero después me sujeta. Me la quito de encima. Lo intenta de nuevo. Y uso mis últimas fuerzas para empujarla. La sorprendo con la guardia baja y desequilibrada, así que se cae.

—Loto...

Le paso por encima con mi desesperación eclipsando cualquier sentimiento de culpa. Necesito saber lo que quiere Cigarra.

Necesito ser Céfiro.

Pero estoy atrapada dentro de Loto, y cuando me apoyo contra las puertas de los barracones tratando de escuchar la conversación que se produce adentro, el marco se dobla bajo mi cuerpo, mucho más musculoso que lo que nunca fue Céfiro. Se cae la puerta y yo detrás.

Nos damos un golpe en el suelo que suena como un trueno.

Levántate, me digo mientras algunas voces y pies se me acercan. *En pie.* Pero no puedo. Se me ha gastado la adrenalina. Gimo y babeo, casi delirando, cuando tres pares de pies se me aproximan. Las sandalias negras de campesina de Ren. Las zapatillas de seda verde de Cigarra. Y los pies de Ku. Su túnica, algo más lejos de mi alcance, es blanca como la cola de un meteorito antes de disolverse en la nada.

十七
JURAMENTO

Ku. Cigarra. Ren.

En mis pesadillas, estoy tirada en el suelo mientras Cigarra me mira asqueada. Ku se me monta encima como si yo fuera un búfalo de agua mientras Ren se agacha a preguntarme «Pero ¿qué haces?». Y yo, de verdad, no sé qué decir. No estaba pensando. Tenía miedo.

Miedo de haberme convertido en una persona inútil.

Vuelvo en mí en un camastro de la enfermería. Los puestos de mi alrededor están desocupados. Estamos en un periodo de entre batallas y parece que soy la única que va por ahí buscando problemas. Me incorporo con un gemido.

En un primer vistazo, la habitación parece vacía. Entonces veo a Ren. Está de pie junto a la ventana, con las manos detrás de la espalda. Espero a que ella me descubra despierta. Pero como no lo hace, soy incapaz de contenerme.

—¿Cigarra está aquí todavía?

—Acaba de irse —murmura Ren.

Sus ganas de responderme me sorprenden. A lo mejor ella y Loto ya habían discutido antes asuntos de estados y esta situación no es tan desesperada como creo.

—Va de vuelta hacia las Tierras del Sur.

Se ha ido. Igual que mi suerte.

—¿Y qué quería?

—Que se le devolviesen las Tierras de los Pantanos. Les dije que hablaran con Xin Gong —continúa Ren—. Esa tierra no es mía y no puedo dársela.

Pero pronto sí que lo será.

—Pero ellas dicen que su alianza es conmigo, no con Xin Gong. —Ren hace una breve pausa—. ¿Por quién me toman? ¿Por alguien que traiciona a su propio clan?

—Eso no es cierto.

—Primero Miasma extiende el rumor de que voy detrás del trono de Xin Bao. Ahora estas vienen con lo de las tierras de Xin Gong. ¿Es que no queda nada de honor en este reino?

—No, pero quedan buenos mandatarios. Xin Gong solo ha durado tanto gracias a las montañas. En cuanto Miasma se enfrente a él, caerá más rápido que el tallo de sorgo. Sus tropas tomarán partido y la gente se quedará sin nadie que les defienda. Antes de que esto suceda, debes establecer...

—¿Loto? —Ren se gira y la luz que entra por la ventana dibuja su silueta y le esconde la mirada de mí mientras se sienta en el borde de mi camastro—. Estás despierta.

Sí que lo estoy, pero ¿lo está ella? No parece estar muy presente cuando toma mis manos entre las suyas. Ni cuando dice «No necesito que defiendas mi nombre» como si la conversación que estábamos teniendo nunca hubiese tenido lugar o como si la hubiese estado teniendo con otra persona.

Como por ejemplo Céfiro.

¿Qué soy para Ren si ya no podrá hacerme consultas como antes?

—Ren. —Me humedezco los labios—. ¿Te hubiese caído bien Céfiro si no hubiese podido ser tu estratega?

Hay un instante de silencio.

—¿Por qué lo preguntas?

—Loto echa de menos a Pavo real.

Ren se queda callada un segundo.

—¿Sabes qué es lo que más me gustaba de Qilin? —Niego con la cabeza—. No son sus estratagemas, aunque bien saben los dioses que las necesitamos —dice Ren levantándose del camastro. Echa un vistazo a la habitación y su mirada se centra en una urna de incienso de la que saca tres varillas—. Lo que más echo de menos es su abanico y cómo señalaba con él. —Ren agita las varillas por la habitación y a mí me da un escalofrío—. Lo que más echo de menos es lo en serio que se tomaba a sí misma y a la gente de su entorno. —Sonríe y sacude la cabeza—. ¿Sabes qué, Loto? Una vez la vi deshaciéndose de la golosina que le había regalado. ¡Lo sé! —La miro con la cara desencajada—. ¡Estuve a punto de recuperarla de entre el estiércol!

—Entonces ¿por...? —me callo de golpe y cambio la frase sobre la marcha—. Menuda desagradecida, Pavo real.

—Aiya, ¡eso es lo que no entiendes sobre Qilin! ¡Es que era demasiado educada! Pero debo confesar que pensaba que se cansaría de ponerme buena cara y que me acabaría diciendo las cosas sin rodeos. Con cada golosina que le daba, también le daba la oportunidad de ser sincera. Cuando me di cuenta de hasta qué punto llegaba su compromiso... —Ren baja la voz y yo me acerco a ella—. Le daba golosinas solo para ver cómo le temblaba una vena del ojo.

¿Ren haciendo bromas? A lo mejor Loto ya conocía esta faceta suya, pero yo desde luego que no. Mientras lo asumo, el brillo se aleja de los ojos de Ren. Mira el incienso que tiene en las manos, que ya se ha quemado. De las varillas caen cenizas.

—No era más que una niña. Ha muerto demasiado joven.

Ninguna de esas cosas es cierta. Soy más vieja que la suma de todas las dinastías. Pero cuando estaba con Ren, me sentía jovencísima. Puede que ya no sea el destino quien me obligue, pero me siento igual de llamada a seguirla como cuando vino a mi cabaña de Puerta del Cardo. No podía quedarme de brazos cruzados.

Y sigo sin poder.

—Ren. —Espero a que se concentre en mí—. Tienes que apoderarte de las Tierras del Oeste. Es el último objetivo del plan de

Céfiro Naciente. Es la única manera en la que seremos lo bastante fuertes como para atacar a las Tierras del Norte.

Ren sonríe benevolente ante mi sugerencia.

—Tú céntrate en recuperarte —me dice cuando termino de hablar, dándome una palmadita en el hombro—. Yo me encargo de lo demás.

—Pero...

Se oye una tos desde la puerta. Miro y allí está Sikou Hai.

—Señora Xin.

—Joven Maestro Sikou, ¿qué te trae por aquí?

Está claro que yo no. Sikou Hai me mira como si yo fuera un trozo de comida en mal estado y, entonces, hace una reverencia ante Ren haciendo que sus mangas parezcan una cascada violeta.

—¿Podemos mantener una conversación... a solas?

—Considera a Loto como parte de mí misma. —Sikou Hai frunce el ceño y yo me regodeo para mis adentros—. Por favor —insiste Ren, lo que le convence para entrar.

Es la primera vez que veo a Sikou Hai a la luz del día y no puedo decir que le siente muy bien. Su cara es estrecha como una hoja de metal mal afilada, y tiene bastantes entradas aunque tiene más o menos la edad de Loto. Tiene muchas marcas en la piel que deja ver su máscara dorada. Como huérfana, reconozco la enfermedad igual que reconozco las estratagemas.

Pero, como si aún estuviéramos en la oscuridad de aquella habitación subterránea, solo soy capaz de ver la elegancia con la que le ofrece a Ren un pergamino.

—Para ti.

Ren lo desenrolla y se le cambia la expresión.

—No puedo darle a esto ninguna utilidad.

—Creo que no entiendes mis intenciones.

—Me parece que sí. —Ren le devuelve el pergamino—. Pero no puedo aceptarlo.

Sikou Hai agarra el pergamino. Intuyo que en él hay un mapa muy detallado de la capital de las Tierras del Oeste. Es el tipo de mapa que suele encontrarse en los salones de guerra, el tipo de mapa que nunca debería caer en manos de un enemigo. Está claro lo que el regalo significa.

Y también está claro lo que significa que Ren lo rechace.

Cuando Sikou Hai cierra el mapa, no puedo evitar sentir cierta empatía. Nuestra situación es parecida: tratamos de convencer a Ren de la realidad y fracasamos estrepitosamente en ello.

Sikou Hai toma aire.

—Dicen que tú amas a la gente, que nunca abandonas a jóvenes ni a viejos. Que das cobijo a los débiles y los proteges con tus tropas.

—La gente es libre de decir lo que quiera sobre mí —dice Ren, aunque Sikou Hai no lo escucha.

—¡Lo dicen porque es cierto! Miasma fue una vez cabalgando entre sus líneas y destripó a sus soldados heridos solo porque ralentizaban la retirada de Xuan Cao. Tú eres distinta. Si en el mundo hay alguna deidad, ¡esa eres tú! —Me quedo boquiabierta. Sikou Hai continúa—. Es imposible que te quedes de brazos cruzados y te parezca bien la forma de gobernar de Xin Gong —murmura con la mirada baja.

—Vuestro pueblo no parece descontento.

—Nosotros no somos el pueblo. No podemos dejar de plantar porque nuestros cuencos estén llenos. No podemos dejar de construir porque tengamos un techo sobre nosotros. —A Sikou Hai se le enrojecen las manchas de la cara—. Las Tierras del Norte estuvieron a punto de caer ante la rebelión del Fénix Rojo y la Cábala de los Diez Eunucos —dice, y yo me descubro apoyándolo y envidiándole porque me gustaría ser quien hablase así con Ren—. Las Tierras del Sur casi caen ante los piratas Fen. La paz en las Tierras del Oeste es efímera. En esta era de canallas, necesitamos a alguien que nos proteja. Y Xin Gong, por mucho que sea mi padre, no es el indicado.

Ren no contesta de forma inmediata. Al menos no ha despreciado sus palabras como hizo con las mías. El objetivo importa más que mi orgullo, me digo ignorando la punzada de dolor que siento en el pecho. Si Sikou Hai la puede convencer...

—Dices que mi popularidad se debe a mi honor —dice Ren tocándose el colgante que lleva en el cuello con el apellido Xin casi borrado—. Si eso es así, ¿dónde quedaría mi popularidad si usurpase el puesto de un familiar mío?

—¿Familiar? —escupe Sikou Hai con desprecio—. Sé un par de cosas sobre las familias, y creo que tú también. —Su tono me pone tensa—. Puede que Xin Gong te haya ofrecido un lugar en el que descansar y entrenar a tus tropas, pero ¿dónde estaba antes de que sellases una alianza con las Tierras del Sur? O incluso antes de eso, cuando murió tu madre.

—Creo que se acabó por hoy —dice Ren con calma mientras trato de que mi gruñido suene a que me duele algo.

—Señora...

—Me has dado mucho en lo que pensar. Necesito tiempo.

¿En qué estaba yo pensando? Si ni yo misma fui capaz de convencer a Ren, ¿cómo lo va a conseguir Sikou Hai? Lo que está claro es que arrodillándose no la va a convencer de nada.

—Si no aceptas el mapa, al menos acepta mi lealtad. Sé que jamás podría igualar el talento de Céfiro Naciente... —Bueno, al menos es consciente de eso—. ..., pero necesitas un estratega. —Da tres veces con la frente contra el suelo—. Juro que daré mi vida por tu causa.

—Eso no será necesario, joven maestro Sikou —comenta Ren con una voz amable pero firme—. Tengo todo el apoyo que necesito.

Le ayuda a levantarse y le acompaña hasta la puerta. Cuando se marcha, Ren pasea por la habitación con las manos detrás de la espalda, justo igual que como estaba antes. Pero todo ha cambiado. Y sé que debo seguir callada cuando Ren murmura:

—¿Qué harías tú, Qilin?

No es a mí a quien se lo pregunta.

◦～֍～◦

Cuando los amigos de Loto visitan la enfermería esa tarde, maldicen a Sikou Dun y lo culpan por haber llevado la pelea demasiado lejos.

Aunque bien podrían echarme la culpa a mí por haberla fastidiado.

Nube se queda en un segundo plano. Ella fue la única testigo de mi arrebato. Puede que también sea la única persona en darse cuenta de que Loto nunca habría perdido contra alguien como Sikou Dun.

—¿Necesitas algo? —me pregunta sin ninguna doble intención, pero mi mente detecta alguna señal de peligro y decido emplear la estratagema número siete: *pisotea la hierba para asustar a la serpiente*. Las sospechas de Nube son la serpiente y cualquier fallo al personificar a Loto la harán saltar.

Pisoteo la hierba diciendo algo completamente inesperado:

—A Sikou Hai.

—¿A Sikou Hai? —Nube entrecierra los ojos—. ¿En serio? Ambas sabemos que no es para nada tu tipo.

Por un instante veo plumas negras, el chasquido de su risa, sus dedos sobrevolando las cuerdas de la cítara... Refunfuño alguna cosa incoherente. Dejo que Nube piense que me da vergüenza. Me interesa Sikou Hai por razones estratégicas. Le necesito tanto a él como a su elaborada red de seguidores; él me necesita a mí para convencer a Ren. Formamos un equipo perfecto. No puedo decir lo mismo de aquel juego de mentiras que tenía con Cuervo.

—Entonces ¿qué quieres que haga? ¿Traértelo? —pregunta Nube.

¿Cómo si fuera un caballo al que traen tomado por las riendas? No estoy tan desesperada.

—Dile que venga.

Esa noche, Nube vuelve sola.

—Dice que está ocupado.

En otras palabras, dice que no soy merecedora de su tiempo. Podría escribirle con mis intenciones, pero cuando lo intento (encendiendo una vela en la esquina de un barracón lleno de guerreros roncando) la letra me sale gruesa y temblorosa. Arrugo el papel, resoplando, y sacudo las manos. Esparzo la tinta por todas partes, manchando las líneas del destino que atraviesan profundas las manos de Loto. En la base de cada dedo tiene un callo. Me doy cuenta de que el hacha no solo es ligera porque Loto sea fuerte sino porque practica con ella tanto como yo con la caligrafía. Ambas nos hemos endurecido partes concretas de la piel día a día. Lo que pasa es que nuestros callos están en sitios distintos.

Pero las habilidades de Loto no me sirven de nada y, tras otro intento fallido de escribir, dejo el pincel. Alguien gruñe en sueños.

Me rindo y me uno a los demás.

No me importa que, por la mañana, la cara de Loto siga pareciendo una calabaza magullada.

Busco yo misma a Sikou Hai.

Intuye mi llegada y me esquiva como a una plaga. En la cena, prefiere excusarse que estar conmigo frente a frente. Cuando nos invitan a pasear por los patios favoritos de Xin Gong, prefiere alegar que se encuentra mal antes que pasar un rato cerca de mí. Incluso en las letrinas, prefiere aguantarse las ganas de orinar a pasar por mi lado.

Pero no puede esquivarme para siempre.

A la noche siguiente, toco a las puertas de su estudio. Se abren levemente… y se empiezan a cerrar de nuevo.

Meto un brazo por el hueco.

Tras unos segundos de tensión, los huesos de acero de Loto ganan esta batalla y Sikou Hai deja que la puerta se abra.

—Ya te lo he dicho antes —dice mientras vuelve al interior del estudio—. Es con mi hermano con quien deberías hablar.

—Tu hermano —le contesto sujetándole del hombro y haciéndole girar hacia mí— fue de gran ayuda…

Sikou Hai se sobresalta. Se toca la máscara, tratando de ajustársela aunque nunca se le ha movido.

—¿No es así como os comunicáis los de tu clase? —me suelta sentándose ante su escritorio—. ¿Con los puños en lugar de con palabras…?

Mis manos crujen contra la superficie del mueble y él me mira como diciendo «¿Ves?». Le he dado a razón, ¿y qué? Debería saber que puedo hacer mucho más daño con mis palabras. Puedo amenazarlo con desvelar sus traicioneras reuniones clandestinas y forzarle para que me admita en ellas.

Pero no puedo forzarlo a que me respete. Suelto el escritorio. «Reconoce el terreno», me habría dicho mi tercera mentora, la maestra de ajedrez. Mis ojos se desplazan por el estudio de Sikou Hai (odiosamente organizado) antes de llegar hasta un pergamino. Cuelga entre dos ventanas altas, un brocado ciruela y dorado sobre una lámina de papel de arroz. El papel está…

Escrito por mí.

Lo escribí bajo la tutela de la poeta.

Lo dejé atrás cuando murió.

Vuelvo a examinar a Sikou Hai. Su discurso y su forma de actuar se parecen a las mías. Conoce a Céfiro. Admira a Céfiro. Quiere ser como Céfiro.

¿Cuándo me he ganado todo ese respeto?

En los cielos.

¿O no ha sido así?

—¿Puedes irte ya? —me pregunta Sikou mientras yo sigo obnubilada con mi propio poema, con mis palabras, con mi caligrafía de cuando mis trazos eran delicados como una libélula.

Abro y cierro las manos. *Contrólate.*

Me marcho del estudio, tal como me pide, justo después de barrer de un golpe todo lo que hay sobre su escritorio.

∽✖∾

—Así que… tú y Sikou Hai… —me dice uno de los amigos de Loto en las prácticas de tiro.

Mi flecha alcanza un árbol.

—Otra vez, Loto —dice Turmalina, severa pero paciente.

Me ayuda el hecho de estar herida. Eso y que, basándome en que todo el mundo evita elegir las dianas cercanas a la mía, no creo que Loto fuera conocida por sus habilidades con el arco.

Nube, por su parte, dispara flechas como nadie. Acierta dos blancos consecutivos. Turmalina le asiente con aprobación y Nube, de una forma demasiado deliberada, la ignora. No me puedo creer que no me diese cuenta de sus sentimientos antes.

—¿Algún avance? —me pregunta después de que pase Turmalina.

—No —mascullo ensartando otra flecha.

—Eso me temía por la forma en que le estás acosando.

—No le estoy acosando.

—He escuchado que se cagó encima el otro día porque le arrinconaste en las letrinas —grita un soldado que tengo a mi derecha.

—No se cagó.

—Pero admites que le arrinconaste —dice Nube.

Habría sido demasiado pedir que se pusiera de mi parte.

—Al menos yo sí estoy haciendo progresos —exclamo cuando Turmalina pasa cerca de nosotras.

Nube se pone roja como un lichi. Los demás se carcajean.

—¡Concentraos! —ordena Turmalina, lo que hace cundir el silencio.

Mientras que esperamos que Turmalina pase, Nube me hace burla y me apunta con una flecha. Yo hago lo mismo, y quienes nos rodean se ríen y se dispersan.

Tengo el ojo demasiado magullado como para ponerlo en blanco tan a menudo.

—No estoy tan mal —le grito a los demás, entonces apunto mi arco hacia el objetivo tratando de demostrarlo.

Una abeja se me posa en los nudillos. Parpadeo y, de repente, mi flecha ha cruzado el campo de tiro y Turmalina la ha atrapado al vuelo con su propia mano.

Todo el mundo me mira y Turmalina también.

Estallan aplausos para la guerrera de la armadura plateada.

—¡Concentraos! —ordena de nuevo, como si el hecho de que Loto le disparase fuese una ocurrencia cotidiana.

Cuando la práctica de tiro termina, Nube ni siquiera me mira.

—Te odio —murmura mientras vamos a dejar el equipo a la armería.

Yo también me odio, Nube. ¿A qué guerrero no se le da bien el arco? Cuando guardo el maldito arco, la abeja zumba de nuevo y la alejo de un manotazo.

—*Sé más amable con tus mayores.*

Esa voz…

—Pero ¿qué…? —Toso para camuflar mi error—. *Pero ¿qué demonios haces aquí?*

—*Nunca me he ido* —piensa Escarcha en forma de abeja.

—*¿Cómo?*

—*Como te he dicho, deberías ser más amable con tus mayores. Te enseñaré.*

—*Pero no se te permite interferir en el destino de los mortales.*

—*Pero tú no eres lo que suele entenderse por una mortal…*

—*Tú…*

—Estés acosando a Sikou Hai o no, deberías pasar menos tiempo en las letrinas —me dice Nube colgando su carcaj—: has empezado a atraer a las moscas.

—*¿Cómo que moscas?* —grita Escarcha—. *¿Es que los humanos no tienen ojos?*

—Venga.

Nube me echa el brazo por encima de los hombros. Parece que todo está perdonado, por mucho que yo no hiciese nada para ganarme lo que había pasado. Inquieta, la dejo acompañarme fuera de la habitación.

—Tengo algo que te va a gustar mucho más que la armería.

—*Uhm… sorpresas* —piensa Escarcha mientras nos acercamos a los establos—. *No creo que esta te guste, la verdad.*

—*Deja de distraerme.*

Pero Escarcha tiene razón. La sorpresa es Pastel de arroz, con las crines trenzadas y una guirnalda de flores sobre las orejas. Dos de los subordinados de Loto sonríen junto al semental. Intento devolverles la sonrisa. Cuando uno de ellos me da las riendas, Pastel de arroz relincha en forma de protesta. Puede que otros piensen que yo soy Loto, pero a su caballo no se le engaña tan fácilmente. Me quita la cara cuando trato de acariciarle la nariz. Lo pillo. A mí tampoco me gustaría que me tocase alguien que me pinchó con una flecha en los cuartos traseros.

Todos me sonríen y esperan a que haga algo. De un salto, me subo a la silla y, de alguna manera, realmente aterrizo en el lomo de Pastel de arroz. Él se sobresalta, pero yo lo animo a salir de este espacio cerrado en el que es fácil que alguien se dé cuenta de que algo falla. Ignoro a Nube cuando me dice «Despacito, Lince», e hinco los talones en los costados del caballo.

Pastel de arroz sale corriendo de los establos como si se le fuera la vida en ello. Yo me aferro a él mientras atravesamos las puertas del campamento, las aldeas de la siguiente prefectura y los campos de trigo. El camino se estrecha y se vuelve más irregular. Antes de que pueda cambiar nuestro rumbo, estamos galopando hacia el exterior de la depresión. De la estrecha cornisa salen despedidos guijarros. Algo suave se me posa en la nuca, doy un grito y las riendas se me resbalan.

—¡Deja de intentar matarme!

Escarcha se esconde bajo el cuello de mi túnica.

—¡Se me cansaron las alitas!

Dioses. Me la sacudiría de la cabeza si no la llevase rebotando tan violentamente y si cada golpe no hiciese que se me estremeciera la mandíbula. Si Pastel de arroz cree que puede dejarme atrás, se equivoca.

—¡Estamos condenados a entendernos! —le grito por encima del sonido del viento.

Tiro de las riendas y pasamos del galope al trote. Me agarro a las crines de Pastel de arroz para no caerme. Mientras recupero el aliento, oigo unos cascos que se acercan por detrás.

Nube se une a nosotros. Tiene el pelo alborotado y los ojos brillantes.

—¿Te acuerdas de cuando hacíamos carreras?

La verdad es que no, ya que no puedo acceder a los recuerdos de Loto.

—Y de las palizas que te daba —le contesto.

—Me las daba Pastel de arroz, en todo caso.

Nube mira la tierra que tenemos delante y me pregunto si está pensando en lo lejos que hemos llegado. Yo solo puedo pensar en cómo de lejos tenemos que ir todavía.

—¿Te acuerdas de cuando hicimos el juramento? —pregunto mientras seguimos el paseo.

Este no es un recuerdo privado de Loto. Todo el mundo sabe cómo ella, Ren y Nube se conocieron mientras se alistaban para enfrentarse a la Rebelión del Fénix Rojo. Se juraron sororidad muy poco después.

—Imposible olvidarse —me contesta Nube—. Te emborrachaste con ese licor de melocotón e intentaste besar un árbol.

Me río como si fuera gracioso, pero qué vergüenza.

—Y luego le diste una paliza a aquel inspector imperial que calumnió a Ren. —Retiro lo de antes, casi que prefiero besar diez árboles a ir por ahí dando palizas—. Nunca olvidaré la cara de Ren cuando lo encontró desnudo y atado al poste del caballo —añade Nube riéndose—. Seguro que en ese momento se arrepintió de haber jurado ser tu hermana… pero esto es algo que no se puede romper. Estará junto a nosotras para siempre —reflexiona señalando el cielo abierto.

—Para siempre —repito.

Es una expresión demasiado grande para este mundo, pero que puedo entender bien como una deidad. Aligerando las cosas es cómo lidiaba con lo infinito de mi existencia. En cierta manera, supongo que no era tan diferente a Loto. Ambas vivíamos como si ese día fuese el último. Aunque para mí era solo una ilusión y para una guerrera es una certeza.

Bajamos trotando por la depresión, volvemos a pasar los campos de trigo y la puerta de la aldea hasta entrar en el mercado de la prefectura. Doy un tirón a las riendas de Pastel de arroz para evitar que arrolle a una anciana. Eso hace que un carro vuelque y que los higos que transportaba se esparzan por la calle.

Me veo a mí misma bajándome del caballo antes de saber lo que estoy haciendo. Nube se acerca a la mujer y yo hago lo mismo. Para cuando ponemos derecho el carro y hemos devuelto los higos a su sitio, una pequeña multitud se ha arremolinado a nuestro alrededor.

—¿Sois las hermanas de juramento de Ren? —pregunta un carpintero.

—Sí —dice Nube, y esa es la última palabra que pronunciamos en un buen rato.

—¡Que los cielos os bendigan, a vosotras y a Ren!

—Es un regalo del firmamento. ¡La emperatriz Xin Bao es muy afortunada de tenerle!

—¿Me avisaréis cuando quiera sentar cabeza?

—Cállate, Lao Liao. ¡Ren nunca se casaría contigo!

—¿Podrá bendecir a mi recién nacido? ¡Si no es ella, al menos tú!

La multitud aumenta como una riada. Tambaleándome, escucho la voz de Cigarra: «Puede que el populacho la apoye, pero casi todos sus defensores son granjeros sin formación y obreros no especializados. Ni siquiera tú los respetas».

En marcado contraste conmigo, Nube se encuentra muy a gusto con el pueblo. Le pasa lo mismo que a Ren. Acepta sus regalos (amuletos artesanales, antigüedades tan inútiles como el estiércol de buey…). Sube a un niño a su montura y muy pronto son muchos más los que hacen cola para tener la oportunidad de subir a su bestia. Algunos empiezan a cantar:

> *Cuando a Miasma enfadé*
> *a mis seres queridos lloraré.*
> *Mientras Cigarra beberá té,*
> *y Xin Gong solo dirá «Pare usted».*
> *Por eso mi señora es Ren.*

Nube se ríe encantada. Yo le tiro del brazo y le digo:

—Vámonos. Si esto le llega a Xin Gong…

Más adelante se oyen unos gritos. Se ha formado otro cúmulo de gente. Los niños corren hacia allí.

—Vayamos a ver qué ha pasado.

Aquí estamos bien. Pero Nube ya se ha unido a la horda y no me deja otra opción que seguirlos.

La misma gente que se arremolinaba a nuestro alrededor hace solo un momento, ahora se amontona ante un nuevo motivo de fascinación. La multitud es demasiado densa como para dejarme ver qué causa el revuelo, pero sí que escucho los murmullos.

—Viene del norte.

—Dicen que es el estratega de Miasma.

No tiene sentido. No me lo creo. Me abro camino hacia adelante. Y entonces no puedo seguir negándolo. Es él.

Sí que es él.

十八

DE UNA PLUMA

Es él.

El Cuervo del rostro pálido y el pelo negro. Quiero ir hacia él. Tocarlo.

Comprobar si solo siento esta turbación por su apariencia debido a que es un fantasma.

—*Se te ha acelerado el pulso* —me dice Escarcha cuando la gente lo agarra y lo trae hacia Nube.

Lo tiran de rodillas, pero mantiene alta la vista. Clava los ojos en Nube y recuerdo la noche en la que esa misma mirada me arrebató con su aire de profundas sospechas.

—¿Por qué no empiezas contándonos las auténticas razones que te traen aquí?

Hemos cambiado las tornas. Ahora es él quien tiene que responder las preguntas del enemigo.

—Estoy aquí para mostrar mis respetos.

—¿Tus respetos? —le contesta Nube—. ¿Desde cuándo nos respetan las Tierras del Norte? ¡Atadlo!

Unas cuerdas caen sobre los brazos y las muñecas de Cuervo. Aún tiene la mano vendada y se me para el corazón cuando lo ponen en pie.

—Esto no encaja con las enseñanzas del maestro Shencio.

Nube se queda muy sorprendida. Yo no. Por supuesto que Cuervo conoce al filósofo favorito de Nube y que lo va a usar en su contra. Por encima de cualquier cosa, es un estratega.

Debe de estar aquí por razones estratégicas.

—Tampoco lo fue vuestra emboscada —sisea Nube tras recuperarse de la sorpresa—. ¡Tapadle los ojos!

Cuervo resopla mientras le vendan los ojos con un pañuelo.

—Vuestra estratega también tenía una preparada.

—*Qué espécimen humano tan interesante.*

Silencio, pienso, enfadada tanto con Escarcha como con Cuervo. ¿Es que Cuervo no se da cuenta de que está en territorio hostil? A miles de *li* de distancia de un lugar seguro para él y sin refuerzos a la vista. Puede ser tan vago como quiera con respecto a los motivos que le traen hasta aquí, pero tiene que ofrecerle a Nube una buena razón para no darle una paliza. Pero Cuervo no dice nada, y Nube se gira sin decir nada y lo agarra de un tirón.

Llegamos al campamento justo para la comida de mediodía. Ren aún no ha vuelto de su reunión con Xin Gong. Espero que esté de camino. Por mucho que Ren odie a Miasma, no le pega nada permitir que hagan papilla a un estratega rival. No puedo decir lo mismo de los demás, que abandonan el plato cuando escuchan lo de la captura norteña. Se concentran en torno a Cuervo, riéndose de todo lo suyo: desde su intelecto hasta su tamaño. Cuervo guarda silencio. Lo llevan a los establos. Nube les da la cuerda a dos de los soldados.

—No seáis demasiado amables.

—Espera —le digo arrebatándole la cuerda—. Lo quiere Loto.

Loto debería querer formar parte de la deshumanización de Cuervo, por lo que nadie me para cuando le empujo a los establos. Cae sobre el heno, las puertas se cierran y, por un momento, es como si yo también tuviera los ojos vendados. El corazón me suena como un gong en la intimidad de la oscuridad. Cuervo trata de volver a ponerse en pie y yo trago saliva. Solíamos ser igual de altos, pero ahora le saco un trozo. Incluso cuando está de pie, parece pequeño y frágil.

Su tono, sin embargo, es tan pícaro como siempre.

—No me hagas nada en las piernas, por favor. Todavía tengo que volver.

Le empujo y vuelve a caerse.

—¿Quién ha dicho nada de que vayas a volver?

Se levanta de golpe. Ojalá se hubiese quedado tumbado. Me resulta más fácil pensar cuando su cara está lejos de la mía.

—Matarme no es una decisión prudente. Tu señora estará de acuerdo conmigo cuando vuelva.

—Entonces será mejor que reces para que vuelva pronto.

Date prisa, Ren. Cuanto más rato sigamos aquí, menos excusas tendré para no dejarle marcas a Cuervo. Fuera, los demás deben de estar tratando de escuchar sus alaridos o apostando cuántos huesos le romperé.

—*Cinco* —piensa Escarcha, no ayudando en nada.

Me sudan las manos. Cierro los puños.

Recomponte. Morí por culpa de las Tierras del Norte. Me acuerdo del fuego que me atravesó la espina dorsal cuando me alcanzó la flecha, así como del helor que sentí en el corazón cuando descubrí que Cuervo nunca me había creído. Entrecruzo las sensaciones como notas en un acorde, dejando que la sensación de venganza me recorra los brazos y me llegue a los puños.

—¿Puedes darte algo de prisa? —me espeta Cuervo interrumpiendo mi concentración— Me muero de…

Se interrumpe al abrírsele la herida de la mano izquierda. El sonido me eriza el vello y abro mucho los ojos cuando se destapa la boca. Por un segundo no siento nada, no soy capaz de pensar. Todo lo que veo es el rojo que le brilla en la mano como una gema.

—Ha empeorado.

—¿Perdón?

—Ehhh… Nada, nada.

Una guerrera como Loto no tendría ni idea sobre el estado de salud del estratega de las Tierras del Norte. Ni siquiera sabría su nombre.

Cuervo se limpia la boca. Se levanta y se acerca. Doy un paso hacia atrás y el heno cruje bajo mis pies, lo que delata dónde me encuentro. Se aproxima a mí como si fuese capaz de ver con los ojos tapados y me arrincona contra la pared. Alarga la mano y lo detengo, agarrándole de la muñeca igual que él una vez me agarró a mí.

Yo soy la que podría aplastarle cada hueso si quisiera. Pero es él quien me inmoviliza con cinco simples palabras.

—Has dicho que ha empeorado. —Tiene la voz tranquila, como si estuviera compartiendo un secreto—. ¿Qué querías decir con eso?

—Nada.

—Respuesta incorrecta, general. ¿Sabes acaso cómo me llamo?

—*Te ha pillado* —piensa Escarcha.

Ya quisiera.

—Te llamas Cuervo —le suelto—. Céfiro me habló de ti.

Cuervo hace una mueca. Puede que le esté apretando demasiado la muñeca.

Antes de que pueda soltarlo, las puertas del establo se abren de golpe. La luz inunda el espacio y solo veo la silueta de Ren.

—Suéltalo, Loto.

Me aparto y ella se acerca a Cuervo.

—¿Estás herido?

—No, señora Xin.

—Pero tu mano… —dice Ren refiriéndose a la sangre.

—Ya la tenía así —le asegura Cuervo, escondiéndosela en la manga.

Ren se muestra escéptica. Me lanza una mirada de reproche y yo agacho la cabeza entre avergonzada e indignada. Al menos no le he dado latigazos.

—¿Qué te trae a las Tierras del Oeste? —le pregunta, y me asaltan las ganas de saber la respuesta.

Cuervo hace una reverencia para la que se toma su tiempo, y mis ansias aumentan mientras él sigue medio inclinado. Aunque su respuesta sea una mentira, me ayudará a entender qué diablos pretende Miasma al enviar a su estratega hasta aquí como quien sacrifica a un jabalí.

—Tu estratega. —Abro la boca cuando Cuervo vuelve a repetirlo, esta vez mirando al suelo—. Estoy aquí para presentar mis respetos a tu estratega.

Mentiroso. Tramposo. Tiene delito que me use como excusa a mí. Furiosa, observo desde detrás de una higuera de Bengala cómo Cuervo entra en mi santuario. Fuera del mismo, Turmalina hace guardia siguiendo las órdenes de Ren. Es evidente que nuestra señora cree que no podré ser igual de comedida por segunda vez.

Unos minutos más tarde, Cuervo sale de allí. Los sigo discretamente cuando Turmalina le saca de nuestro campamento y lo conduce hacia las afueras, por el este. Allí, un camino serpenteante que apenas puede albergar un carro de mulas atraviesa los acantilados que, de otra forma, serían demasiado empinados.

—Sigue recto desde aquí —le ordena Turmalina quitándole la venda de los ojos—. Si vuelves, no seremos tan hospitalarios.

—Lo entiendo. Por favor, transmítele a tu señora mi gratitud.

—Ya se la transmitirás tú si alguna vez te la vuelves a encontrar.

Turmalina extiende el brazo invitando a Cuervo a que siga adelante. Su vista de halcón le sigue la pista durante el primer acantilado. Una vez que lo ha pasado, ella se gira. Me escondo tras un montón de rocas sedimentarias cuando pasa y espero a que el ruido de sus pisadas se desvanezca. Entonces soy yo la que sube por el sendero.

260 • LA ESTRATEGA DE LA CÍTARA

No me toma mucho tiempo alcanzar a Cuervo. Me detengo detrás de él mientras sigue avanzando. Abro la boca… y la cierro. Tengo la mente dispersa y mi ira se evapora como semillas de diente de león en la brisa.

—*Bueno, di algo* —piensa Escarcha.

—*¿Algo como qué?*

—*Confiésale tus sentimientos.*

—*No tengo nada que decirle.*

—*Cabezona. Al menos dile que se pare.*

—*No debería.*

—*Entonces ¿para qué has venido?*

Para enfrentarme a él. Para hacerle confesar. *Deja de fingir*, me gustaría decirle. *¿Qué sentido tendría que estuvieras aquí por mí?* Pero no puedo decirle nada de eso. No mientras siga siendo Loto.

—*Míralo, ya casi no se le ve* —piensa Escarcha—. *Habla, Céfiro. Esta es tu última oportunidad.*

—¡Detente!

No sé si eso iba dirigido a Escarcha o a Cuervo. Pero sí que sé que estoy jugando con fuego en el momento en el que Cuervo se para. Aún dándome la espalda me dice:

—Solo me estoy marchando.

Lo sé. Si yo fuera realmente Loto, le diría que se apartase de mi vista o le arrancaría el pellejo. Desde luego, no le estaría preguntando en un susurro:

—¿Por qué has venido?

Cuervo no responde.

—Date la vuelta.

Le doy una orden directa que contradice la de Turmalina. Quiero que me vea.

Y se vuelve. Pero no es a mí a quien ve.

Me ve a mí, a la guerrera que soy, pero yo sí le veo a él. Parece que la capa le queda más grande que nunca porque tiene el cuerpo más escuálido y los ojos más oscuros. No imaginaba que fuera así, pero sí que parece bastante más enfermo. Como si, en su interior, algo hubiera muerto.

O alguien.

—Te he hecho una pregunta. —Ojalá pudiera hacerle muchas más—. ¿Por qué has venido?

Durante un segundo de locura deseo que me conteste: «Por ti».

Pero no importa el envoltorio en el que estoy: sigo siendo una estratega, igual que Cuervo.

—Ya se lo he explicado a tu señora.

Su voz no muestra ninguna emoción. No es la voz de alguien que ha entrado en territorio enemigo solo para quemar un poco de incienso por una rival. Justo antes de que vuelva a darse la vuelta, percibo en su mirada el destello de que hay algo más.

Empieza a irse y se lo permito. Tengo que hacerlo. Se dirige hacia un montículo y se abre camino entre los matorrales hasta que la niebla de los acantilados se espesa y dejo de verlo. Pero es él lo único que tengo en la mente. Sus labios, su nariz, sus ojos. La mirada de remordimiento que no ha conseguido ocultar.

Vuelvo a bajar por el sendero salpicado de higueras de Bengala. Cuervo ha viajado a través del reino por mí. Por mí. *No*, me digo a mí misma. *Te ha mentido*. A Miasma sí que le dijo la verdad: «Nunca me fie de ella». Pero quizás me respetó lo suficiente como para llorarme. No. Tiene que haber una razón real para que haya venido. Entro en el santuario y no soy ni Céfiro ni Loto, sino solo una chica demasiado curiosa.

No hay nada que Cuervo pueda haber sacado de este sitio.

¿Qué hizo, entonces, mientras estaba aquí?

La respuesta descansa en un cojín delante del altar. Un abanico que no estaba antes ahí ahora brilla iridiscente a la luz de las velas. Lo sujeto por el mango de bambú y acaricio las sedosas plumas de pavo real. Lo aprieto contra el pecho. Siento como si el santuario se me viniese encima, como si se estuviese derrumbando. El silencio de Escarcha casi puede escucharse. Es como si escuchase su voz en la cabeza. O quizás no es más que el sonido de mi arrepentimiento diciéndome: *Deberías haberle confesado tus sentimientos.*

Una voz viene desde detrás de mí. Despacio, como si estuviera volviendo de un sueño, me vuelvo y encuentro a Nube. Entra en el santuario.

—¿Sabes quién era?

Su pregunta me suena casi retórica.

—¿El estratega de Miasma? —respondo igualmente.

—Es mucho más.

—¿Mucho más?

Nube me hace unos gestos. Me levanto, aún con el abanico en la mano, y ella se mete la mano bajo la coraza y saca un papel que cruje cuando lo desdobla.

—*Oh, Céfiro…* —piensa Escarcha incluso antes de que pueda ver lo que hay escrito.

Entonces, por fin, lo veo y el santuario se queda en silencio.

Es…

La carta.

Que le escribí.

A Cuervo.

Los cielos deben de odiarme. Había una caja llena de objetos recuperados del cuerpo de Qilin, y va Nube y justo tiene que toparse con esto. Voy a arrebatársela y a Nube le cambia el semblante. Me doy cuenta demasiado tarde de que, quizás, Loto no sabía leer. La mayoría de la población, de hecho, no sabe. No hay forma de confirmar esta sospecha: así que agarro el papel y entrecierro los ojos tratando de descifrar los caracteres.

—Menudos garabatos hacía Pavo real… —me fuerzo a decir.

—¿Quieres saber lo que dice?

—Sí.

Nube se aclara la garganta.

Escribí esta carta a la luz de las estrellas, mientras los barcos se mecían en el río y todo el mundo estaba dormido. Derramé

mis emociones en cada trazo. Estas palabras, absolutamente inocentes, no estaban pensadas para ser dichas.

Ahora Nube las lee en voz alta y me siento muy humillada.
Cuando Nube lee «Quería escribirte» dándole énfasis dramático,
me dan ganas de quemarlo todo. Entonces, me acaloro por otra
razón. Estoy enfadada. Conmigo misma. Debí darle la carta a
Cuervo. Él ha hecho un viaje de más de dos mil *li* para darme un
regalo de despedida.

Yo solo le dejé cenizas.

Loto no tiene costumbre de reprimir sus emociones. Se me
marcan los músculos de la cara cuando Nube lee «No espero
que me perdones», y también cuando acaba diciendo «Ojalá
que nos reencontremos en otra vida». Tengo los puños muy
apretados.

—¿Te lo puedes creer? ¡Sentía cosas por un enemigo! —dice
Nube arrugando la carta.

Nube lo sabe. Tiene que saberlo. Por eso me ha leído la carta,
para ver cómo me desmorono. Para obligarme a admitir que he
ocupado el cuerpo de su hermana de juramento. Cuando me
agarra del brazo, estoy segura de que va a agitarme hasta que mi
espíritu salga de ese cuerpo.

—¿Me has oído, Loto? Céfiro no es la amiga que creías. Ella
usaba las palabras en su beneficio. Usaba a la gente. Convenció al
enemigo para gustarle.

¿Loto me veía como una amiga?

Loto. Aún soy Loto.

—Pero me salvó —le suelto.

—¡Os entregó a todos! —exclama Nube—. ¡Y ahora ha jugado con tu mente!

—Ella no ha hecho eso —le contesto, aunque como Céfiro
me conviene su argumento.

No machaqué a Cuervo, he estado persiguiendo a Sikou Hai
(quien se supone que no es mi tipo)… Y estoy aquí, en el santuario
de Céfiro. Incluso los pequeños detalles, como tratar de alcanzar

una carta que parece ser que no sería capaz de leer, pueden considerarse pruebas.

El silencio de Nube me hace sudar. Al final, me acaba soltando.

—Eres perfecta tal cual eres —me dice con una sinceridad que hace que se me cierre la garganta.

Incluso cuando estaba con los mentores más amables, siempre tuve algo que probar: que merecía estar en este mundo porque era algo más que una huérfana. Era diferente. Tenía ciertas habilidades. Era una estratega. Se me necesitaba. Este tipo de aceptación incondicional me resulta novedosa.

Pero no está hecha para mí y no la quiero.

—Lo sé —digo tragándome el dolor—. Loto no tiene por qué ser Céfiro.

—Así es —dice Nube, chocando su hombro contra el mío—. Los cielos saben que se guardaba demasiados secretos.

Repara en el abanico que llevo en la mano. Aún lo aprieto contra mi pecho como si fuera mi posesión más preciada.

Lo parto en dos y tiro al suelo los pedazos.

Esa noche sueño con él.

Con nosotros.

Estamos en el barco de Miasma, pero sé que solo es un decorado. Él lleva su túnica negra. «Así son los sueños: hasta los más fantásticos se componen de cosas que ya has visto, oído y sentido», recuerdo que me decía la poeta. Todo junto puede dar la sensación de ser algo nuevo, pero cada elemento proviene de la vida. Es un repertorio de sensaciones intercambiadas.

Y, al principio, el sueño no es tan diferente a lo que viví. Cuervo y yo estamos sentados uno enfrente del otro junto a nuestras cítaras. Tocamos y la canción me resulta familiar, aunque no me acuerdo de cómo se llama. «Más rápido», digo. Cuervo sonríe antes de obedecerme. Nos retamos el uno al otro y nuestra música galopa como sementales en una llanura sin final.

La música para de repente.

Cuervo se lleva la mano al pecho con un gesto de dolor. Me aparto de mi cítara, me acerco a él y me agacho a su lado. Se me encoje el corazón al ver la venda que le envuelve el puño. Es la primera vez que, en un sueño, me fijo en este detalle… pero es como si siempre hubiese estado allí.

Le doy la mano y le miro. Asiente.

Se quita la venda capa a capa y siento como si me estuviera desnudando. Mi corazón se acelera cuando, con la otra mano, me tapa los ojos.

—Piénsatelo bien antes de mirar. Es horrible.

—Bueno, a juego con el resto de ti.

—Me haces daño.

Le quito la mano de mis ojos y le miro de frente.

—He visto heridas peores.

Dejo que las vendas caigan al suelo.

No está tan mal, me digo mientras se me hace un nudo en la garganta.

No está tan mal.

Como esto es un sueño, los tejidos blandos no son como deben ser, sino que lo que le ha nacido es piel nueva y rosada, que resulta muy suave cuando rozo con el pulgar los huecos que tiene entre los dedos.

Siento el frescor de sus labios cuando le beso.

Todo parece emborronarse. Cuando alzo la mirada, allí está Cuervo, el mismísimo Cuervo, el que tiene los ojos oscuros como la noche que nos cubre. Le miro tan detenidamente que en sus ojos veo mi reflejo.

Y soy Céfiro.

Me miro las manos y son las mías. Delgadas y pálidas. Veo que se parecen mucho a las de Cuervo cuando me acerca la suya. Con la otra mano me aparta el pelo de la cara. No sabía hasta ahora que lo tenía suelto y flota igual que la noche que le robé el antídoto del bolsillo.

—Nunca confiaste en mí —murmuro casi sin aliento—. Nunca te gusté.

Espero que Cuervo se retire, pero permanece en la misma posición, con los ojos como espejos de bronce.

—¿Acaso son cosas excluyentes? —me pregunta con una leve sonrisa asomando de sus labios. Pero la sonrisa se congela y de repente me pregunta—: ¿Quién eres?

—¿Qué?

—¿Quién eres? —me pregunta de nuevo, apartándose de mí justo cuando veo ese rostro reflejado en sus ojos.

El rostro de Loto.

十九

EL CIELO DE NADIE

¿Quién eres?

No lo sé. Al menos no en estos barracones, atrapada en el aliento de mis sueños. Tengo que alejarme: de mí misma y de los cuerpos dormidos de amigos que no son mis amigos. Tengo que escapar de este lugar que es incluso menos acogedor que el barco de Miasma. Allí, al menos, sabía quién era y qué buscaba. Puede que a los ojos del mundo fuese una traidora, pero en mi interior sabía que era leal.

Corro.

Pastel de arroz relincha desesperado cuando me ve aparecer en los establos. Las puertas se cierran detrás de nosotros cuando salimos de allí. Fuera, monto y le obligo a empezar a galopar.

Atravesamos la noche y los campos de trigo subiendo por el lateral de la depresión hasta que dejamos atrás el lugar por el que estuve con Nube. Conforme subimos y dejamos abajo la niebla, empezamos a ver estrellas. La tierra fluye como el agua.

—¡So! —freno a Pastel de arroz cuando nos adentramos en una llanura frondosa.

Los árboles, ralos al principio, sobresalen entre fragmentos rayados de rocas sedimentarias. Ante nosotros se alza la cordillera Tianbian, una frontera caliza entre las Tierras del Norte y las Tierras del Oeste. Estoy en una región intermedia. Territorio neutral, según los cartógrafos imperiales… aunque dudo que los reyes bandidos respeten los mapas. Tengo que estar atenta, incluso teniendo el aspecto de Loto.

—*Tan atrevida como siempre* —piensa Escarcha.

Tal vez. Pero el camino ha sido muy largo desde que me tiraba pedos al borde de los cielos.

Los matorrales son cada vez más espesos y las coníferas más altas. Cuando el bosque se vuelve demasiado denso, desmonto a Pastel de arroz y ato sus riendas en una morera antes de seguir a pie. El aroma intenso de los pinos me aclara la mente. El viento susurra entre las hojas. El agua suena como un goteo de arroyos escondidos y también se oye un murmullo musical.

Una cítara.

Me paro en seco.

La última vez que oí una cítara fue en los cielos. Me giro, pensando que me encontraré de frente a la Madre Enmascarada y a su guardia.

—*Mira el cielo* —me sugiere Escarcha.

Miro arriba y cada estrella está donde debería. Aún no me han detectado.

Exhalo, bajo la mirada y me pongo rígida.

Al principio parece un simple truco de luces, el espejismo de un enorme lago plateado más allá de los árboles. Me abro paso entre el follaje. El lago sigue siendo real. Hay formaciones rocosas alzándose como islas dentro del agua. Casi podría confundirlo con una ensenada, pero sé que no hay océanos cerca. Pero no importa lo que sé, lo que quiero o quién soy. El espectáculo es tan estremecedor que hace que me olvide de mis tres identidades. Aunque no suena a la perfección, la música encuentra un camino hacia mi corazón hasta que algo me gotea por la barbilla. Son lágrimas. Estoy llorando sin una buena razón. Debe ser cosa de Loto.

La música se detiene justo cuando me sorbo la nariz y otro sonido estalla como un petardo en mitad del silencio.

—¿Necesitas un pañuelo?

Estoy soñando.

Pero su voz no podría sonar más clara en mi cabeza, y una parte de mí no se sorprende cuando percibo un movimiento en la orilla. Cuervo está a cierta distancia, envuelto en su voluminosa capa, y se pone de pie. A su lado está su cítara.

—No tienes que esconderte. —Se escuchan los guijarros mientras se acerca. Se detiene a una docena de pasos de distancia—. No muerdo.

Tengo el miedo opuesto al de mi sueño.

Temo que, a la luz de la luna, reconocerá que soy Céfiro.

Pero, en realidad, es muy difícil identificar apariencias pasadas. Ni siquiera un estratega como Cuervo puede ver quién soy yo realmente.

—¿Cómo sabes que no me han enviado para matarte? —le pregunto saliendo de entre los árboles, pero aún resguardada entre las sombras.

—¿Haciendo tanto ruido?

—¡Oye!

—Si fueras una asesina ya me habrías matado —me contesta. Salgo de entre las sombras y entrecierra los ojos—. Eres tú.

Espero que diga algo más.

—Estamos muy lejos del campamento.

Frunzo el ceño. Me habla como si fuera una niña.

—Toma. —Cuervo se saca un pañuelo del bolsillo y lo sujeta como si fuera un rábano—. Está limpio.

Lo acepto y me limpio el ojo y la nariz.

—¿Vienes sola?

—Sí. ¿Algún problema?

—Solo pregunto.

—Tú también estás solo.

Tiro el pañuelo al suelo y Cuervo hace un sonido, como si pensase que se lo iba a devolver lleno de mocos o, aún peor, guardármelo en la pechera como un recuerdo.

—¿Sabe tu señora que estás aquí? —le pregunto.

—Por supuesto. ¿A qué viene eso?

—A alguien como tú no le vendrían mal varios guardias.

—Soy más fuerte de lo que parezco. —Resoplo y Cuervo sonríe—. Pero tengo un grupo de guardias esperándome a solo cincuenta *li*.

Es un pequeño alivio saber que Miasma no envió a Cuervo a recorrer el país solo.

—¿Y, entonces, qué haces aquí? —le pregunto señalando el lago con los brazos.

—Las personas necesitan dormir.

—Dormir es de débiles.

No estoy preparada para la risa de Cuervo. Es punzante como la escarcha, pero también suave como la brisa.

—Creo que ninguno de los dos llegaremos a viejos. —Se vuelve hacia el lago—. Tenía un día libre y quería disfrutar de mi primera incursión en las Tierras del Oeste.

—¿No te da miedo? —Con esa actitud va a morir antes por descuidado que por tuberculosis.

—No.

—Aún podría matarte.

—No creo que lo hagas.

—¿De verdad? —le contesto crujiéndome los nudillos.

—Ni siquiera lo has intentado. —Retrocede hacia su cítara y se sienta—. La gente es más predecible de lo que le gusta admitir.

A menos que seas estratega. Entonces eres alguien muy poco predecible. No importa lo que diga Cuervo que está haciendo, ya sea presentarle sus respetos a Céfiro o un poco de turismo, porque seguro que tiene otros motivos. Pero, aun así, no creo que sea el momento de interrogarle cuando acabo de secarme las lágrimas.

—Además, tu señora es Xin Ren —añade Cuervo lanzando un guijarro contra el agua.

—Cuidado con lo que dices.

—Es un piropo. —Lanza otro guijarro y consigue que rebote sobre el agua—. Ninguna señora dejaría marchar a alguien para luego matarlo en secreto.

—Como hace la tuya —le digo, y Cuervo suelta una breve risa—. ¿Alguna vez te has arrepentido de trabajar para ella?

—No. ¿Y tú de trabajar para la tuya?

—¿Por qué tendría que hacerlo?

—Porque la gente cambia.

—Acabas de decir que las personas somos muy previsibles.

Ojalá le hubiese hecho reír siendo Céfiro.

—Tienes razón, Loto —me dice, y no debería sorprenderme que recuerde mi nombre. No debería acelerárseme el corazón cuando da un golpecito en el suelo, justo a su lado, y me dice—: ¿Te sientas conmigo?

Sí. No. No lo sé. Se comporta de una manera muy diferente a cuando salió a nuestro encuentro de entre los caminos de las Tierras del Oeste.

—Ah, de acuerdo —me dice Cuervo cuando no le contesto—. Tenemos que definir nuestra relación esta noche. —Me ruborizo aún más—. ¿Es que este lago te pertenece?

—¿No?

—¿Y el cielo?

—No.

—Tampoco me pertenecen a mí. Creo que eso nos convierte en transeúntes.

Transeúntes. No enemigos. No un estratega y una guerrera.

Despacio, me siento junto a él.

—Ahora es mi turno de hacer preguntas.

Cuervo nunca olvida que es estratega. Podría preguntarme por qué le seguí, por qué Céfiro me habló de su tuberculosis o incluso qué hacía cabalgando en plena noche… y habría tenido que mentirle. *Porque soñé contigo.*

Espero a que hable, preparada para cualquier cosa, y me mira a los ojos.

—¿Ha sido mi música lo que te ha hecho llorar, o ha sido otra cosa?

No contaba con que su pregunta solo sirviese para subirle el ego.

—Tu música —le contesto y contengo mis ganas de añadir «Es que tocas fatal».

Espero que la respuesta le suba el ánimo, pero él se queda callado. Quizás encuentra extraño que a alguien como Loto le conmueva la música de cítara. ¿Compartirá con Sikou Hau el desprecio por los guerreros? Y, si así fuese, ¿no sería muy hipócrita por mi parte juzgarlo mal por ello?

—¿Quieres llorar?

—¿Qué? —le contesto atónita.

—Me produces curiosidad —me dice señalando la cítara con la cabeza—. Puedo complacerte.

—¡N… no!

—¿Es miedo lo que intuyo en tu voz?

—¿Por qué tendría miedo de un trozo de madera?

—¿Cómo que un trozo de…? —la tos interrumpe su frase.

Se aleja de mí cubriéndose la boca con la manga. Me acerco, preocupada, hacia él, y levanta la otra mano para mantenerme alejada.

No sabe que soy una deidad y que su enfermedad no puede afectarme.

—*Eso no significa que tengas que compartir fluidos con él* —piensa Escarcha.

—*¿Puedes dejar de usar ese término?*

—*¿Es que hay un término más adecuado que quieres que use?*

—*El término adecuado es* besarse.

Nadir lo sabría. Algo malhumorada de repente, miro al cielo. Pensé que sería Nadir y no Escarcha quien entendería mi necesidad de regresar. «La gente es predecible». «La gente cambia». Ambas cosas son ciertas, reflexiono mientras Cuervo, por fin, deja de toser. Se acerca a la orilla del lago, se lava las manos y a mí se me

JOAN HE • 273

hace un nudo en el estómago debido a la preocupación. Pero ¿cuánto ha empeorado?

—Lo siento —me dice al sentarse a mi lado de nuevo—. Como iba diciendo antes de esta brusca interrupción… —Cuervo baja su mirada de largas pestañas hacia la cítara—. ¿Crees en las deidades, Loto? —Me mira de reojo e interpreta mi estupefacción como un no—. Cuenta la leyenda que las cítaras más antiguas están bendecidas por los cielos. Pueden hacer que el *qi* de quien las toca se vea a simple vista. Pero, incluso aunque no creas, una cítara es mucho más que un trozo de madera. Es una forma que tiene la gente afín de comunicarse entre sí. —Baja un tono la voz y me estremezco ante el respeto que le tiene—. Es una forma de escuchar la verdad de la otra persona.

Quiero tocar. Quiero tocar con cada fibra de mi ser. Pero no quiero avergonzarme a mí o al instrumento.

—Entonces, pruébalo. Toca —le pido.

Cuervo se pone la mano en el pecho como si le hubieran herido.

—No soy un músico cualquiera. No toco porque me lo pidan. —Y una mierda. En el barco sí que lo hizo—. Pero tocaré si tú también tocas.

—Solo hay una cítara —le contesto negando con la cabeza.

—Pero la podemos tocar ambos.

—Soy una guerrera.

—Pulsar una cuerda no puede ser más difícil que blandir una espada.

—No sé tocar.

Prefiero mentir antes de recordar todo lo que he perdido.

—Toma.

Antes de poder decir nada más, tengo la cítara delante. Cuervo se sienta detrás de mí. Pone su mano vendada sobre la mía.

—*Alguien siente mariposas…*

—*Cállate.*

Con su mano izquierda presiona la tercera cuerda. Sale un sonido y, para mi asombro, el aire que rodea el instrumento se eriza. Es el *qì*. El de la cítara. El de Cuervo. Y el mío. Se levanta como si fuera vapor de agua y se mezcla con otros vapores para crear colores, líneas y formas en el aire. Sobre las cuerdas aparecen imágenes nebulosas: Cuervo cabalgando por las llanuras centrales con Miasma, la entrada a la corte con Ciruela... y también nosotros.

Él y yo tocando en el pabellón imperial.

«Qué raro», acaba de decir Cuervo, y yo me acuerdo de mi frustración. Ahora soy capaz de ver lo que durante años no pude. Mi música era técnicamente perfecta, pero mi *qì*, sellado por ser una deidad, no era capaz de interactuar con la cítara. Por eso no podía dejarme el alma en la música tal como el maestro Yao me pedía.

Cuando se me pasa la impresión, miro a Cuervo. Su rostro es como una máscara, pero se le ha enfriado la mano con la que sujeta la mía. Aunque puede que ese frío salga de mí.

Aparto la mano antes de desvelar nada más contra mi voluntad.

—Ya te dije que no sabía tocar.

—Eso dices —me contesta con una voz aterciopelada—. Pero en ti hay mucho más que lo que el ojo puede ver.

Es absurdo que me esté poniendo celosa de mí misma.

—No he hecho nada. Solo he tocado una nota.

—Una nota... —Cuervo abarca el aire que hay sobre la cítara, silencioso y taciturno—. Hay muchos estrategas incapaces de desbloquear la cítara para conversar con su acompañante.

Se refiere a mí, a Céfiro. Me dan ganas de defenderme. No es culpa mía sino del sello divino.

—*Bueno, es que...*

—Céfiro era mi amiga —le suelto, cortando a Escarcha y pillando a Cuervo con la guardia baja. Se hace el silencio.

—No me parecía alguien que tuviese muchos amigos —acaba diciendo Cuervo.

—*Tiene razón* —piensa Escarcha.

—*Tú te callas* —pienso, y luego digo en voz alta—: ¿Y qué tipo de persona te parecía?

—Alguien despiadado y reservado.

Pues ya somos dos.

—¿Y aun así viniste a presentarle tus respetos?

Las pequeñas ondulaciones del lago golpean la orilla y remueven los guijarros. El silencio nos incomoda tanto a mí como a Loto. El corazón me bombea a toda velocidad y, antes de poder callarme, me escucho diciendo:

—Le gustabas.

Pero ¿qué estoy haciendo? Estrategia, es todo una cuestión de estrategia.

Aunque no sé muy bien todavía en qué consiste.

—Pero di algo. No es como si ella te fuera a escuchar. Ya no está entre nosotros.

—¿Y si sí que lo está? —dice Cuervo lentamente, lo que hace que se me pare el corazón.

—Bueno, lo que está claro es que aquí no está.

—Hay gente que nunca se va —murmura Cuervo con una sonrisa cansada.

El aire se asienta entre ambos.

Sus palabras me quitan un peso de encima.

A pesar de todos sus defectos, Cuervo trata a Loto con respeto... pero no puedo gustarle en este cuerpo, ni en ningún otro, porque sigue pensando en Céfiro. Hincho los pulmones para tranquilizarme.

Al menos, lo nuestro fue una historia sincera, pienso. Agarra otro guijarro y lo tira hacia el lago. Me tumbo mirando al cielo. Igual que las estrellas cuando cerramos los ojos, sigo en este mundo... de alguna manera.

Que nadie pueda verme no significa que nadie piense en mí.

—Gracias por no romperme las piernas —dice Cuervo minutos u horas después.

De nada, intento decir. Pero el cuerpo de Loto me traiciona de nuevo. Cuando me vuelvo a despertar, ya está amaneciendo.

Me siento y algo se desliza sobre mis hombros. La capa de Cuervo.

—*Qué caballero* — piensa Escarcha cuando me levanto.

Recuerdo que la última vez que toqué esta capa estaba cubierta de sangre. También recuerdo su figura amorfa montada a caballo la noche en que nos conocimos. Cómo, en la galería, apenas lo reconocí sin su capa. Nuestros cuerpos estuvieron muy cerca. Me ruborizo.

No sé cuándo se volverán a cruzar nuestros caminos, ni si podré devolverle la capa. La abrazo por un momento y la arrojo contra las rocas. Estoy de mal humor. Ojalá me hubiera dejado su cítara.

Pero, por supuesto, se la llevó. Todo lo que queda de ella es la marca que dejó en el suelo. Su ausencia me incomoda. Quizás es mejor así. Con solo tocar esa nota ya supe que mi música no sonaría igual de bien.

En esta época de guerra, nos hemos acostumbrado a perder cosas. Cuervo no dejó que lo que le pasó en la mano lo detuviera. Yo tampoco debería. Puedo jugar tanto el papel de Loto como el de Céfiro. Bajo un cielo que no pertenece a nadie, soy ambas y, a la vez, ninguna.

Si Sikou Hai supiese esto…

Espera.

Puedo hacer que lo sepa.

Me abro paso entre los árboles, recojo la capa de Cuervo y sigo andando hasta encontrar a Pastel de arroz y desatarlo. Galopamos de vuelta al campamento a toda velocidad. Tardo un poco en darme cuenta de que nunca había sido capaz de cabalgar así.

Aguanto hasta la noche dando tumbos en los entrenamientos de combate hasta que llega la cena con Ren, Xin Gong y Nube en Ciudad de Xin. Las conversaciones con el gobernador de las

Tierras del Oeste suelen tratar sobre los logros que no ha conseguido, pero esta noche Xin Gong está muy callado. Toma y suelta hasta tres veces sus palillos. Doy por hecho que ha oído aquella canción infantil. Entonces dice:

—Me informan mis guardas de que ayer se atrapó a un espía de las Tierras del Norte.

Yo le habría corregido diciendo que era un estratega, pero Ren se me adelanta.

—Vino a visitar el santuario de mi última estratega.

—¿Y se lo permitiste?

—Tomamos todas las precauciones necesarias. La propia general Turmalina lo acompañó fuera del campamento. Te aseguro que no vio nada que pueda ser usado por su señora.

—Pero le liberaste.

A mi lado, Nube abre la boca y vuelve a cerrarla mientras se da tirones del lóbulo de la oreja. Qué inteligente es nuestra señora. Al otro lado de nosotras se sienta Sikou Dun y, tras Xin Gong, está su guardia personal. Al final, solo somos unas invitadas y estamos aquí según los términos de Xin Gong. Hasta que convenza a Ren de que tome el puesto de gobernador, lo único que podemos hacer es escuchar a Xin Gong cuando dice:

—Hospedaros a ti y a tus tropas es un riesgo, Ren. Si el imperio viene a por nosotros, mi cuello corre el mismo peligro que el tuyo.

Por fin sale a relucir el hombre que no tuvo el valor de apoyarnos antes de que venciésemos a Miasma.

—Entiendo —dice Ren sin permitir que su voz desvele ninguna emoción—. Si nos hemos convertido en una carga demasiado pesada, solo tienes que decirlo y nos esfumaremos.

—No —le corta Xin Gong—. No digas tonterías. ¿A dónde iríais?

—A cualquier otro lugar —le contesta Ren con una sonrisa—. No somos demasiado exigentes, ¿cómo podríamos serlo? Hemos pasado los últimos años a lomos de nuestros caballos.

Nube da un gruñido de aprobación, pero el resto de la mesa está muy tensa y todo el mundo da un repullo cuando Sikou Dun suelta su copa de golpe y exclama:

—¡Sed más agradecidos o buscaos otro hogar!

Aún tiene la cara magullada. Los rumores cuentan que le ha dicho a Xin Gong que se cayó en una zanja. No podía permitir que su ego también se viera resentido.

—¡Sikou Dun! —le regaña Xin Gong, como si lo hubieran ensayado.

Sikou Hai se pasa todo el numerito en silencio. Se marcha en cuanto acaba la cena y yo también me voy, a sabiendas de que Nube se quedará. Cuando estoy lejos de su vista, hago un desvío hasta mi santuario y agarro mi cítara. Envuelvo el instrumento y me lo ciño a la espalda. Me dirijo hacia la habitación de Sikou Hai.

Está ante su escritorio cuando entro. Al contrario de lo que me pasa con Cuervo, el hecho de que esté medio desnudo no me afecta en absoluto. Estoy en una misión y nada puede detenerme, ni siquiera la ropa interior blanca de Sikou Hai.

—Ponte una capa —le ordeno mientras se gira desde su silla, aún con la máscara puesta.

—¡Por los imperios que caen! ¿Es que no tienes ningún decoro?

—Tienes un minuto. Ponte varias capas o ven tal como estás, pero trae tu cítara.

—No acepto órdenes tuyas —me suelta Sikou Hai.

—Me parece correcto —termino de entrar en la habitación y le agarro por las axilas.

Podría acostumbrarme a vivir con estas habilidades.

—¡Espera! —dice tratando de zafarse de mi agarre—. ¿A qué viene esto?

Como respuesta, desenvuelvo mi cítara.

Sikou Hai se queda ojiplático cuando lee la inscripción que recorre el diapasón.

Cuando no quede ningún loto
y los tallos de los crisantemos estén a dos heladas de doblarse
recuerda siempre lo mejor de este año
cuando las naranjas se volvieron amarillas y las mandarinas verdes

La poeta escribió estas líneas. La cítara es del maestro Yao. Si Sikou Hai es un devoto admirador mío, tal como creo, debe saber que fui discípula de ambos.

Me lo confirma al mirarme a la cara diciendo:

—¿Es la de… Céfiro Naciente?

—Lo es.

Acerca la mano al instrumento. Le dejo tocar solo una cuerda antes de envolverla de nuevo.

—Trae la tuya —le vuelvo a decir—. Te dejaré que la toques si me sigues.

Sacude la cabeza, como si no se creyera lo que está haciendo, y va hasta el fondo de la habitación, donde abre un mueble. Vuelve con su cítara envuelta en seda.

—¿Dónde vamos exactamente?

—Ya lo verás.

Acto seguido aúpo a Sikou Hai sobre Pastel de arroz.

—¡Esto es… tot… totalmente indecoroso! —grita mientras me subo al caballo detrás de él.

—Te aseguro que vas a querer ir bien sujeto —le contesto, nada contenta con la postura.

Para cuando llegamos al lago de Cuervo, tengo el brazo entumecido.

—Ya estamos aquí.

Él no responde. Ni si quiera protesta cuando le levanto para bajarlo al suelo. El silencio me pone en guardia y el instinto me hace apartarme justo antes de que se incline y empiece a tener arcadas.

—Eres un… —Parece confuso y siento un poco de simpatía (o empatía) por él hasta que acaba soltando el resto de la frase junto a una buena cantidad de vómito—. … animal.

Sea yo un animal o no, nunca rompo una promesa. Desenvuelvo mi cítara y la coloco sobre los guijarros. Nada cura antes a un estratega que su obsesión preferida... y como la de Sikou Hai es Céfiro, se recompone rápido y se sienta junto a ella. Me acerco a su instrumento y él me mira.

—¿Qué haces? —me pregunta como si me hubiese descubierto a medio desnudar.

—Acompañarte. ¿Crees que no soy capaz?

—La vas a romper —me escupe frunciendo el ceño.

—Ya verás como no. —Eso espero. Aunque creo que mi espíritu está ya más alineado con la música, tocar es una actividad mecánica. Puede que conserve mis conocimientos técnicos, pero ¿se transferirán a mis dedos? ¿O pasará lo mismo que con la caligrafía? Solo hay una manera de averiguarlo.

—Empieza.

—¿Tema? —dice con un gesto reacio.

Le miro bajo la luz de la luna. Puede que siga con la máscara puesta, pero voy a intentar cambiar eso.

—Tú.

Toma aire y abre las manos. Puedo adivinar lo que va a tocar incluso antes de que rasguee la primera cuerda: un tema sin melodía diseñado solo para demostrar la destreza técnica de su intérprete.

Pero la música cuenta lo que el corazón calla. Cuanto más trata de afinar, más percibo su falta de control. No toca una melodía porque no es capaz. Su canción no es una declaración sino una contradicción. Tiene el alma ensombrecida por su personaje.

«Será mejor que hables con mi hermano».

«Tus puños son tus palabras».

Bajo sus notas hierve cierta animosidad que se dispara cuando fallo un acorde. Sikou Hai afina su técnica. Me corrige. Me corrige en exceso. Toco otro acorde y él silencia sus cuerdas.

—Pero ¿qué...?

Con la mano derecha copio su melodía. Con la izquierda, mantengo los acordes. Una sigue a la otra, como dos entidades que existen de forma categórica. Fuerte o débil. Ellos o yo. Huérfana o persona de bien. No tendría un lugar en el mundo si no fuera por mi puesto de estratega, así que lo asumí y me amoldé a esa identidad en lugar de adaptarla a mí misma.

No quería que cambiase la forma en la que se me veía.

Tilín. Resurjo de entre la música. Entre mis manos, las cuerdas vibran intactas emitiendo las últimas notas fantasmas. Una cuerda se rompe y se enrosca como la hoja de un helecho.

Me preparo para que Sikou Hai se enfade. Pero se queda callado. Poco después me dice:

—¿Quién te enseñó?

No se formó ninguna imagen en el aire mientras tocaba porque estaba tocando sola. *Se necesitan dos para que suceda*, me apunto mentalmente. Pero, aunque Sikou Hai no ha podido verme el *qì*, ha percibido mi destreza. No creía que una guerrera pudiese tocar así.

Él puede descifrar mi historia por sí mismo, pero esta noche estamos aquí para que yo conozca la suya.

—Toca —le ordeno, y le acompaño con las cuerdas que me quedan.

Hago que mi canción ondule a través de la suya tocando la armonía de su melodía. El aire que separa a nuestros instrumentos se encrespa. La música reacciona a nuestro *qì*. El tapiz sonoro se va convirtiendo en una imagen nebulosa que puedo descifrar. Dos chicos: uno más pequeño y otro más grande nacidos durante la hambruna. A la luz de las velas, un hombre y una mujer toman una decisión difícil. El chico más grande se hace más fuerte con cada trozo de más que le ponen en el cuenco. El chico más pequeño cada vez está más débil porque le quitan ese trozo y, cuatro inviernos más tarde, es el primero que desarrolla unas fiebres. Pero la viruela no discrimina y el más grande también acaba cayendo. De nuevo bajo la luz de las velas y entre susurros, el hombre y la mujer tienen que elegir como ya eligieron en la anterior ocasión. Uno u otro. Un trozo, una cura, dos chicos... una oportunidad. ¿En quién será mejor invertir?

La música para. Sikou Hai se levanta y se aleja de su instrumento. Está sonrojado y tiene la respiración agitada. Por un instante, me veo a mí misma. Elegí ser estratega, pero ¿acaso pude haber elegido ser otra cosa? Tuve tan poco que decir a la hora de elegir el cuerpo de Qilin como Sikou Hai a la hora de decidir cómo sería el suyo.

Quiero decirle que le entiendo.

Pero estoy aquí por Ren. Y, por mucho que haya cambiado, aún soy yo. Me he doblado, pero no me he roto. Sikou Hai es solo otra pieza en mi plan.

—Puede que seamos diferentes —le digo, levantándome también—. Pero compartimos un mismo objetivo. Quiero darle a Ren el reino que merece. —Hago una pausa cargada de significado—. Y tú también.

Soy al menos una cabeza más alta que él. Para mirarme a los ojos, Sikou Hai tiene que mirar hacia arriba. En estatura, debo de recordarle a su hermano.

Pero esta noche no soy solo una guerrera. Soy una citarista tan consumada como para desbloquearle el alma.

—Mañana —dice por fin—. Reúnete conmigo en las higueras de Bengala a la hora del crepúsculo.

二十

ALMA Y CADÁVER

«Reúnete conmigo en las higueras de Bengala a la hora del crepúsculo».

Voy de blanco por primera vez desde que me convertí en Loto. Es un color que ya no me pega, pero que me sigue perteneciendo.

Casi llegando a las higueras de Bengala donde me voy a reunir con Sikou Hai, veo a Ren.

Está en un terreno justo al lado del camino. Su túnica gris se confunde con las rocas que la rodean. Cuando me acerco me doy cuenta de que no son rocas sino tumbas. El terreno es un cementerio. Todas las lápidas pertenecen a miembros del clan Xin. Ren mira la de alguien que se llama Xin Dan.

—¿Quién es? —le pregunto cuando estoy a su altura.

—No lo sé —murmura Ren—. Pero esta… debería ser la de mi madre.

«La de mi madre». La madre de Ren era una médica que llegó a la mayoría de edad en la víspera del asesinato de la emperatriz Chan. Sus compañeros fueron a servir a los señores de sus ciudades natales cuando la agitación cundió bajo el reinado de Xin Bao, pero la madre de Ren dejó las Tierras del Oeste y vagó de norte a sur atendiendo a cientos de pacientes por todo el reino antes de enfermar en la epidemia de tifus del año 401 de la dinastía Xin.

Sé que a Ren no le gusta hablar de ella.

Pero, entonces, me pregunta:

—¿Tú qué crees, Loto? —Y esa pregunta me hace recordar que lo que sabía cuando era Céfiro quizás no fuese toda la verdad—. ¿Estaría orgullosa o decepcionada del destino que he elegido?

—Orgullosa. —Creo que eso es justo lo que diría una hermana de juramento—. Eres una líder.

—Una señora de la guerra.

—Libras una guerra justa por nuestra emperatriz.

Ren tuerce el gesto al oír la palabra *justa*. Juguetea enredando su colgante entre los dedos. Si pudiera sentir su *qì*, imagino que estaría muy agitado. La Ren a la que yo conocía solo compartía sus dudas en pequeñas cantidades y siempre las diluía con algo de autodesprecio. Pero, claramente, ante Loto se muestra más vulnerable. Siento la tristeza que siempre supe que estaba ahí, pero también la ira.

¿Y si pudiera usar todo eso en nuestro beneficio?

—¿Culpas de ello a Xin Gong?

Es un poco rebuscado. Puede que Xin Gong fuese el hermano de la madre de Ren, pero ni siquiera a él se le puede culpar de la epidemia de tifus.

—Sí —dice Ren, para mi sorpresa—. ¿Cómo podría no culparlo? Él la echó.

Las piezas del tablero cambian de lugar.

«Él la echó». Esta información es nueva. Su madre no se fue por su propia voluntad. Murió lejos del hogar donde pasó su niñez, un sitio al que tenía todo el derecho a regresar. Y Ren culpa a Xin Gong. Esto es lo que estaba buscando. Una manera de convencerla de que tome el poder. Pero antes de que pueda decir nada, Ren prosigue:

—Precisamente porque lo culpo le demostraré que se equivocaba. Cuando esté en su lecho de muerte se dará cuenta de que echó a mi madre por una absurda profecía. —Ren me mira con los ojos encendidos en llamas—. Nunca, jamás, traicionaré a un miembro del clan.

El tablero cambia de nuevo. Hay una nueva pieza. Una profecía que implica la traición a un miembro del clan.

Ren nunca me lo contó. Para ser justa, como estratega me habría importado bastante poco.

Pero a Ren le importa.

—*No puede luchar contra el destino* —me dice después Escarcha cuando, por fin, dejo a Ren para ir a mi encuentro con Sikou Hai—. *Está atada a él, como cualquier mortal. ¿Entiendes ya por qué es la más débil? ¿Te arrepientes de tu decisión?*

Al principio no contesto. Miro atrás y veo a Ren entre las tumbas. Puede que ella sea mortal, pero yo no lo soy. ¿Qué tipo de deidad sería si no castigase a la gente que la trata mal? Loto hizo eso exactamente. No tenía miedo de romper las reglas o de sufrir las consecuencias que esto acarrearía. Era una insensata.

Era valiente.

—Llegas tarde —me espeta Sikou Hai—. Ponte esto. —Me lanza una capa y, justo después, saca una máscara de cerámica barnizada en negro, rojo y blanco—. Y esto es para después. Te la tienes que poner antes de ver a los demás.

Tomo la máscara y finjo que no sé nada.

—¿Quiénes son los demás?

—Hay más gente que apoya a Ren.

Caminamos. El aroma a jabalí caramelizado impregna el aire desde los lejanos comedores. El campamento está distraído con la cena. Sikou Hai eligió muy buen momento para escabullirnos.

Aun así, tengo los nervios a flor de piel. Mientras nos conduce por la ciudad hacia la cuenca, donde nos deslizamos bajo una repisa de roca y entramos a una cueva, pienso en la gente con la que nos vamos a encontrar y en la primera impresión que les daré. Sería mucho más fácil si pudiera presentarme como Céfiro.

Antes de darme cuenta, las escaleras por las que bajamos se terminan. Me pongo la máscara ante unas puertas. Entramos y la gente que está sentada a la mesa se levanta. La mayoría están vestidos como yo. Algunos sí muestran sus caras. Todos se sientan cuando lo hace Sikou Hai.

—¿Quién es? —pregunta alguien con tono suspicaz.

—Nuestro miembro más reciente —dice Sikou Hai, mostrando que en esta habitación subterránea su autoridad es absoluta—. Siéntate, Helecho —ordena, y Helecho se acaba sentando. Yo ocupo mi puesto, entre dos personas con máscaras de saltamontes—. ¿Alguien más tiene algo que decir?

Silencio.

—Entonces podemos empezar. —Sikou Hai pone las manos sobre la mesa igual que hizo con la cítara—. He contactado con Xin Ren.

El silencio se tensa por la anticipación.

—Y no he tenido éxito.

—¿Y ahora qué? —pregunta una mujer con una voz fuerte y orgullosa, a juego con su máscara de tigre.

—Insistimos —dice Helecho.

—Continuamos sin ella —contesto yo.

—¿Y actuamos en su nombre? —me responde Helecho volviéndose hacia mí.

—Sí.

—¿Por qué? —pregunta Sikou Hai.

Cruzo la mirada con él través de la mesa.

—Porque no va a ceder nunca.

—¿No tienes ninguna forma de convencerla?

Seguro que está pensando en cómo lo convencí a él. Pero ambas situaciones son incomparables. Sikou Hai es estratega hasta la médula. Pude traspasar sus prejuicios, pero no los cambié. El honor de Ren es su más pura esencia. Es lo único a lo que se

JOAN HE • 287

podía agarrar cuando el mundo dudaba de ella, cuando una profecía la difamó.

No hay manera de que se lo arrebate. Ren puede seguir haciendo lo correcto, ya haré yo lo incorrecto (igual que hizo Loto en su momento).

—No podemos permitirnos esperar —afirmo.

—¿Por qué? —pregunta Helecho—. Tenemos tiempo de sobra.

Al llevar toda la vida en una fortaleza, esta gente nunca ha sentido el aliento del imperio en la nuca.

—Las Tierras del Oeste no son una burbuja aparte del mundo. Lo que sucede fuera tendrá también aquí efectos devastadores. —Me levanto y mis dedos buscan mi abanico. Lo que más se le parece es un pincel que hay sobre la mesa. Lo agarro y apunto con él hacia el norte—. ¿Cuánto ha pasado desde la batalla de los Acantilados? ¿Seis semanas?

En realidad, han pasado siete. Espero a que alguien me corrija, y me alegro cuando lo hace la mujer de la máscara de tigre. La atención a los detalles es una habilidad infravalorada.

—Miasma ya se habrá reagrupado —prosigo—. Su venganza puede llegar en cualquier momento. Y eso también significa que llevamos aquí siete semanas. A menos que Xin Gong viva debajo de una roca, seguro que ya se ha dado cuenta del afecto que la gente siente por Ren. Debe de estar a punto de mover ficha.

—No va a hacer nada —dice Sikou Hai muy seguro—. En anteriores situaciones de adversidad, nunca hizo nada para fortalecer sus posiciones.

—Un incendio en la puerta de al lado es más acuciante que un terremoto a diez *li* de distancia. Para tu padre, Ren supone una amenaza mucho mayor que la suma del imperio y los piratas Fen. Nos traicionará, recuerda mis palabras.

Hablo con seguridad. Oculto mis inquietudes. Durante diecisiete años, Xin Gong ha prohibido que Ren venga a las Tierras del Oeste por miedo a que le traicione cumpliendo cierta profecía.

288 • LA ESTRATEGA DE LA CÍTARA

Pero la situación ha cambiado. Ren tiene a Cigarra. Retó a Miasma. Desde la perspectiva de Xin Gong, Ren podría traicionarle justo en el momento en el que es más peligrosa. Así que nos prestó a sus tropas y nos atrajo a su fortaleza. Debe de estar a punto de tratar de neutralizarnos. Lo que no sé es cómo. No sé si matará a Ren o si se la entregará a Miasma, perdiendo así el apoyo popular.

¿Qué habrá planeado Xin Gong exactamente?

Si muestro demasiadas dudas perdería el interés de mi audiencia, así que vuelvo a apuntar al norte con el pincel.

—Si retrasamos el alzar a Ren, haremos que nuestra operación corra peligro al coincidir con la venida de Miasma. —Ahora apunto al sudoeste—. Cuanto antes completemos la transición de poder, antes apoyará el pueblo a su nueva gobernadora y se unirá contra las fuerzas enemigas. Debemos actuar ya.

La habitación está en silencio cuando bajo el pincel.

Quizás me he pasado. Me invitaron para presenciar la reunión de Sikou Hai, no para presidirla.

Pero entonces Sikou Hai se vuelve hacia la mujer de la máscara de tigre.

—¿Cómo de preparados están los soldados?

—Entrenados y listos.

—¿Y el decreto para el pueblo?

—Preparado —dice el saltamontes de mi izquierda.

—¿Cómo de pronto es *ya*? —dice Sikou Hai mirándome.

—Tan pronto como cuando surja una ocasión. ¿Tienes en mente alguna?

Sikou Hai baja la mirada, pensativo.

—El banquete por el cuarenta cumpleaños de Xin Gong —dice con chispas de emoción en los ojos—. Los soldados estarán presentes en la ceremonia. Los nuestros no tendrán problemas en camuflarse. Y, dadas las circunstancias, la mayoría de ellos estarán ebrios. De forma figurativa y literal, Xin Gong tendrá la guardia baja.

Me parece brillante. Y, cuando recuerdo que Sikou Hai es el hijo adoptivo de Xin Gong, también me parece brutal.

—¿Qué destino tienes en mente para tu señor? —«¿Y a qué viene esa determinación por ayudar a Ren?».

—Todo será muy caótico —me contesta Sikou Hai levantándose de su asiento. La luz de las antorchas ilumina la mitad enmascarada de su rostro, dejando en sombra la otra mitad—. Entre todo el caos, los señores se confunden con los guardias —dice caminando hasta el otro extremo de la habitación—. Cualquiera puede ser abatido.

Habla fuerte para que todos le escuchemos, pero solo me mira a mí. Me desafía a que emita un juicio. Soy una guerrera, se supone que prefiero apuñalar de frente a la gente.

No ve a la estratega que llevaba con orgullo la corona de desertora, a la que dejó a Cuervo arder.

Si Sikou Hai ha decidido apoyar a Ren tiene que estar preparado para terminar con su padre adoptivo igual que la gente de esta habitación tiene que estar preparada para traicionar a su señor. No puede haber dos líderes en una misma tierra del mismo modo que no puede haber dos soles en el cielo. Todos lo sabemos.

Pero este golpe pone en peligro el honor de Ren. Se merece un legado legítimo. Un nombre digno de confianza.

A ella no podemos salpicarla cuando está en juego una profecía.

—¡Una nueva era comienza con nosotros! —grito interrumpiendo una discusión logística y arrancándome la máscara.

Los gritos de reconocimiento se levantan de forma inmediata.

—¡General Loto!

Sikou Hai parece demasiado irritado como para hablar.

—Los guerreros hacen historia. —Me arranco el fajín—. Los literatos la escriben. —Extiendo sobre la mesa la tela blanca—. Pero, esta noche, podemos jugar ambos roles.

Me muerdo el dedo índice hasta me brota sangre y escribo cuál es nuestra misión sobre la tela del fajín. Debajo, hago los trazos que forman el nombre de Loto. Es más legible de lo esperado teniendo en cuenta que no uso pincel.

—¿Quién se atreve a sangrar conmigo?

—Yo me atrevo.

La mujer de la máscara de tigre es la siguiente en quitarse la máscara. Ya hay otro nombre escrito con sangre.

—Esto es demasiado arriesgado —dice el saltamontes de mi derecha.

—Solo si crees que no lo conseguiremos —dice el saltamontes de mi izquierda.

Se quitan la máscara y los miro.

«Turmalina». Escribe su nombre también. Otros hacen cola detrás de ella, hasta que el único que queda es Sikou Hai. Le paso el pincel, pero lo aparta y firma con sangre como todos los demás. Parece confuso cuando termina, como si no creyera que acaba de hacer algo tan valiente y audaz. Pero yo sí me lo creo. Veo en él a alguien inteligente con potencial como para ser peligroso. Lo nombro guardián del fajín de nombres y su confusión se acrecienta. Si fui yo quien concibió la idea, debería ser yo la que quisiera llevarse el mérito.

Pero no sabe que este no es un gesto de generosidad.

Cuando los demás se marchan, espaciando su salida, le llevo aparte.

—Será mejor que te mantengas alejado de Ren en los próximos días —le digo agarrándolo de la manga.

—Tengo sentido común —dice soltándose de un tirón.

Pero su desdén no se manifiesta en sus ojos. Me mira como a un igual y, quizás, como a una amenaza.

Es bastante menos perspicaz que Cuervo, que desconfió de mí desde el primer momento. Él y yo éramos como cuchillos que se afilan al contacto con un igual.

Lo echo de menos.

Pero tendré que aprender a vivir sin él, igual que he aprendido a vivir sin mi reputación ni mi apodo.

He podido superar mi primera reunión como Loto, pienso mientras nos vamos últimos de la sala. Y no ha sido un desastre. La suma de mis palabras y el corazón de Loto es imposible de ignorar. La gente nos ha escuchado.

—Espera aquí —dice Sikou Hai cuando llegamos a un sendero resguardado bajo un saliente rocoso. Desde los acantilados, el pueblo más cercano es un cuadrado luminoso que podría tapar con solo una mano—. Dame cinco minutos.

Su cabeza desaparece entre las rocas salientes y empiezo a contar. Después de tres minutos, miro hacia arriba. El cielo está completamente negro porque la niebla tapa las estrellas. No ha aparecido ninguna nueva, pero no soy capaz de deshacerme de la sensación de que el tiempo se acaba.

Bajo la cabeza y, cuando voy a exhalar, una mano ajena me tapa la boca.

La mano me aprieta fuerte y amortigua mi grito. Me tiene los brazos agarrados y me engancha las piernas con la suya. Forcejeo hasta conseguir girarme y me encuentro cara a cara con mi atacante.

Por segunda vez en la misma noche, Turmalina me ha dejado sin palabras.

Me quita la mano de la boca.

La Turmalina que conozco no va por ahí emboscando a la gente. Ni tampoco duda a la hora de encontrar las palabras adecuadas.

—¿Céfiro? —me pregunta por fin.

No puede ser. ¿Cómo ha podido…? ¿Cómo lo sabe?

No lo sabe. Céfiro no es solo un nombre. A lo mejor se refiere a la brisa que se está levantando. Las nubes se mueven. La niebla se disipa.

La luz de las estrellas ilumina la frente de Turmalina. Sus ojos permanecen aún en la oscuridad.

—El pincel —me dice acercándose—. Lo sostuviste como si fuera tu abanico. Lo que dijiste. Hablaste…

Como Céfiro, pienso. Creía que me estaba dirigiendo a una habitación llena de extraños.

No tuve el suficiente cuidado.

Me alejo conforme Turmalina se me acerca. Tropiezo con una piedra suelta.

—¿De qué hablas? ¿Cómo voy a ser Céfiro?

—No lo sé —me contesta—. No sé cómo. No sé cómo puedo no creerme lo que estoy viendo. No sé qué preguntar. —*Entonces no preguntes nada*—. ¿Eres quien creo que eres? —*Soy un cadáver resucitado*—. Dime. —*Soy un alma trasplantada*—. ¿Eres Céfiro? —*Lo soy, lo soy.*

—Lo soy.

Se me escapa como un suspiro. Son solo dos palabras a las que no sé cómo reaccionará Turmalina. Esto es mucho más que una reencarnación. Le acabo de decir que la persona que tiene delante está muerta y que la persona que creía que estaba muerta está viva.

—Las hojas —me dice Turmalina, respirando por fin—. ¿Qué tipo de hoja me diste para que envenenase a los caballos?

Tengo la depresión justo detrás. Una inclinada pendiente se abre a mi espalda. Debería sentirme arrinconada.

Pero me siento libre.

—Tejo.

Cuando Turmalina me abraza, me apresuro a hacer lo mismo. Es la única forma que tengo de hacerme pasar por Loto, una persona que recibe al menos una docena de abrazos y choques de hombro al día.

Pero a Turmalina la abrazo porque quiero. No hay un plan oculto, como cuando abrazaba a Cuervo. Y esto no es un adiós.

Es un hola.

¿Por dónde empiezo?

—Empieza por la emboscada —me dice Turmalina.

Estamos sentadas en una colina de lutita desde la que se ve la parte este de la Tierra de los Pantanos. Bajo nosotras, el río Mica parece un gran foso. Estar a solas es como una bocanada de aire fresco. Antes, durante el almuerzo, Xin Gong invitó a Ren a su cacería estacional y Sikou Dun no paró de hablar de todos los ciervos que cazaría. Estar aquí con Turmalina me ayuda a sanar.

Le hablo a la guerrera de la armadura plateada, sobre mi casa en los cielos y sobre mis hermanas. De la sentencia que cumplí como mortal, de cómo acabó y de las muchas ganas que tengo de ayudar a Ren antes de que se descubra quién soy. Me escucha con un gesto muy serio. Cuando acabo, arrugo la frente y le pregunto:

—¿Crees algo de lo que te he contado?

—Tengo que hacerlo. Te tengo aquí delante —me responde con solemnidad.

—¿Incluso la parte de que soy una deidad?

—Siempre pensé que eras una deidad.

—¿Porque era insufrible?

—Porque no entendía cómo podías sobrevivir a tantos accidentes.

Turmalina sonríe por primera vez… pero la alegría se desvanece cuando le pregunto cómo acabó en las reuniones de Sikou Hai.

—Después de que tú…

—Muriese —le digo.

Porque eso es lo que hice. Morir. En algún sitio hay un cuerpo mortal descomponiéndose.

Un rayo de sol se refleja en el pantano que tenemos abajo y Turmalina entrecierra los ojos.

—Dejaste muchos asuntos sin resolver. Tenías muchos planes para Ren. Dejaste un hueco enorme en este campamento —dice abriendo los brazos—. Cuando Ren se negó a buscar a una nueva estratega…

—Trataste de ser tú quien rellenase ese hueco.

Turmalina vio que Sikou Hai era la pieza clave de las Tierras del Oeste. Se labró un camino hacia su círculo de confianza justo como yo habría hecho. Me ha impresionado y me ha dado una lección de humildad.

—No debí tratar de reemplazarte —me dice con la mirada baja.

—Hiciste lo que debías.

Nuestras miradas se encuentran y ella me la mantiene. Siempre hemos tenido cosas en común. El problema es que me ha llevado mucho tiempo darme cuenta. He tardado en vernos a nosotras mismas más allá de los roles que tenemos en el campamento de Ren.

—No se me ocurre una mejor sustituta.

—Te veo muy amiguita de Turmalina últimamente —me dice Nube mientras nos preparamos para ir a dormir.

Con una mueca de dolor, me quito la armadura.

—Intento ponértela en bandeja.

Espero que me regañe o que se enfade, pero se tumba sobre su saco de dormir sin decir ni pío. Se queda dormida en pocos minutos.

Una hora después, soy la única persona despierta de la habitación.

Todos los de mi alrededor están como un tronco. Y yo soy como una barca en mitad de todos ellos. He entrenado con esta gente. Hemos reído y hemos cenado como un grupo de amigos. Pero mientras yo he llegado a conocerlos, ellos siguen viendo solo a Loto. No me conocen. No como me conoce Turmalina.

Me darían la espalda si supieran quién soy en realidad.

Salgo afuera y voy hacia los establos. Pastel de arroz no hace ningún ruido mientras lo ensillo. Hago una parada en mi santuario para recoger mi cítara.

Y cabalgamos.

Fuera de la ciudad, sobre la depresión, por entre los árboles… hasta que llegamos al lago de Cuervo. Saco mi cítara y toco.

Al día siguiente vuelvo a hacer lo mismo. Entrenamiento de combate a mediodía. Reunión golpista al anochecer. Ensayo de cítara a medianoche. Incluso sin acompañante, disfruto tocando. Bajo las estrellas, la música me permite ser quien quiera ser… y, así, a la luz del sol puedo ser una mejor Loto.

A tres días de la ceremonia por el cumpleaños de Xin Gong, acudo a la tercera reunión con la mente muy despierta.

La parte logística del golpe ya está resuelta. Pero Sikou Hai está valorando algo: lo sé por la forma en la que se toca la máscara. Por fin, se levanta de su asiento.

—Deberíamos conseguir ayuda de las Tierras del Sur. Dejadme que me explique —añade mientras la gente murmura. Me da que Cigarra no es muy popular por aquí—. Con los efectivos que tenemos, podemos garantizar una transición de poder bastante segura para Ren en Ciudad de Xin. Pero no debemos dar por hecho que será así en todos sitios. Nos beneficiaría hacer uso de tropas sureñas en las prefecturas del este y en las Tierras de los Pantanos, donde tanto los dialectos como las costumbres son parecidas a las de las Tierras del Sur. Además, Ren y Cigarra ya tienen una alianza. Y deberíamos reforzarla.

Sikou Hai vuelve a sentarse y toda la habitación se pone a debatir. Me mantengo en silencio, y solo hablo cuando todo el mundo ha expresado ya su opinión.

—No podemos depender de las Tierras del Sur. Al menos no antes de que le hayamos devuelto el favor que nos hicieron en la batalla de los Acantilados.

—Pero…

—Las señoras de la guerra son como lobos —digo pisando a Helecho—. Puedes invitarlas a la guerra, pero no a los banquetes.

Lo último que queremos es que a Cigarra se le despierte el apetito por las Tierras del Oeste.

Ya me preocupa bastante la voracidad que ha demostrado por las Tierras de los Pantanos, una zona de seguridad que no nos podemos permitir perder.

—Así que nada de ayuda sureña —dice la mujer de la máscara de tigre.

—Nada de nada —le contesto, siendo perfectamente consciente de los asentimientos que se despiertan a mi alrededor.

Sikou Hai también asiente. Nuestras dinámicas han cambiado. Lo cual es preocupante para él, no para mí. Mientras abandonamos la reunión, solo puedo pensar en que podría haberme quedado callada y permitir que todos se pusieran de acuerdo en conseguir la ayuda de Cigarra. Eso me habría acercado a Ku.

—*En realidad, ni siquiera es tu hermana* —piensa Escarcha.

Lo sé, pero como Loto, sueño con ella más que nunca. Ayer soñé que me reunía con Ku y Cuervo en un barco. Ella cazaba libélulas y me las enseñaba en el hueco de las manos mientras Cuervo remaba.

Hoy solo sueño con Cuervo. «Ese fue el momento en el que lo supe», me dice mientras sumerge los remos en el agua. «Cuando hiciste que llovieran flechas del cielo, supe que ambos no podíamos coexistir en este mundo».

A nuestro alrededor, la niebla se levanta como si fuera vapor. Hay demasiada como para saber si estamos en un río o en un lago.

Demasiado silencio.

Decido romperlo.

—Nunca te librarás de mí.

—¿Quién te dice que no serás tú la que se libre de mí? —dice sonriendo.

Suelta los remos y se hunden en el agua.

Cuervo se agarra el pecho y yo me quedo de piedra. Es frío e inhumano. *Tenía razón*, pienso mientras deja caer las manos. Su túnica negra no deja ver la sangre, pero la punta de la flecha sí. Es rojo carmesí, como el hilillo que le sale de los labios. Se desploma contra el barco y se rompe la cadena que me tenía presa. Estoy a su lado, le agarro por los hombros. Mi voz suena desagradable, débil, llena de pánico. «Quédate conmigo, Cuervo. Quédate conmigo».

Trato de frenar la hemorragia, pero no puedo tocarlo. Es como si volviera a ser un espíritu. Y, cuando me mira, solo el cielo y las nubes nadan en sus ojos.

Sus últimas palabras aún resuenan en mi cabeza cuando me levanto empapada en sudor.

«Toca esa canción en mi funeral».

Entierro la cara entre mis manos.

No está muerto.

No puede estarlo.

—*No está muerto* —me confirma Escarcha, y yo empiezo a temblar: primero con alivio, después con ira.

Salgo desbocada de los barracones y cabalgo hasta el lago. Toco la maldita canción una y otra vez, como si él fuera capaz de escucharla y se fuese a arrepentir de habérmela pedido. Pero, al final, mi rabia se calma y empiezo a tiritar. Aunque yo no sea mortal, todo el mundo a mi alrededor sí que lo es. Son frágiles. Si un sueño me perturba de esta manera, yo también soy frágil. Toco más fuerte. Más rápido. Como si cada nota fuese la última.

Crac.

二十一

CAZA

C rac.

Miro por encima de mi hombro y veo la rama antes que a la persona que la ha roto.

Capa azul, una trenza oscura, hombros anchos.

Nube.

Suelto mi cítara, pero no hay ningún sitio al que pueda ir… y el daño ya está hecho. Se ve en la expresión de Nube. No estoy segura de cuánto sabe… pero lo sabe.

—Tú no eres… Loto —me acaba diciendo con voz temblorosa—. ¿Quién demonios eres?

—Nube, puedo explicarlo.

—No te acerques.

Me quedo quieta. El mundo se calla como si estuviera presenciando nuestro encuentro.

Entonces todos los sonidos se mezclan: agua, viento, la respiración de Nube…

—No quería creerlo —confiesa con las venas del cuello muy marcadas—. No sabía qué creer.

Tiene los puños cerrados, pero no me ha atacado. Mi pánico se atenúa. ¿Tendrá esto solución?

Depende. ¿Esta es la primera vez que me sigue o es una más de entre muchas? Trato de descifrarlo de lo siguiente que dice, pero su voz es demasiado glacial.

—No decías las cosas bien. Actuabas de forma extraña. Y aquella pelea... no deberías de haberla perdido.

Lo sé, quiero decirle. Y casi lo hago cuando los ojos de Nube se llenan de lágrimas.

—Entonces, una noche te fuiste sin decirme nada. Loto no tenía secretos. Tenía que haberme dado cuenta entonces. Pero no lo hice. No sospeché nada.

—Y aun así me seguiste.

—Porque quería saber dónde ibas —Nube se enjuga los ojos. Los tiene muy rojos—. ¿Sabes lo lejos que está este sitio, cuantísimos *li* has recorrido para venir y volver? Pero no pensé en ello mientras cabalgaba hacia aquí. No pensé que si venías hasta aquí era porque tenías algo que esconder. Pensé que... —dice con un nudo en la garganta—. Pensé qué...

No importa lo que pensase. En el momento en el que oyó la música, lo supo. Loto jamás supo tocar la cítara.

Mis esperanzas de mitigar el daño se desmoronan cuando veo la cara de Nube. Se me acerca.

—Hazla volver —me grita. Doy un paso hacia atrás y mis talones ya tocan el agua—. ¡Hazla volver!

El agua me llega a los tobillos y está helada.

—No puedo.

A cualquiera que no crea en lo sobrenatural, Nube le parecería completamente trastornada. Podría usarlo en mi beneficio. Pero aprovecho que se queda quieta para repetirlo más alto y más claro.

—No puedo. Loto ya no existe.

No sé por qué acabo de admitirlo.

—Entonces, ¿dónde está?

—Está muerta, Nube.

—Pero... Tú... Su cuerpo... —me dice agitando la cabeza.

—Solo es su cuerpo. Su alma ya no existe. No va a volver.

—¿Y quién eres tú para decir algo así? —masculla Nube mirándonos a mí y a mi cítara, despertando de nuevo su furia—.

¿Quién eres tú? —Las olas me golpean los gemelos conforme Nube se mete en el agua disolviendo el reflejo de las estrellas—. ¿Quién eres tú?

Me mantengo firme y en silencio. Una cosa es oír a alguien decir mi apodo y otra es decirlo yo misma. Pero cuando Nube está lo bastante cerca como para estrangularme, me quedo sin posibilidad de elegir. Loto era su hermana de juramento.

Se merece saber la verdad.

—Soy la otra persona que murió ese día —le digo, y ella se queda petrificada. El lago vuelve a convertirse en un espejo que refleja nuestros rostros—. Soy Céfiro.

Las estrellas brillan sobre la superficie de obsidiana. En ella se reflejan todos los cuerpos celestes, ni uno más, ni uno menos. La Madre Enmascarada no sabe que estoy aquí, pero ella no es mi única enemiga. Nube nunca me perdonará usar el cuerpo de su hermana de juramento. Me matará. Y tendré que defenderme.

Y soy capaz de hacerlo. O eso creo. Espero a la ira. La ira es una emoción y las emociones pueden ser manipuladas.

Aún sigo esperando cuando Nube se da la vuelta.

Vuelve a la orilla.

Desata a Pastel de arroz.

Se lo lleva.

Volver al campamento a pie me lleva toda la noche y todo el día siguiente. Cuando atravieso las puertas, estoy sedienta y mareada por la falta de sueño.

—¡Loto! —alguien me agarra del brazo para ayudarme y, por un momento de ensoñación, creo que es Nube y que lo de anoche no sucedió... pero es solo una alucinación—. ¿Qué ha pasado? —Quien me ayuda es una de las subordinadas de Loto.

De todo.

—Agua —mascullo.

Vamos cojeando hasta un pozo. Los soldados de Ren se agolpan a nuestro alrededor. El aire se espesa y se vuelve nauseabundo.

—Dadle espacio —ordena la subordinada.

Sacan un cubo del pozo y me lo ponen en las manos. Bebo hasta que mi estómago amenaza con rebelarse. Me echo el resto en la cara. Necesito estar alerta.

Necesito pensar.

Por la preocupación que veo en el ambiente, infiero que Nube no ha dicho nada… todavía. Es solo cuestión de tiempo que lo haga. Incluso si la gente no la cree, sus palabras plantarán la semilla de la duda. Estaré bajo un mayor escrutinio. Cada cosa que haga será observada al detalle.

Tengo que hablar con Nube antes de que eso llegue.

—¿Dónde está Nube? —pregunto cuando alguien me trae una torta de pan de sésamo.

—En el campo de entrenamiento número tres.

Me meto el pan en la boca y me lo trago sin agua. Entonces me vuelvo a levantar, ante las protestas de la subordinada.

Sobre el campo de entrenamiento número tres hay una nube de polvo. Los soldados se apoyan en la empalizada para ver a dos figuras que se enfrentan, Turmalina y Nube. La gente aplaude cuando Nube hace un movimiento detrás de Turmalina y le da en la espalda con la base de su palo. Gana el asalto, pero su mirada no expresa ninguna alegría. Cuando Turmalina la ataca, Nube la bloquea, la agarra, gira sobre sí misma y, entonces, me ve. Pierde la concentración y la victoria es para Turmalina.

No reacciona ante la derrota. Me observa como una cazadora cuando salto la empalizada. Los espectadores vocean y Turmalina levanta la mirada y frunce el ceño ante mi presencia.

«¿Qué haces aquí?», parece preguntar con la mirada.

—Yo seré la siguiente —digo sacando un palo de un estante.

No es la respuesta que Turmalina esperaba y frunce aún más el ceño cuando Nube le da una patada al palo que tiene en la mano y exclama.

—¡Te toca!

Confía en mí, trato de transmitirle con la mirada a Turmalina mientras se une al resto de los espectadores.

Miro a Nube.

El público empieza a apostar. El aire bulle de una excitación que se puede palpar. Es una pelea entre hermanas de juramento. Una batalla para recordar. O, en mi caso, una lucha en la que tratar de enmendar el desastre que provoqué anoche.

Nuestras respiraciones se sincronizan y movemos el pecho a la vez, como si nuestros *qis* se hubiesen alineado. Mi cuerpo sabe exactamente cómo responder cuando viene a por mí. Los palos chocan por encima de nuestras cabezas. Loto debe de haber bloqueado cientos de veces este ataque.

Bloqueo también el siguiente, pero Nube se me echa encima. Su cabeza eclipsa el sol.

—¿Por qué?

La pregunta me hiere en la mejilla. Recuerdo su silueta inclinada sobre la cama de Loto. Su alegría cuando abrí los ojos.

Me la quito de encima.

—Estoy aquí... —Me da un golpe en el costado—. ... Por Ren. —Hace que el palo se me caiga al suelo—. ¡Mierda! —Consigo por fin liberarme—. Ella necesita... —Nube salta adelante y atrás. La esquivo y volvemos a chocar—. ... Una estratega.

»Ya se había ido, Nube —me apresuro a decir—. Su cuerpo era solo un envoltorio. Cuando mi espíritu volvió... —Nube se aleja de mí— ... Ya era demasiado tarde. Lo... —Levanto mi palo cuando Nube repite el ataque del principio y ambos chocan en el aire— ... Siento. —Su palo se rompe: la mitad cae al suelo y Nube tira la otra mitad. Bajo mi arma—. Nube...

Me echa las manos al cuello.

Escucho gritos y el movimiento de la gente de nuestro alrededor, que corre hacia nosotras. Pero se me nubla la vista periférica.

El oído me zumba hasta que lo único que percibo es mi pulso y el de Nube, que se oyen sincronizados en ese punto blando donde sus dedos se hunden en mi mandíbula.

Entro en pánico. Mi cuerpo mortal no es compatible con un estrangulamiento. El alivio se sobrepone al pánico. Esperaba este momento y por fin ha llegado. No me resisto. Ya sé lo que viene después.

Todo se desarrolla justo como he previsto. En cuanto llega a nosotros la primera persona, la expresión enfadada de Nube se desvanece. Se aleja de mí con el rostro desencajado. En su mente quedan grabadas las imágenes que acaba de provocar: sus manos en mi cuello, mis labios volviéndose azules... Su hermana de juramento al borde de la muerte.

La verá cada vez que cierre los ojos.

Ya nunca más hará o dirá nada para herirme. Mi secreto está a salvo. Pero cuando Nube se gira y se marcha, una parte de mí (o de Loto) quiere ir tras ella y pedirle disculpas.

Conozco a Nube mejor de lo que la conocía antes.

Sé cuánto daño le ha hecho esta pelea.

Puede que Nube no asista a la cena de esa noche, pero está en la mente de todos. Por respeto, la gente no pregunta qué ha pasado. Es cosa nuestra. Y de Ren, por ser nuestra hermana de juramento. De hecho, si Ren estuviera aquí y no con Xin Gong, nos pediría explicaciones. Agradezco a las estrellas que no esté.

Al amanecer, Nube aún no ha vuelto. Ren está en la armería cuando le presento mis respetos matutinos. Endurece el gesto cuando me acerco y yo, nerviosa, me coloco bien el pañuelo que esconde las marcas que tengo en el cuello.

Pero lo que ha hecho enfadar a Ren es un trozo de papel que tiene en la mano. Me lee el mensaje que escribió nuestro explorador hace dos semanas: «Se han completado los preparativos para la batalla en las Tierras del Norte». Lo envió desde Dasan, un núcleo mercantil a mil quinientos *li* al sur de la capital. Miasma puede lanzar su ofensiva cualquier día de estos.

—Ya era hora —dice Ren restándole importancia.

Aún escucho la promesa que hizo en mi santuario reclamando la sangre de Miasma.

Ren no es vengativa. No permitiré que se deje arrastrar por ese sentimiento. Trato de hablar con ella, pero ya va de camino al expositor de las armas. Descuelga sus espadas dobles.

—¿Lista para la caza?

¿Caza? ¿Qué caza? Entonces me acuerdo. La caza de Xin Gong, a la que nos invitó durante el almuerzo de hace cuatro días.

El imperio se desmorona, Miasma viene de camino… y Xin Gong decide ir a matar ciervos. Pongo mala cara y Ren se ríe.

—¡Hablo de ir a cazar, no de ir una negociación!

Es cierto. Soy Loto. Sigo siendo Loto. Se me hace un nudo en la garganta. *Sé Loto.*

—Aiya, ¿cuándo fue la última vez que cazamos por diversión? —murmura Ren rascándose el cuello. Las picaduras de mosquito del pantano se han curado desde que, aún como Céfiro, estuve con ella en la atalaya de las Tierras del Sur—. ¿Quién crees que matará el primer ciervo, Nube o yo?

—Loto será la primera.

Ren sonríe como quien tiene un secreto.

—Entonces serás tú y yo te ayudaré. Robaré para ti las flechas de Nube. Dejaré fuera a la competencia.

Debería estar riéndome de los trucos sucios de Ren, pero me quedo pensando en lo de dejar fuera a la competencia. Eliminar a Nube. Asegurarme de que mi secreto está a salvo. Siento como una soga el pañuelo que llevo al cuello. Estoy aquí como Loto para ayudar a que Ren tenga éxito sin perder a ninguna de sus hermanas de juramento.

—Oye, ¿es que tienes frío? —me pregunta agarrándome del codo.

El estómago de Loto ruge y me salva la papeleta.

—No, solo tengo hambre.

No me importa que la respuesta no tenga nada que ver, lo importante es que distraiga la atención.

Y lo consigue. Ren se relaja. Esta es la Loto a la que conoce.

—Creo que huelo alguna comida. Vamos. —Sale conmigo de la armería—. Nos vemos en la Ciudad de Xin a mediodía. —Asiento y me encamino a los comedores—. Espera, Loto.

Con sus espadas, el moño y las ropas sencillas, Ren parece una de nosotras: soldado y hermana a partes iguales.

—Hablando de Nube, ¿la has visto hoy? —me pregunta como si se le acabara de ocurrir, justo en el momento en el que Nube hace su aparición. Ren está de espaldas a las puertas del campamento, pero yo no. Nuestras miradas se encuentran e, incluso a esta distancia, veo que se queda petrificada.

—No —balbuceo—. Creo que se fue a dar una caminata.

Entonces me escabullo antes de que Ren pueda decir nada más.

Ni que decir tiene que, en cuanto salimos de la Ciudad de Xin, todos esperan que Nube y yo cabalguemos juntas. Si las cosas están raras entre nosotras, Ren no se da cuenta. Suele ser una persona muy observadora, pero parece preocupada por las noticias de cómo Miasma se está pertrechando.

Salimos de la depresión y nos adentramos en los bosques de las tierras altas. Nube se adelanta y Turmalina ocupa su puesto.

—¿Qué pasó ayer? —murmura entre dientes.

—Se dio cuenta.

El sonido de nuestros caballos al atravesar la maleza ayuda a camuflar mis palabras, aunque dudo que, además de Turmalina, nadie pueda entender lo que significa. Se muestra escéptica cuando le digo que tengo la situación bajo control. Supongo que tiene motivos, dado lo que sucedió ayer con Nube en el campo de entrenamiento. Pero debería tener presente que soy una deidad. Lo de estar a punto de morir es solo un asunto menor para mí.

—*Es fascinante* —piensa Escarcha.

—*¿El qué?*

—*Cuánto estás dispuesta a sacrificar.*

—*No se le puede llamar sacrificio si no sufro un daño permanente* —le contesto desafiante.

Me recuperaré de las heridas y de los moratones. Pero el tiempo perdido sí que no puede recuperarse. Conforme la caza se alarga, mi enfado aumenta. Esta actividad fue idea de Xin Gong, y él ni siquiera ha conseguido matar nada aún. Solo Nube y Sikou Dun se han cobrado alguna pieza. Cuando Sikou Dun caza un conejo, Nube le supera disparando a una perdiz. Apuesto a que habría preferido dispararme a mí.

—Hay guerreros impresionantes entre tus filas —le dice Xin Gong a Ren.

Está de buen humor. Quizás de demasiado buen humor. Por lo que mi atención oscila entre Nube y el gobernador de las Tierras del Oeste.

¿Y si lo tiene previsto para ahora? ¿Y si hace algo contra Ren durante esta cacería? En lo relativo al lugar, es el sitio perfecto. Todos los miembros importantes de la corte de las Tierras del Oeste están presentes, salvo Sikou Hai, que ha tenido la brillante idea de saltarse este tedioso compromiso. Nos siguen al menos unos cincuenta sirvientes. Llevan arcones y lanzas para transportar las presas abatidas. Dos filas de soldados nos rodean y portan el estandarte de Xin Gong. Es un milagro que, entre la maleza, se salve alguna pieza.

A menos que nosotros seamos la pieza a cobrar.

No tiene mucho sentido. Xin Gong está demasiado tranquilo. No es así como se comporta un hombre que va a la caza de alguien.

Es como se comporta alguien que ya ha vencido.

Pero ¿cómo? No participó en la batalla de los Acantilados, ni negoció una alianza con las Tierras del Sur. No puede confirmar su poder sobre sus propias tierras hasta que no tenga victorias de las que presumir. Fallo un tiro muy sencillo y Sikou Dun se ríe de mí.

—Inténtalo de nuevo —murmura Ren.

Antes de que pueda hacerlo, Xin Gong toma la palabra.

—¿Por qué no pruebas suerte, Ren? —pregunta ofreciéndole su arco dorado.

No es el arma favorita de Ren, pero nadie lo diría por la facilidad con la que acepta el arco y engancha una flecha. El bosque crepita silencioso mientras ella escruta los árboles.

Localiza al ciervo a la vez que Sikou Dun. Ambas flechas vuelan al unísono y se pierden entre la maleza.

A la señal de Xin Gong, toda nuestra partida se mueve. Encontramos al ciervo tras unos arbustos con el proyectil de Ren clavado en el cuello.

Ren baja del caballo y se acerca con grandes zancadas. Le arranca la flecha. Un sirviente le pasa un paño de lino y ella la limpia antes de ofrecerle la presa a su tío.

—Esta es una muestra de nuestra gratitud por la hospitalidad que nos has mostrado y por insuflarnos fuerza cuando más la necesitábamos.

—Ni lo menciones —le contesta Xin Gong agitando una mano—. ¿Es que acaso no somos familia?

—Lo somos.

—Entonces deberías saber que, invirtiendo en ti, estoy invirtiendo en todos los Xin.

Mientras Xin Gong habla, Sikou Dun desmonta su caballo. El corpulento guerrero se detiene ante Ren imponente como un toro.

Me recuerdo a mí misma que Ren es mayor que él. Para ella Sikou Dun no es más que un chico. Pero la diferencia de edad no disuade a Xin Gong de decir lo siguiente:

—Hijo, ¿aceptas este ciervo como dote?

—Acepto.

—Entonces, en nombre del clan Xin, me complace anunciar vuestro compromiso. ¡Vino!

Pum. Los sirvientes sueltan los arcones y sacan recipientes de cerámica con vino. Me pasan una copa y se me rompe en la mano cuando Xin Gong dice.

—Pensaba que, antes de cumplir los cuarenta, no encontraría a nadie digno de mi hijo. —Alza la copa de vino y Sikou Ren agarra la flecha de Ren—. Pero tú, Ren, me has demostrado que me equivocaba. Mañana, será un honor para mí presidir tu boda.

二十二

PRIMERA SANGRE

Boda. Mañana.

Tendría que haber predicho esto. Lo habría hecho si fuese yo misma y no estuviese tan ocupada haciéndome pasar por Loto y soñando con Cuervo. Pero, en lugar de eso, me toma tan por sorpresa como a los demás. Unir a Ren con su hijo y convertirse en su suegro es un plan perfecto y, a toro pasado, es además bastante obvio.

Cabalgamos en pleno silencio de vuelta al campamento.

En la habitación de Ren, Nube se enfrenta a ella.

—No vas a aceptar ese compromiso.

—Eso lo decidiré yo —le contesta Ren mientras se quita la armadura y la cuelga en el mueble.

—No hay nada que decidir.

—Y no hay nada que debatir. —Cuanta más suavidad pone Ren en sus palabras, más se enardece el rostro de Nube—. Cuando le pedí ayuda a Xin Gong para la batalla de los Acantilados, acepté que en el futuro pudiera poner una condición.

—¿Cómo pudiste? —le contesta Nube agarrando su guja.

Ren camina hacia la ventana con el semblante serio.

—Necesitamos un auténtico ejército —dice—. Qilin era la única razón por la que hemos aguantado tanto tiempo sin tener uno.

—Ella es el motivo por el que Loto… —Nube, compungida, no termina la frase.

—Pavo real hizo lo que tenía que hacer —afirmo, cubriendo a Nube.

—Tienes razón, Loto —asegura Ren, justo antes de decirle a Nube—: Qilin arriesgó su vida y su reputación para engañar a Miasma. Aseguró una alianza con las Tierras del Sur, incluso sin que tuviéramos nada que ofrecerles. Lo mínimo que yo podía hacer era mostrarle a Cigarra que podemos seguir con nuestros planes aunque ella ya no esté.

—Pero…

—Basta. —Nube se calla. Nunca había visto a Ren responder así—. Nunca hemos tenido mejores circunstancias que ahora para derrotar a Miasma. Todo el reino sabe quiénes somos. Nuestras tropas están entrenadas. Mi boda es un precio muy pequeño a cambio de todas esas ganancias.

—No seremos capaces de mantener esas ganancias —gruñe Nube—. No si Xin Gong nos tiene en la palma de la mano.

—No traicionará a su nuera.

—Traicionó a tu…

Le doy un pisotón a Nube. Sé lo que iba a decir: «Traicionó a tu madre, su hermana». Si quiere persuadir a Ren de que cambie de opinión, esa no es la manera.

Yo sí sé cómo hacerlo.

—*Me parece que esta boda da al traste con tus planes* —piensa Escarcha cuando salimos de la estancia de Ren.

¿Seguro? La boda se celebrará durante el banquete por el cumpleaños de Xin Gong. Eso no ha cambiado. Y en cuanto a cómo puede ser percibido el golpe por parte de la gente, ya me encargué de cortar cualquier relación de Ren con el plan cuando hice que cada uno de los participantes firmasen con sangre el fajín que custodia Sikou Hai. Si se descubre la insurrección se vinculará con él, no con Ren.

Pero las cosas eran así antes de lo de la boda. Ahora vuelvo a imaginar la escena: Ren vestida de rojo nupcial; nuestros soldados irrumpiendo y asesinando a Xin Gong y a Sikou Dun; la sangre de ambos mezclándose con el rojo de Ren y haciendo que sus destinos permanezcan unidos para siempre. Los historiadores dirán que ella «tomó el control de las Tierras del Oeste solo para romper su compromiso». No lo verán como un movimiento estratégico necesario para marchar sobre el norte y restaurar el poder de Xin Bao. Incluso, no lo quieran así los cielos, podrían decir que Ren cumplió la profecía.

El sol empieza a ponerse haciendo que las higueras de Bengala de mi alrededor se enciendan en tonos rojizos. Arranco un higo carmesí y lo sostengo en la palma de la mano.

Se derramará sangre. Es inevitable. Pero, en lo relativo a quién la provocará primero, la narrativa se pondría a nuestro favor si Xin Gong atacase antes. De esa forma no seríamos los agresores. La violencia que se diera sería solo entendida como defensa propia. El problema es que Xin Gong no tiene ninguna razón para atacar. A menos que yo cree una.

Muerdo el higo y dejo que la miel dulzona me impregne la lengua. Mi mentora experta en ajedrez siempre comía ciruelas. «Cuando se sienten arrinconados, los aficionados se sienten limitados únicamente a lo que hay en el tablero», decía con la fruta en una mano y una pieza en la otra. «Los maestros ven el potencial de las condiciones existentes».

¿Qué necesito? O, mejor dicho, ¿a quién? Alguien que no toleraría un insulto. Alguien con todos los defectos de Loto y ninguna de sus virtudes.

Considero que en el entorno de Xin Gong hay una persona así. Pero ¿cómo podría provocarlo?

—¿Qué haces aquí?

Me giro hacia la persona que me ha hecho la pregunta.

Es Sikou Hai, de pie a seis zancadas de mí, en el camino de higueras de Bengala. A juzgar por su expresión funesta, acaba de enterarse del compromiso de Ren. Pero no hace nada al respecto. Sus ojos, duros como el pedernal, son inescrutables. Se podría decir que tiene una actitud derrotista... o un autocontrol nacido de la necesidad. No hay mucho que puedas hacer contra un hermano como Sikou Dun. Si se enfrentase a él podría romperle las costillas o los dientes.

Sé tú quien haga que la sangre corra.

—Te he hecho una pregunta —me dice con el ceño fruncido—. ¿Qué haces...?

—Te esperaba —le interrumpo tirando el higo, con los dedos pringosos por su jugo.

Sikou Hai continúa hacia adelante a toda velocidad. Le sigo mientras maduro la idea. Podría funcionar. Es despiadada, sí, pero la estratagema *Mata con el cuchillo de otro* casi siempre lo es.

Llegamos a la habitación subterránea y todo el mundo se levanta.

—Joven maestro...

Sikou Hai entra con gesto de preocupación. Llega a la presidencia de la mesa, pero no se sienta.

—Actuaremos según lo planeado, todo dará comienzo en el banquete de Xin Gong. Helecho, Turmalina, ¿habéis comunicado nuestros planes a vuestros soldados de confianza?

—Sí.

—Aster, ¿has instruido a tus tropas para sofocar los desórdenes que puedan darse en las prefecturas de los alrededores?

—Sí, joven maestro.

—Bien. Entonces todo está listo... —musita Sikou Hai.

—¿Y qué pasa con tu hermano?

—¿Qué pasa con mi hermano?

—Le conviene aliarse con Xin Gong. ¿Qué hacemos con él?

—Lo mismo que vamos a hacer con el resto de los defensores de mi padre —dice.

En su voz reconozco la ira y el dolor que convergían en la canción que tocó con la cítara; se percibe el rencor que guarda, con el que ha crecido al igual que con las cicatrices de viruela que probablemente esconde bajo la máscara.

Pero también intuyo su falta de consideración por Ren. La adoración que le profesa hace que la vea, casi, como un objeto. Cree que es inmune a lo que de ella dice la gente. Y no lo es. Por ello, para cuando la reunión concluye, yo ya he perdido cualquier reserva de usar mi estratagema. El golpe no pasará a la historia como un conflicto entre Xin Gong y Xin Ren, al menos no será así si es que me salgo con la mía. Quiero que se recuerde como un conflicto entre Sikou Dun y Sikou Hai.

Un rato después, siento que me están siguiendo.

—*Creo que tienes razón* —piensa Escarcha.

—*¿Quién es?*

—*Creo que ya lo sabes.*

—*Vaya, gracias, eres una hermana la mar de servicial.*

—*De nada.*

Por mucho que me moleste, puedo hacerme una idea de quién sigue mis pasos. Y cuando siento que esa persona no se cansa de seguirme a cierta distancia, paro en seco y le digo:

—Bueno, ¿te ha gustado lo que has oído?

Nube emerge desde detrás de una gran roca del acantilado.

—Así que es aquí donde has estado cenando...

—Me parece que no ha sido un mal pasatiempo.

Entre nosotras hay una veta de cuarzo que brilla como una galaxia. Como Nube no dice nada, sigo yo.

—Si quieres romper el compromiso de Ren, hay una manera.

—Derribar a Xin Gong y arrebatarle sus tierras.

—La guerra nunca es sencilla, Nube. Nuestros medios no pueden ser tan honorables como nuestras causas.

—¿Sabes quién diría justo eso? Miasma. ¿Por qué no te vas a servirle a ella? —me replica Nube sacudiendo la cabeza—. No. Esto no es lo que querría Ren.

—¿Entonces quiere casarse?

—No. Ella…

—Ella está en un enorme aprieto por haber tenido en cuenta demasiados factores. —Toda la gente a la que no quiere decepcionar, la profecía que teme cumplir…—. ¿Crees que no la entiendo? —Me acerco a Nube y me pongo a la altura de la veta de cuarzo—. Elijo estar con ella precisamente por lo bien que la entiendo, incluso aunque este no sea mi cuerpo. Siento el dolor que esta decisión te ha causado. Pero no siento estar haciendo yo misma lo que Ren no puede hacer. Necesita una tierra a la que llamar suya. Me necesita y te necesita.

Una fina llovizna envuelve la depresión y cubre la noche.

—¿Y qué pasa con la reputación de Ren? —pregunta, por fin, Nube.

—Me he ocupado de eso.

—¿Y qué pasa si te equivocas al confiar en Sikou Hai? He escuchado todo lo que se ha dicho en esa reunión. Es capaz de traicionar a su propio hermano y hasta a su padre por Ren, pero no tenemos ni idea del motivo.

Nube es más astuta de lo que pensaba. Yo misma me he preguntado por qué. ¿Cuáles son las probabilidades de que Sikou Hai sea como yo, una deidad disfrazada cuyo destino es servir a Ren? Prácticamente ninguna, creo.

—*No lo es. Pero la pregunta es, ¿quieres saber realmente por qué adora a Ren?* —piensa Escarcha justo en ese momento.

—*No* —le respondo mentalmente después de dudar durante un segundo.

Estratagema veintiocho: *Quita la escalera después de subir.* Una vez que se toma una decisión, cualquier información externa solo la hará más complicada.

—Si las cosas van según el plan —le digo a Nube—, los motivos de Sikou Hai no tendrán ningún peso. Así que, ¿estás con nosotros o no?

Estoy bastante segura de haberla convencido. Mis argumentos me salen directamente del corazón. Habría convencido hasta a los más firmes creyentes de los códigos de conducta virtuosa del maestro Shencio.

Pero Cuervo tenía razón en lo de lo impredecible de la gente: tal como hizo en el lago, Nube se marcha sin decir palabra.

La llovizna se convierte en un aguacero. En segundos estoy calada hasta los huesos. Suspiro y empiezo a bajar hacia la depresión. Nube siempre ha sido muy terca. Soy la última persona por la que traicionaría sus ideales. Si lo pienso bien, no sé qué esperaba realmente.

Afortunadamente, no necesito la ayuda de Nube.

—Escarcha —digo cuando llego a la Ciudad de Xin.

—*Se supone que deberías tratar de evitar de hablar sola.*

Imagino que también debería tratar de evitar lo de pedir favores.

—¿Puedes volar?

—*¿A quién quieres que espíe?*

—No te apresures en sacar conclusiones.

—*¿A Sikou Hai?*

Tiene razón y lo sabe. Se le nota por lo subidita que está.

—Pues que sepas que es una emoción muy humana.

—*¿Por qué los inmortales no podemos estar subiditos?*

—Porque tenéis una eternidad para ver que estabais equivocados.

—*Nunca me han demostrado que estuviera equivocada.*

—Ya veo de dónde he sacado la arrogancia...

—*Podrías haber salido tan humilde como Nadir.*

Cuando invocamos a nuestra hermana, estallan unos relámpagos que tiñen la noche de plata. Se me acelera el corazón con el trueno que los sigue. Cuanto antes consiga las Tierras del Oeste para Ren, antes marcharemos sobre el norte... y antes dejaré el reino de los mortales para volver a los cielos. Este pensamiento me llena de una inexplicable tristeza.

—*O sea que sí, Sikou Hai* —piensa Escarcha mientras nos introducimos en el centro de la ciudad, donde viven Xin Gong, Sikou Dun y Sikou Hai.

—¿Tienes idea de dónde puede estar el fajín de los nombres?

—*Para eso no necesito volar. Lo colgó detrás de tu poema.*

—Perfecto —le contesto cuando llegamos al enorme complejo de Xin Gong.

—*El estudio de Sikou Hai no es por aquí.*

—Ya sé que no.

¿Por qué me voy a manchar las manos si puedo usar las de otra persona?

Pero mientras recorro un pasillo interior, se me revuelve el estómago. Puede que sepa el origen de la animosidad entre Sikou Hai y Sikou Dun, pero no sé hasta dónde llega. Puede que, incluso sin mi ayuda, hubiesen caído en la infamia como tantísimos otros hermanos a lo largo de las dinastías que se mataron por tronos, tierra o esposas. O puede que no. Una cosa sí que es cierta: si su relación no había pasado hasta ahora el punto de no retorno, lo pasará esta noche.

Corto camino por los patios de Sikou Dun.

—¿Sabes lo que es gracioso, Escarcha?

—*¿Qué?*

—Que cuando era mortal me creía una deidad.

Creía que lo sabía todo. Era como una rana en el fondo de un pozo que piensa que el círculo de cielo que tiene encima es la totalidad del cosmos. Ahora veo cuáles eran mis limitaciones. Sé mucho más tanto de mí como del mundo y, por ello, me siento mucho más débil. Las emociones mortales como la culpa y la pérdida me pesan a la espalda. Los mismísimos cielos se hunden sobre mí cuando paso la puerta de la luna.

Veo a Sikou Dun en ese mismo momento: incluso entre el vapor de las aguas termales, es difícil no verle entre un número de chicas tan numeroso como los pétalos que flotan sobre el agua lechosa. Las bandejas de bambú van y vienen trayendo jarras de vino y platos de aceitosos frutos secos. La charla de borrachos continúa mientras bajo por el camino de guijarros. Nadie repara en mí hasta que llego al arroyo. Entonces, una de las chicas me ve (con el hacha en la mano), da un grito y sale corriendo tapándose el pecho con los brazos.

—*La forma humana madura no parece muy práctica* —piensa Escarcha mientras el resto de las chicas salen despavoridas como si fueran una bandada de pájaros después de haber sido alertados por una llamada de advertencia.

Abandonan a Sikou Dun en el arroyo. Su mirada de absoluta perplejidad no tiene precio, aunque desaparece en el momento. En cuanto me reconoce, la maldad le impregna los ojos.

—¿Al final has decidido que sí que deseas mi compañía? —me suelta mientras me acerco hacia él—. Demasiado tarde. Me voy a mantener puro para tu hermana de juramento.

Esta vez sí estoy preparada para el temperamental pronto de Loto. Mi puño se funde con el mango de mi hacha y mi voz suena templada cuando le digo:

—Sigue escupiendo mentiras mientras puedas.

Entonces, con deliberada lentitud, le acaricio el cuello con el hacha.

Nunca he arrebatado una vida. Nunca he clavado el acero en la carne. Lo mío son los asesinatos orquestados, por lo que no es fácil mantener la mano firme cuando Sikou Dun se ríe. Las venas del cuello le rebotan contra el acero de mi arma.

—No serás capaz.

—No me tientes —le digo, aplicándole un poco más de presión y haciendo que un hilillo de sangre le llegue hasta el pecho.

—Pero ¿sabes lo que me hará aún más feliz? —Mantengo el hacha en el mismo sitio un momento más para demostrarle que voy en serio. Entonces, retiro la hoja—. Verte morir a manos de tu hermano.

—¿Cómo que a manos de mi hermano?

—Lo que oyes.

—La próxima vez recuérdame que no te golpee la cabeza —me dice sonriendo.

Podría contestarle algo ingenioso, pero ¿para qué gastar mi inteligencia en alguien como Sikou Dun? Lo que hago es marcharme, sabiendo que ignorarle le enfadará mucho más que cualquier réplica.

Y tengo razón. Cuando estoy a dos pasos del manantial, oigo unos chapoteos en el agua. Cuando estoy a tres, me agarra del cuello con el brazo.

—¿Qué estás dando a entender?

—Averígualo tú mismo.

—Estoy siendo educado.

—No lo seas. Pégame. Mátame. Haz lo que quieras. Hagas lo que hagas, mañana estarás muerto.

Sikou Dun se queda callado. Mañana es el banquete de Xin Gong y también su boda, por lo que hay mil oportunidades para que ocurra un desastre. Incluso él debe de saberlo.

—Te lo voy a preguntar otra vez. —Su brazo me aprieta la tráquea—. ¿De qué hablas? ¿Qué va a pasar en la ceremonia?

—Pregunta… hermano… —Le respondería más rápido si me dejara respirar—. Está… en su estudio… planeando… tu final. —Con el poco aire que me queda incido en *estudio* y en *final*—. No está… solo. Tiene… apoyos.

Sikou Dun me da un empujón y caigo de rodillas. Entra en la caseta que hay al otro lado del arroyo, imagino que para vestirse, y yo me levanto.

—¿*Y ahora qué?* —piensa Escarcha mientras yo me alejo del arroyo.

—Ahora salvamos a Sikou Hai.

Cualquier otro dejaría reposar mis palabras antes de entrar en acción. Pero Sikou Dun no. En cuanto vaya a por sus armas irrumpirá en el estudio de su hermano. La primera sangre podría derramarse justo allí.

Tengo que encontrarme con Sikou Hai antes que él.

—¡A tocar la cítara! —le digo sin ningún preámbulo cuando llego a su estudio. Le hago levantarse del asiento como la última vez. Pero en esta ocasión no muestra resistencia. Puede que siga creyendo que soy una bruta, pero soy una bruta que nunca le haría daño.

—¿Me permites, al menos, ponerme una capa? —pregunta.

Pero no hay tiempo. Lo subo a Pastel de arroz y salimos de la ciudad, dejamos atrás la depresión y entramos en los bosques. Más o menos a un *li* de del lago de Cuervo, bajo la velocidad. Esta distancia debería mantener entretenido a Sikou Hai durante un buen rato.

Lo bajo, sin ceremonias, del caballo y obligo a Pastel de arroz a que empiece a galopar.

—¡Espera! ¡Vuelve!

Sigo adelante. *No hay otra manera*, me digo por encima de sus gritos antes de que el ulular del viento se los trague. La lealtad consiste en poner a una persona por encima de cualquier otra cosa. Lo siento por Sikou Hai, pero, para mí, esa persona es Ren.

—*¿Y ahora qué?* —piensa Escarcha cuando salimos de los árboles y galopamos por la llanura.

Ahora toca esperar. Sikou Hai tendrá que volver por sí mismo a la ciudad. Si mantiene un buen ritmo, llegará justo a tiempo para el banquete… y, entonces, se dará cuenta de que habría sido mejor para él quedarse en el bosque.

二十三

INVITADOS DE HONOR

Ahora toca esperar.

Nunca he asistido una boda. Los pocos cortejos que he visto siempre me han recordado al caos que se llevó a Ku, una tormenta que solo dejó desechos a su paso.

Hoy soy yo quien la provoca. Cuando los sirvientes de Xin Gong arreglan los patios con adornos rojos, solo veo el color de la sangre. Cuando los artesanos llegan con estandartes en los que se lee el carácter de *unión*, solo puedo pensar en la única unión que se dará hoy: la de una señora y sus nuevas tierras.

En los barracones, nos ponemos las armaduras ceremoniales y enfundamos nuestras armas. Quienes saben guardar un secreto saben lo que toca ahora. Quienes no saben guardarlo, se enterarán pronto. Me anudo la saya de tigre, aferro mi hacha y emprendo el camino a la Ciudad de Xin. El cortejo nupcial comenzará y terminará aquí. Ren se fue al amanecer.

Cuando llego, está en uno de los patios del complejo de Xin Gong. Está sentada en un tocador y rodeada de sirvientes del gobernador. El rodete desgastado que suele llevar descansa, junto con su colgante de Xin, sobre el tocador. Cruzo el umbral y Ren, tras verme en el espejo, ordena a los criados que se marchen. Se levanta y su vestido está teñido de un rojo cegador. El color sigue incrustado en mis ojos incluso cuando alzo la vista y me encuentro con la mirada de Ren.

Hablaba muy en serio cuando le dije eso a Nube: prefiero apoyar a Ren siendo Loto que no apoyarla. Prefiero proporcionarle felicidad, aunque sea falsa, que ser la causa del dolor que se percibe en sus ojos.

—Doy por hecho que Nube aún no ha entrado en razón...

—Ya lo hará. —O, si todo va bien, no tendrá que hacerlo.

—¿Y tú, Loto? ¿Cuál es tu opinión?

—Creo que mereces ser emperatriz.

No me doy cuenta de lo que he dicho hasta que lo digo. Con la lengua de Loto. Con su boca, con su corazón. O, tal vez, lo haya dicho yo.

—Aiya, ¡sedición, Loto! —dice entre risas y de forma cariñosa. No me toma en serio porque solo ve a su hermana de juramento, una guerrera con el corazón de oro.

—Permíteme decirte algo, Loto. —Ren agarra su colgante y lo desliza entre el pliegue cruzado de su vestido rojo—. Una emperatriz hace que otros combatan en sus guerras, pero yo soy capaz de librar las mías.

Escuchar a Ren hacer de menos a Xin Bao, ya sea de forma directa o indirecta, es sorprendente. Pero más sorprendente es mi sensación de frustración. *Pero ¿cómo vas a marchar sobre el norte sabiendo que tus rutas de escape y tus depósitos de grano están bajo el control de Xin Gong?* Ren comienza a envainar sus espadas dobles y me dan ganas de decirle que las deje así. Entonces me acuerdo de que ella estará protegida durante todo el proceso. Me he asegurado de ello.

—*Entonces, ¿por qué tienes retortijones de barriga?* —me pregunta Escarcha mientras acompaño a Ren a su palanquín.

Un sirviente le cubre la cabeza de seda roja. Antes de que esta le tape la cara, Ren me mira a los ojos.

—Eres mi familia, Loto. Este matrimonio no cambia eso.

La seda le oculta el rostro.

En otra vida, Sikou Dun le quitaría el velo en la alcoba tras la ceremonia. Pero en esta no. Antes de que la noche caiga, nadie se volverá a atrever a subestimar a Ren.

Siento retumbar los cuernos y los fuegos artificiales durante mi camino hasta el pabellón de Ciudad de Xin junto al resto de los guerreros de Ren y de Xin Gong. En el aire flota cierta tensión, pero mientras a los demás se les ha dicho que alcen sus armas cuando Sikou Dun y Ren hagan las tres reverencias a las deidades ancestrales, yo sé que el baño de sangre empezará mucho, pero que mucho antes.

Nos colocamos en nuestros puestos, alrededor del perímetro. La guardia personal de Xin Gong se sitúa ante el escenario que se ha levantado: un mamotreto de piedra con elementos dorados dividido longitudinalmente por una mesa ante la que Ren está arrodillada. Sikou Dun, que debería estar a su lado, está de pie detrás de la mesa, por lo que Ren también está arrodillada ante él. Xin Gong se sienta en el centro, flanqueado por pilas de platos de higos glaseados.

Pero no existe ninguna cantidad de fruta que pueda esconder el espacio vacío que hay a la derecha del gobernador. Se gira hacia Sikou Dun y le murmura algo. No hace falta saber leer los labios para saber lo que le debe de estar preguntando: «¿Dónde está tu hermano?».

¿En este momento? Probablemente, a punto de llegar.

Sikou Dun no lo sabe, por supuesto, y se le endurece el gesto ante la pregunta de Xin Gong. Cuando volví anoche, oí que los sirvientes murmuraban que había registrado cada palmo del estudio de Sikou Hai. Habría registrado al propio Sikou Hai si este hubiese estado presente. Cuando, después, me acerqué al estudio, el fajín con los nombres ya no estaba y, esta mañana, Sikou Dun ordenó a un sirviente que probara todo lo que se había preparado en las cocinas.

Pero el veneno jamás estaría en la comida o en la bebida. Habría sido demasiado fácil que endilgasen a Ren una artimaña tan simple como esa. No. El veneno está donde siempre ha estado: en la mente de Sikou Dun. Lo único que he hecho ha sido activarlo al enseñarle qué guerreros siguen a un hermano al que él considera inferior, al mostrarle sus muchos aliados que han cambiado de bando. Un guerrero como él no tolerará tamaño desaire.

Poco después, Xin Gong se cansa de esperar y mira a todos los vasallos que se han reunido ante él.

—¡Bienvenidos, bienvenidos! Otro año más, con algunas canas nuevas…

Acaricio el hacha de Loto y escudriño el pabellón. Aún no hay rastro de Sikou Hai. Envié a Turmalina al amanecer para que viese por dónde iba. Según dice, andaba cerca.

Vamos. Una gota de lluvia me roza la nariz. *Si yo pude escapar de Miasma, tú puedes llegar a tiempo a este banquete.*

—… Pero los regalos de la vida mejoran con la edad, y no se me ocurre mejor presente que la unión de una joven pareja. Este brindis es por ellos. ¡Por la familia y por nuestros invitados de honor!

Algo se agita al fondo del pabellón. Se escuchan voces. Xin Gong se calla y la gente baja las copas cuando se gira a contemplar al último invitado, que llega tarde al festín.

Por fin.

Sikou Hai se tambalea por el pasillo. Tiene el calzado lleno de barro. Del dobladillo de su túnica cuelgan hojas secas. Tropieza casi al llegar al escenario y los sirvientes evitan que caiga al suelo. Mientras lo sostienen, mira frenéticamente el rostro de todos los reunidos.

Es inevitable que me acabe viendo.

Sus ojos se encienden en llamas. Se dirige hacia mí, pero no llega hasta donde estoy.

—¡Hazte a un lado! —le espeta a Sikou Dun cuando este le bloquea el paso poniéndole una mano en el pecho—. Tengo asuntos que discutir.

La mano se cierra en un puño que aprieta la tela de su túnica.

—¿No has discutido ya demasiadas cosas?

El cielo se ha oscurecido tanto que parece que es de noche.

—¿De qué hablas? —pregunta impaciente Sikou Hai.

—No me tomes por tonto —gruñe Sikou Dun.

Sikou Hai aparta la mano de su hermano y le dice:

—Entonces deja de actuar como si lo fueras.

Ahí está. Por mucho que me apetezca no hacerlo, aparto la mirada. No encuentro ningún placer ante la perversidad de ver a alguien destripado, y mucho menos a Sikou Hai, cuyo valor ha hecho que se gane mi respeto.

Pero antes de que Sikou Dun pueda hacer nada, Xin Gong toma la palabra.

—Hijos míos, os estáis deshonrando. Sobre todo Sikou Hai, que mira en qué estado ha aparecido...

—¡Te ha traicionado, Padre! —dice arrastrando las palabras. Parece que la sangre no es el único líquido que le enrojece la cara—. ¡Ha planeado tu asesinato! ¡Todos ellos lo han planeado!

Hay tal silencio que el sonido de una hoja seca de higuera recorriendo la piedra arenosa suena como una serpiente al deslizarse. Solo se oye el siseo de la brisa.

La espada de Sikou Dun brilla cuando la saca de la funda.

—¡Vamos! —ruge al presionar la hoja contra el cuello de Sikou Hai. Sujeta a su hermano y lo gira hacia toda la asamblea—. ¡Muéstranos con quién estás!

Los vasallos de las Tierras del Oeste se levantan y empiezan a increpar a Sikou Dun, implorándole que entre en razón. Pero ninguno de los participantes de las reuniones secretas se mueve o dice nada. Sé lo que están pensando: ¿cómo lo sabe Sikou Dun?, ¿y cuánto sabe? Un movimiento en falso podría dar comienzo al baño de sangre.

Entonces, Aster, la mujer de la máscara de tigre, da un paso adelante.

—Suéltalo, general Sikou.

Sikou Dun se gira. Contrae los labios cuando ve que quien ha hablado es una guerrera bajo sus órdenes cuyo nombre estaba en aquel fajín.

—Y si no lo suelto, ¿qué? ¿Vas a morir por él?

Aster no contesta.

—Suéltalo —repite cerrando en un puño la mano derecha, escondida detrás de la espalda.

Es una señal. Los soldados que hay a mi alrededor se tensan. Me cae otra gota de lluvia, esta vez en la ceja, mientras Sikou Dun baja despacio la hoja curvada por el cuello de su hermano. Retrocede un poco.

Lo empuja.

Un rayo de sol atraviesa las nubes. Se refleja en la punta de la cimitarra que, como una garra, ha ensartado a Sikou Hai por la espalda. Su pecho se vuelve rojo escarlata. Ya he visto sangrar antes, pero nunca así. Más que el resultado de una guerra, esto es cuestión de honor y orgullo.

Un asesinato.

—*Tú has cometido muchos* —piensa Escarcha, en lo que se supone que es un intento por reconfortarme.

Y es cierto. Murieron cientos cuando la flota de Miasma ardió en llamas. Pero yo solo moví los hilos desde lejos. No oí los gritos ni vi la carne ennegrecerse en los huesos.

Ahora estoy tan cerca que puedo escuchar el lastimero silbido de la respiración de Sikou Hai, el gorgoteo de la cimitarra de Sikou Dun saliendo del cuerpo de su hermano. Su arma se transforma en una punta de lanza y, de repente, me veo de nuevo en las calles huyendo de la beligerancia de los guerreros.

Pero la realidad se impone. Ahora la guerrera soy yo. Al darme cuenta, me estremezco y casi doy un paso atrás cuando Sikou Hai se tambalea en mi dirección. Aún se me está acercando cuando, finalmente, se desploma. Sus ropajes se esparcen a su alrededor como un estandarte caído en batalla. La luz del sol quema a través de las nubes que quedan.

El infierno llega con la lluvia.

Se vuelcan mesas, se rompen platos, los higos ruedan por el suelo salpicando agua de lluvia y sangre mientras que unos soldados se enfrentan a otros. Los de Sikou Hai. Los de Sikou Dun. De forma inmediata, me veo envuelta en una pelea con la guardia personal de Xin Gong. Prefiero que se empleen en mí que en el escenario, que debería estar asegurado por nuestra gente. Una fuerza especial encabezada por Turmalina pondrá a Ren a salvo mientras que otra, comandada por Helecho, se ocupará de Xin Gong.

Pero alguien grita mi nombre y miro justo en el momento en el que Turmalina está derrotando a sus oponentes. Entonces, grita otro nombre.

Ren.

Miro el escenario. Es un revoltijo de cuerpos retorcidos y de brillo de acero. Las telas rojas caen sobre la mesa y los muertos. Veo a Xin Gong y a su guardia. Y también a Helecho y a sus hombres derribando a Sikou Dun.

No veo a Ren.

Un relámpago rompe el cielo, ya casi soleado. La lluvia me cae sobre los hombros mientras busco a Ren frenéticamente. El corazón me golpea el pecho como un martillo pilón.

Otro rugido de trueno. Otro destello de rayo. Otro soldado que me quito de encima. Y entonces la veo.

Está sacando un cuerpo del centro de la batalla.

Parece que es Sikou Hai.

Déjalo, está muerto. Pero estamos hablando de Ren, la persona que insistió en que evacuásemos a los campesinos cuando apenas nos podíamos evacuar a nosotros mismos. Ren, la persona que paga sus deudas, sea cual sea su coste personal. El honor es lo que la caracteriza, pero también su maldición.

Es lo que la matará.

Empiezo a dar espadazos de forma indiscriminada y rebano cualquier obstáculo que me encuentro en mi camino. Huesos, tendones, arterias. La sangre me salpica la cara. Casi no pestañeo. Tengo que llegar hasta Ren. Tengo que protegerla.

—*¡Céfiro!* —me interrumpe Escarcha.

—¿¡Qué!?

—*¡Detrás de ti!*

Doy un giro completo y todo el mundo está enzarzado en la batalla.

—Escarcha, ¿qué…?

Me freno en seco.

Veo una bestia no más grande que un perro salvaje. Se abre paso entre la carnicería. Su cuerpo está cubierto de escamas turquesas. Sus patas son pezuñas de cabra. A cada lado de la cabeza tiene cuernos de toro que, como el hocico de un dragón, se levantan como si olisquearan el aire.

La criatura no se parece a nada que haya visto, ni como persona ni como deidad. Pero algo en ella me resulta familiar y, poco a poco, la reconozco por haberla visto en jarrones pintados, en tapices, en estatuas. De hecho, grabé mi nombre en la grupa de una de ellas. Su nombre y el de Qilin son homófonos. Es una criatura quimérica que anuncia la muerte o el nacimiento de un gobernante.

«Una quilín».

—*No* —piensa Escarcha y percibo su miedo—. *Es…*

La quilín gira la cabeza hacia nosotras. Nos mira con sus enormes ojos líquidos. Su cara se transforma hasta convertirse en la de Sikou Hai.

Se me nubla la vista. Miro al cielo y recuerdo que es de día. No se ve una estrella. Aunque no es que eso suponga ninguna diferencia. La bestia se desvanece en el aire y el terror me recorre el cuerpo.

La Madre Enmascarada ha estado aquí.

Sabe que estoy aquí.

El zumbido de una espada hace que el cuerpo de Loto reaccione. Pero mi agarre no es firme, el mango del hacha es resbaladizo y mi atacante es demasiado rápido. Cuando su cuchilla baja hacia mí, me doy cuenta de que no llegaré hasta Ren. Este cuerpo humano expirará. Mi alma será encarcelada en alguna prisión de la Madre Enmascarada o donde quiera que los dioses desaparecen para siempre. Rujo de furia y de dolor. Pero el dolor no se calma. No hace más que crecer, reverberando en mi cráneo.

Mi *cráneo*. Aún tengo cráneo. Concentro la mirada en dos líneas perpendiculares que dividen mi visión. Una es brillante, la de la espada que iba a intentar quitarme la vida. La otra me ha dado un golpe en la coronilla: es el asta de la guja de Nube, lo único que se interpone entre la hoja enemiga y mi cuerpo.

Con un gruñido, Nube se deshace de mi atacante: Sikou Dun. Retrocedo dando tumbos por el golpe y veo como la hoja creciente de Nube rebana desde abajo el brazo del guerrero. Caen al suelo tanto la extremidad como el arma. Él grita, Nube también.

—¡Vamos! —Derriba a otro guerrero que se abalanza sobre nosotras y crea un hueco entre la muchedumbre—. ¡A por Ren!

Corro durante un trecho, aliviada por encontrar a Ren luchando contra un enemigo mortal y no contra cualquier cosa sagrada. Empuña una espada y raja con ella a uno de los soldados de Xin Gong. Mato a otro por la espalda. Al caer, el hacha de Loto se queda clavada en él. Vaya. Apoyo un pie contra el cadáver y se la arranco. Su sangre me baña. Creo que ya he tenido suficiente como guerrera.

Pero sin la fuerza y el valor de Loto, no habría sido capaz de proteger a Ren.

—¿Estás herida? —le pregunto.

Aturdida, Ren niega con la cabeza. Mira a Sikou Hai, que está formando un charco de sangre que la lluvia no es capaz de limpiar. Después mira hacia la batalla que se sigue librando en el pabellón.

—¿Por qué, Loto? ¿Por qué está pasando esto?

Antes de que le pueda explicar nada, un grito surge desde el escenario. Sobre él se encuentra Helecho con los brazos levantados hacia el cielo.

En una mano tiene una espada.

En la otra, la cabeza cortada de Xin Gong.

La lucha se hace más pesada con la lluvia. El vapor brilla en las zonas iluminadas por el sol. Tanto los aliados como los enemigos observan unos arcoíris gemelos aparecen en el cielo. El miedo borra la furia asesina de sus miradas: los arcoíris deben de ser una señal enviada por los cielos. Y realmente lo son, y por eso se me seca la boca. Los dos arcos de colores tienen un extraño parecido a Qiao y Xiao. Como las serpientes de la Madre Enmascarada, yo tampoco puedo escapar. Si sigo aquí es porque ella tiene algún plan. Es una fuerza a la que no puedo enfrentarme, un fenómeno que no soy capaz de entender. Mi mayor temor tiene que ver con lo inmortal de mi vida.

Con un enemigo que nadie más puede ver.

—¡Viva la gobernadora! —grita uno de los subordinados de Loto.

El cántico se extiende hasta que todo el mundo lo dice inclinándose ante Ren.

Solo ella y yo permanecemos en silencio.

二十四

UN ENEMIGO QUE NADIE MÁS
PUEDE VER

—¡Viva la gobernadora!

Cuando reunimos a nuestros heridos y contamos nuestros caídos, Ren no está con nosotros. Normalmente, ella es la última que abandona el campo de batalla para asegurarse de que no dejamos a nadie atrás. Pero necesita tiempo a solas para digerir lo que ha pasado. Ya me lo esperaba.

Lo que sí que me ha sorprendido es que Sikou Hai sobreviviese.

Incluso Sikou Dun sucumbió a sus heridas, pero Sikou Hai no. Corro hacia la enfermería cuando me dan la noticia y voy revisando todas las camas ocupadas hasta que lo encuentro tumbado al fondo de la sala.

Por un segundo veo a Cuervo. Será por su cuerpo inmóvil, por su pecho abierto en canal. Si fuese Cuervo en vez de Sikou Hai, ¿lo habría sacrificado para que mi estratagema funcionase?, ¿lo habría sacrificado por Ren?

No debería ni hacerme esa pregunta. Me recompongo mientras permanezco al lado de su cama. Está cubierto hasta la barbilla con una sábana de lino blanco. El hecho de que no le tapen la cara es lo único que le distingue de los muertos. Le han quitado la máscara. Los corpúsculos de viruela son testigos de meses de dolor. Sabía que ocultaba sus cicatrices, pero eso no hace que sea más fácil vérselas.

No tengo ni idea de lo que me lleva a tocárselas.

Quizás es porque sé que Sikou Hai preferiría que estuvieran ocultas o porque una parte de mí ya siente ese vacío esperando a ser colmado. En cualquier caso, en cuanto le cubro el lado izquierdo de la cara, caigo de nuevo. Aunque tengo forma humana, mi *qì* sigue siendo el de una deidad, y se adapta a un cuerpo nuevo como el agua a una esponja marina.

Retrocedo bruscamente, jadeando. Pero es demasiado tarde. Lo he visto. He visto las partículas de su alma que aún se aferran a la vida, los recuerdos que se adhieren a ellas. Pensamientos nebulosos, como si estuviéramos tocando la cítara. Ideas distorsionadas, como si las experimentase a través de los ojos de Sikou Hai:

Una mujer inclinándose sobre nuestra cabeza.

Un colgante Xin, como el de Ren, que cuelga de su cuello.

La mujer se endereza, nos da la espalda y pone una bolsita de hierbas en la mano de nuestros padres. Niega con la cabeza cuando tratan de darle una bolsita a cambio. «La vida no tiene precio».

Se marcha, pero la recordamos. Nos salvó cuando nadie más podía hacerlo. Juramos encontrarla y recompensarla. Pero años después nos enteramos de que murió en la misma epidemia de tifus que se llevó a nuestros padres. Así que transferimos nuestra promesa de madre a hija. Aguardamos nuestro momento sirviendo pacientemente a nuestro nuevo padre, recopilamos las cartas de Céfiro Naciente de las que él se deshace, creamos vínculos a su espalda. Esperamos al día en que Xin Ren, la señora sin tierra, la hija de nuestra salvadora, necesite nuestra ayuda.

—*Te pregunté si querías saberlo* —piensa Escarcha mientras miro a Sikou Hai con creciente horror.

Y me alegro de haber dicho que no. Hago acopio de mi ingenio. Lo hecho, hecho está. Por muy macabro que suene, Sikou Hai nos ha ayudado. Mucho más de lo que él se puede imaginar.

—*¿Su espíritu puede volver?* —le pregunto a Escarcha.

—*No se sabe. El tiempo dirá.*

—*Con Loto sí lo sabías.*

—*Porque habían pasado semanas. Cuanto más lejos esté el alma, más difícil es que vuelva.*

—*¿Qué probabilidades tenemos?*

—*Pocas.*

Pocas, pero no ninguna.

A menos que yo me encargue de que sea imposible.

Alejo ese pensamiento de mi cabeza. El destino decidirá si Sikou Hai vive o muere.

Ren llega y se pone a mi lado. Se parece mucho a su madre. Tiene sus mismos ojos, nariz, labios... Lleva agarrado el mismo colgante mientras mira a Sikou Hai. Me es imposible saber en qué piensa, incluso cuando Nube irrumpe en la sala seguida de un explorador.

—¡Informe! ¡Miasma marcha sobre Dasan!

Tal como estaba previsto, pienso sombríamente. Tenemos menos de un mes para consolidar el poder de Ren sobre las Tierras del Oeste.

Ren hace que el explorador se marche. Se vuelve hacia mí y hacia Nube.

—Explicadme lo que ha pasado hoy.

Nube agacha la cabeza. Yo finjo que no me entero.

—Hablad —nos ordena Ren.

—No sabemos nada —murmura Nube.

Miente peor que un niño.

—¿Os acordáis de cuando nos juramos sororidad bajo el melocotonero?

—Sí...

—¿Os acordáis de cuando juramos decirnos la verdad y solo la verdad?

Nube se queda callada.

—Todos nuestros soldados parecían más que listos para luchar —dice Ren con un tono neutro.

—Porque estabas en peligro —le respondo.

—¿Y cómo explicáis la cantidad de hombres de Xin Gong luchando de nuestra parte? ¿Cómo explicáis la escalada que llevó a que Sikou Dun perdiera la vida y Xin Gong la cabeza?

Cuanto antes asuma Ren la realidad (que vivimos en una época de guerras y de señores de la guerra en la que el ejército lo es todo y la tierra es sinónimo de fuerza), más preparada estará para cuando me marche.

—Era para ponerte en el trono del gobernador.

—¿Qué?

—Era para darte una tierra que puedas llamar tu fortaleza, tal como Céfiro pretendía.

—Así que la muerte de Xin Gong estuvo orquestada. —Si Ren ha escuchado la última parte, no dice nada al respecto.

Asiento.

—Y la de Sikou Hai… ¿estaba orquestada también?

Asiento de nuevo.

—¿Por quién? —Ren nos mira a Nube y a mí. Su gesto se endurece—. ¿Por quién?

—Por mí.

La respuesta surge de manera natural. Pero no por mi parte.

—Fue idea mía —prosigue Nube mientras la observo—. No quería que te casases con Sikou Dun, pero no me escuchabas. Así que me tomé la justicia por mi mano.

—Lo hiciste a mis espaldas. —La voz de Ren suena como el cielo justo antes de una tormenta.

—Ella…

—Sí. Lo hice —me corta Nube alto y claro.

—Ren…

Mi señora levanta una mano y yo vuelvo a callarme.

—Gao Yun. —El sonido del auténtico nombre de Nube se queda en el aire mientras Ren inspira y expira—. Sabías la profecía —acaba diciendo, y en su voz se percibe un universo de dolor—. Todo mi clan pensaba que lo traicionaría…

—Tú no traicionaste a Xin Gong —le digo—. Fuimos…

—Fui yo —interviene Nube.

—Somos una sola. Tu vida es mía y la mía es tuya. ¿Sabes cuál es el castigo militar por instigar una rebelión? ¿Por actuar a mis espaldas?

—La muerte —le contesta Nube sin inmutarse.

Se hace el silencio y se me acelera el corazón. Ren sería incapaz de hacerle eso a una de sus hermanas de juramento.

—¿Y pensaste también en alguna forma de controlar esa narrativa cuando te perdone la vida?

Vuelvo a tener pulso, pero Ren no ha terminado.

—¿Cómo le explico a mis enemigos lo de que tengo favoritos? A ellos, que nada les gustaría más que declararme no apta para mi cargo.

Ambas le respondemos gritando a la vez.

—Los mataré.

—No se atreverán.

Nos miramos la una a la otra.

Cabe la posibilidad de que me haya equivocado. Estaba tan centrada en reclamar mi puesto como estratega de Ren que me olvidé de que no soy la única que tiene algún vínculo con este cuerpo. Para la gente soy más que una guerrera. Nos ven a Nube y a mí como extensiones de Ren.

Como ella misma acaba de decir: «Somos una sola».

La furia aparece y desaparece de los ojos de mi señora: el fuego lucha contra una lluvia glacial.

La lluvia vence. En su voz ya no se distingue ninguna ira cuando dice:

—Salid de aquí. Ambas. Nube, mañana cabalgarás hacia las Tierras de los Pantanos con la noticia de la muerte de Xin Gong.

Te quedarás allí para mantener la paz. —El dolor la invade—. No volverás hasta que te lo ordene.

∽✵∼

—¿Por qué?

Nube no contesta, aunque estamos solas en los barracones. Se quita la armadura y la cuelga en un mueble antes de salir.

—¿Por qué? —le vuelvo a preguntar, siguiéndola.

Puedo entender que me salve en el calor de la batalla, pero ¿esto? ¿Adjudicarse la responsabilidad por algo que detesta tanto como la manipulación?

—Para ser tan lista hay veces que eres más espesita que la pasta de judías.

Trato de responderle, pero me lo pienso mejor. La acompaño por el campamento esperando que elabore su respuesta.

Se detiene en la armería. La han desvalijado, al igual que los santuarios ancestrales que hay más allá del cementerio. A pesar de nuestros esfuerzos para limitar los desórdenes, algunos soldados se aprovecharon del caos causado por la batalla.

—Mira, para que puedas ayudar a Ren es imprescindible que confíe en ti —me dice.

—Peores cosas hice cuando era Céfiro y siempre confió en mí.

—Pero Ren cree que eres Loto —dice, y el gesto se le agria—. Y, a sus ojos, Loto jamás haría algo así.

—Ni tú tampoco —murmuro dejando claro lo frustrada que me siento.

—No me conoces, así que no des nada por hecho. —Nos alejamos del campo de tumbas de camino al camino de higueras de Bengala—. Quiero ayudar a Ren tanto como tú. Pero a mi manera y de acuerdo con mis valores. Que te haya apoyado esta vez no significa que vaya a respaldarte siempre.

Deja de andar. Hemos llegado a mi santuario.

Está ardiendo.

Nube se desata la capa y empieza a apagar las llamas que consumen los escalones de bambú. Me acerco a su lado.

—Déjalo arder.

—No puedo. Ren ya está bastante enfadada.

—Pero el santuario es mío.

—Pues lo siento. La exiliada soy yo. —El humo le llega a la cara y empieza a toser—. ¿Me ayudas o no?

Con un suspiro, arranco una rama y me pongo a apagar el fuego junto a Nube.

—Al menos es más feo que antes —dice cuando acabamos—. Ni siquiera sabía que eso fuera posible.

Nube resopla y yo casi sonrío. Pero aún tenemos restos de sangre bajo las uñas y, cuando escucho un crujido que viene de entre los árboles, me vuelvo y casi espero ver otra quilín cambiacaras. Pero solo es un cuervo saltando de rama en rama.

Nube echa a un lado su capa quemada y entramos juntas al santuario. Ahora huele a humo en lugar de a incienso. Es una pequeña mejora. Los trozos del abanico de Pavo real que trajo Cuervo están tirados en el suelo. Los recojo con un nudo en el estómago. Nuestro reencuentro con Miasma es inminente. Lo espero y lo temo a partes iguales.

Despacio, dejo los trozos de abanico en el cofre que contiene el resto de mis cosas. Nube lo observa todo en silencio. Un momento después, como si sintiese que necesito estar a solas, sale del santuario.

Debería cerrar el cofre. Pero la aparición de la Madre Enmascarada me ha recordado cómo de impredecible es la vida. Hasta donde sé, quizás esté observando mis posesiones por última vez.

Así que me permito mirarlo todo y, tras un instante, también tocarlo. Acaricio mi túnica blanca manchada de barro y el abanico de pluma de paloma que sustituyó al de grulla. Lo único que falta es el broche que usaba para hacerme la coleta: probablemente se quedó en el campo de batalla. Mi maestra de ajedrez me lo dio cuando le empezaron a ralear las trenzas. Me da por pensar en todos los mentores que me acogieron cuando perdí a Ku, en todos los que murieron. Para cuando me recluí en Puerta del Cardo y adopté la vida de una reclusa, llegué a creer que estaba escrito en las estrellas que yo fuese perdiendo a todos mis seres queridos.

—*Lo estaba.*

—¿Qué?

—*En el destino de Qilin* —aclara Escarcha—. *Su destino, como el de todos los mortales, lo decidían los escribas de la Madre Enmascarada. Ella estaba destinada a perder a quienes amase.*

Por un segundo, pestañeo sin creérmelo. Después, me río. Tiene sentido. Esa es la razón por la que todos mis mentores, mayores y jóvenes, murieron antes que yo. Esa es la razón por la que perdí a Ku en aquel caos sin pies ni cabeza.

Un día de estos también me enteraré de la razón por la que la Madre Enmascarada aún no me ha llamado para responder por mis pecados. Hasta entonces, superaré todo lo que los cielos me tengan preparado.

O, mejor dicho, *superaremos*.

Cierro los ojos y dejo que la fuerza del cuerpo de Loto fluya a través de mí. Cuando los vuelvo a abrir, me doy cuenta de que mi mano se ha parado sobre la flecha que acabó con mi vida.

La saco del cofre. Las plumas son justo como las recordaba, negras y rojas. Pero al observar el asta que sostengo entre los dedos veo una marca que no había visto antes. Me quedo helada.

—¡Nube! ¡Nube!

Nube entra al santuario y yo le muestro la flecha.

—¿Esta fue la que me sacasteis?

—Sí.

—¿Y la marca del asta siempre ha estado ahí?

—Creo que sí.

—¿Sí o no?

Nube reflexiona un momento.

—Sí, siempre ha estado ahí. ¿Qué pasa? Es una flecha del imperio, ¿no?

Sí, es una flecha del imperio.

Concretamente, es una de las flechas del imperio que yo tomé prestadas y que el funcionario marcó con alquitrán.

Me sube la bilis por la garganta. Me niego. Nos ayudaron en la batalla de los Acantilados. Ku trabaja para ellos.

Somos aliados.

Pero ninguna alianza es inquebrantable. Lo que está unido se puede dividir. Es lo primero que aprende cualquier estratega.

—¿Céfiro?

Debería regañar a Nube por usar mi nombre. Pero soy incapaz de hablar.

Me alejo del cofre sin molestarme en cerrar la tapa y me voy hacia la entrada del santuario. Fuera, la lluvia cae sobre las anchas hojas de las higueras de Bengala. El aire es húmedo. Huele a tierra.

Me sabe la boca a sangre.

—No era el imperio quien estuvo detrás de la emboscada, Nube.

—Pero los supervivientes dijeron que fueron ellos —me contesta, acercándose a mí—. Los soldados llevaban uniformes y armas imperiales.

Claro que sí.

Cuando las cigarras empiezan a cantar, aprieto fuerte la flecha.

—Eso es lo que las Tierras del Sur querían que creyésemos.

Intermezzo

CIGARRA

En las Tierras del Norte todo apesta a caballo, incluida la gente, piensa Cigarra. Los sirvientes desprenden un olor que el incienso que ahúma sus sedas no puede enmascarar. Incluso esta habitación hiede a heno, a acero. A guerra.

—La primera ministra la atenderá pronto —dice el criado que le sirve el té.

Cigarra no lo prueba, ni tampoco los dulces que le han puesto en la mesa. No permite que Noviembre se sirva un trozo de tarta de loto. Los sureños son expertos en venenos y tienen todos los antídotos que existen, pero es mejor no arriesgarse.

Enfadada, Noviembre aparta la taza. Derrama un charco de té que va creciendo conforme pasan los minutos.

—Miasma llega tarde.

Y así es. Si se guían por el reloj de agua que hay en medio de la habitación, saben que tenía que haber llegado hacía diez minutos. Pero según el estatus y el poder, van bien de tiempo. Es la primera ministra del imperio. Se puede permitir hacer esperar a sus visitantes.

Un momento después, Miasma emerge de detrás de una pantalla de seda que hay al fondo de la habitación. Camina como un fantasma. Solo el cascabel rojo que le cuelga de la oreja anuncia su llegada.

—Habéis hecho un largo viaje para llegar hasta aquí. —Toma asiento en un cojín que hay frente a Cigarra y Noviembre. Cruza las piernas con una pose relajada—. No quisiera que os marcha-seis con las manos vacías. Por favor, contestadme con sinceridad: ¿Qué puedo hacer por vosotras?

Su tono es muy amable, como el de una anfitriona que se dirige a sus invitadas. Si Cigarra no la conociera de antes de este encuentro, no podría decir que es la misma persona que raja el vientre a los señores de la guerra rivales y los hace arder en su propia grasa.

Pero Cigarra estaba allí hace diez años, cuando Miasma, una soldado rasa, presentó sus respetos a la corte de su madre. Desde entonces, los ángulos de su cara se han afilado. Tiene casi todo lo que podría desear, pero aún parece una muerta de hambre.

—Creo que podemos ayudarnos mutuamente —le contesta Cigarra mientras, realmente, lo que piensa es: *Estoy tratando con un lobo.*

—¿Ah, sí? —dice Miasma sonriendo—. ¿Es que has cambiado de opinión después de quemar mi flota?

Es una pregunta trampa. Cigarra prefiere preguntar algo en lugar de contestar.

—¿Sabes cómo murió Céfiro Naciente en la batalla de los Acantilados?

La primera ministra se ríe. Levanta un dulce y le da un mor-disco. Noviembre mira a Cigarra con resentimiento.

—¿Alguien de su constitución? Puede que la matase un sim-ple resfriado.

Fingir ignorancia es una cosa, pero… ¿mentirle a Cigarra des-caradamente a la cara? Eso es más que hacerle un feo. Ella sabe que los soldados de Miasma se retiraron por el paso antes de que los refuerzos de Ren llegasen. La propia primera ministra vio los cadáveres, los restos de una emboscada que ya se había resuelto.

Según los exploradores de Cigarra, incluso se llevó algunas cabezas como trofeo.

Pero si Miasma quiere jugar a esto, Cigarra está dispuesta.

—No fue un simple resfriado. Murió porque yo lo quise así. Lo organicé todo para que pareciese una emboscada imperial. Todo este tiempo, Xin Ren ha pensado que tú estabas detrás de la muerte de su estratega. Pero fueron nuestras flechas las que acabaron con ella.

La primera ministra empieza a masticar con mayor lentitud cuando la conversación despierta su interés. Por fin Cigarra ha dicho algo digno de su atención.

—Y esperas que yo te crea.

Estarías muerta si te estuviese mintiendo, piensa Cigarra.

—¿Por qué no le preguntas a tu estratega? He oído que hace poco ha hecho un viajecito a las Tierras del Oeste.

Otra chispa de interés. La red de información de Cigarra es mayor de lo que Miasma había supuesto.

—Convoca a Cuervo —ordena.

Poco después, él hace su aparición. Cigarra no lo mira porque no quiere que su expresión la delate.

Es un estratega de las Tierras del Norte. No es nadie para ti.

Pero cuando la primera ministra se toma un buen rato para terminarse el dulce, Cigarra no puede evitarlo y se arriesga a echar un vistazo a su amigo de la infancia.

Así que los rumores eran ciertos. La primera ministra castigó a su estratega por la pérdida de su flota. Cigarra aprieta las manos sobre su regazo y Cuervo, casi como si pudiera sentir su furia, esconde las suyas en el interior de las mangas. Le parece oír la conversación: «¿Un dedo a cambio de mi flota? Deberías considerarlo una ganga».

Pero él ha perdido muchas más cosas en los años que lleva espiando para la primera ministra, y a Cigarra le hierve la sangre cuando Miasma se chupa los dedos uno a uno.

—Por fin tu viajecito va a tener alguna utilidad —le dice a Cuervo—. ¿Echaste un vistazo a los recuerdos mientras mostrabas tus respetos en el santuario de Céfiro Naciente?

A Cigarra no le pasa desapercibida la forma en la que Cuervo se envara ligeramente cuando oye el nombre de la estratega. Sus planes siempre fueron deshacerse de Céfiro. Era un arma demasiado peligrosa para estar en cualquier arsenal que no fuera el de la propia Cigarra. Pero antes de la batalla de los Acantilados, una paloma mensajera le trajo un pañuelo. Un mensaje codificado. Enviarlo había sido un peligro (ya habían pillado antes a sus espías disfrazados de sirvientes de Miasma) y basta con decir que a Cigarra le sorprendió ver el contenido del mensaje: Cuervo pedía que se le perdonase la vida a Céfiro.

Como era su amigo, Cigarra aceptó. Céfiro firmó su propio destino cuando se negó a unirse a las fuerzas de las Tierras del Sur.

—Sí —contesta Cuervo—, sí que encontré una flecha entre sus cosas.

—Descríbela —le ordena la primera ministra.

—Era una flecha del imperio con las plumas rojas y negras.

—¿Pero había en ella alguna marca de alquitrán? —pregunta Cigarra.

Cuervo reflexiona un momento, solo por añadir un poco de dramatismo. Ya lo sabía de antes.

—Sí que la había.

—Puede que parezca que no tiene nada que ver, pero ¿le puedes explicar a tu señora cómo reaccionó Céfiro cuando, en el río, el imperio lanzó las flechas en llamas?

Fingiéndose algo confundido, Cuervo obedece. Cuando lo hace, Cigarra piensa en todos los vasallos de su corte que le advirtieron de que no viniera al norte. Se cagarían de miedo si supieran que venía para romper su alianza con Xin Ren. Si les hubiera dicho que era demasiado tarde, que ya había asesinado a la estratega de Ren, le habrían rogado que pensase en cómo se habría tomado ella esa traición. Y pensar que, hace solo unos meses, temblaban ante la idea de unirse a Ren…

Pero yo no soy como Céfiro, piensa Cigarra. *Yo nunca me aliaría con el enemigo sin cuidarme de mis nuevos compañeros.*

Cuervo termina de contar todo lo relativo a Céfiro y ahora es el turno de Cigarra. Explica el trato que tenía con Céfiro, narra cómo en las Tierras del Sur marcaron con una mancha de alquitrán todas las flechas *prestadas*. Mientras lo escucha todo, la primera ministra se acaricia el labio inferior con la uña del pulgar. Le pide a Cuervo que se marche y Cigarra tiene que agarrar a Noviembre de la manga para que no salga corriendo detrás de él.

Pronto, piensa mientras aprieta la mano de Noviembre por debajo de la mesa. *Pronto volveremos a casa.*

—Tomémonos un momento para imaginar nuestra alianza —dice la primera ministra una vez que están a solas—. ¿Qué necesitarías de mí? ¿Qué aportarías tú? Y, sobre todo, ¿cuál sería tu objetivo final?

Para Cigarra, una audiencia con Miasma no es muy diferente a una con sus vasallos. Dice lo que se espera que diga. Contesta lo que se supone que tiene que contestar. Mantiene ocultos sus auténticos objetivos y lejos a sus verdaderos aliados. Elimina a las amenazas antes de que se vayan de las manos, como ha hecho con Céfiro. Reserva sus energías para su verdadera enemiga: la mujer que está sentada frente a ella, la patrocinadora secreta de los piratas Fen.

Primero, Cigarra aplastará a la emperatriz y a la gente leal a ella, ya que todo el imperio es cómplice, y entonces se encargará de Miasma amable y delicadamente.

Le demostrará a este reino tan lleno de personas que actúan como deidades que nadie debería subestimarla.

CONTINUARÁ EN EL PRÓXIMO VOLUMEN

NOTA DE LA AUTORA

El romance de los tres reinos, la novela que reimagina *La estratega de la cítara*, es una obra de ficción histórica (insisto en lo de ficción). Según esta historia, Zhuge Liang[1] no se hizo con cien mil flechas de Cao Cao[2]. No sabemos si el auténtico Zhou Yu[3] tosía sangre cuando Zhuge Liang le provocaba, ni si Liu Bei[4] era tan honorable.

Sí que sabemos que la historia que cuenta esa novela sucede en el Periodo de los Tres Reinos (del 220 al 280 d. de C.), en el ocaso de los Han. Esta dinastía larga y próspera, como otras muchas dinastías largas y prósperas, cayó por mandato divino, por luchas internas y por las guerras. Es un tema recurrente en la historia china, así como en la novela de Luo Guanzhong[5].

Este autor vivió durante la dinastía Ming (del 1368 al 1644 d. de C.). En esta época, las historias de *El romance de los tres reinos* ya se podían ver dramatizadas y se contaban de forma oral[6],

---

1. Personaje en el que se inspira Céfiro.

2. Personaje en el que se inspira Miasma.

3. Personaje en el que se inspira Cuervo. He adaptado el hecho que de Zhou Yu tosiese sangre cada vez que Zhuge Liang le superaba en astucia para que fuese un reflejo menos dramático de una enfermedad, a menudo sin nombre, que asolaba la antigua China y que hoy sabemos que era tuberculosis. Este tema es muy habitual en la literatura y otras producciones artísticas.

4. Personaje en el que se inspira Xin Ren.

5. Aunque, a menudo, se considere a Luo Guanzhong como autor de *El romance de los tres reinos*, también contribuyeron a esta historia Mao Zonggang y otros.

6. Trasladar las últimas palabras de un capítulo al principio del siguiente es un guiño que en *La estratega de la cítara* hago a los orígenes orales de esta historia. Algunas ediciones vernáculas homenajean a la tradición oral culminando cada capítulo diciendo «¿Qué pasó después? Siga leyendo».

adaptadas a las lenguas vernáculas. Como le pasó a la historia de Luo Guanzhong, la mía también ha sufrido un cambio de formato. *El romance de los tres reinos* tiene 800000 palabras; *La estratega de la cítara*, 80000. Algunos detalles se repiten en ambas: la juventud de Sun Quan[7] y su ascenso tras la muerte de su hermano mayor; que el mismísimo hermano[8] de Zhuge Liang trabajase para Wu (para las Tierras del Sur, en mi novela); el icónico caballo blanco de Zhao Zilong[9]; cómo Zhuge Liang usa *Las treinta y seis estratagemas*; así como la lealtad al emperador por la inmensa mayoría de la población sin que hubiese otra razón que la tradición y el confucianismo.

Pero otros muchos detalles se han cambiado: empezando por el confucianismo, en especial con respecto al trato que en él se da a las mujeres. *El romance de los tres reinos* tiene muy pocos personajes femeninos, y muy pocos de ellos tienen trama propia[10]. Más que derribar el patriarcado, lo que hace mi historia es imaginar un universo alternativo en el que los roles son accesibles para cualquiera, independientemente del sexo que se le asignase al nacer.

También hay muchas diferencias en cuanto a la trama. Zhuge Liang nunca abandona a Cao Cao: sigue siendo la estratega de Liu Bei y convence a Sun Quan para que se ponga de parte de su señor. Consideré que la glorificación de la habilidad verbal de Zhuge Liang (así como la sumisión de Sun Quan) era demasiado obvia en cuanto a los evidentes héroes de la historia. ¿Apoyaría realmente las Tierras del Sur a alguien tan débil sin ningún subterfugio ni engaño? Si fueran los héroes de la historia, probablemente no lo harían.

---

7. Personaje en el que se inspira Cigarra.

8. Personaje en el que, parcialmente, se inspira Ku.

9. Personaje en el que se inspira Turmalina.

10. El papel de los personajes femeninos en *El romance de los tres reinos* suele culminar con las mujeres muriendo por sus hombres. Lady Gan y Lady Sun son ejemplos de ello.

Tratando de hacerlo más simple, Hanzhong y Yizhou son aquí las Tierras del Oeste, y Liu Zhang[11] es un familiar (un tío, concretamente). Mientras que Sikou Hai se basa en Zhang Song (y también en otros personajes, pero no quiero destripar nada), Sikou Dun es, a grandes rasgos, una creación mía, y su conflicto con Ren en el tercer acto es un pequeño guiño a la política matrimonial de Liu Bei, que es un tema que no tengo mucho más interés en explorar. La traición final de las Tierras del Sur es algo en lo que también me he tomado muchas libertades, y sirve para preparar un importante punto de inflexión (¡no os lo perdáis!).

También he modificado, eliminado o simplificado la apariencia de los personajes (su ropa favorita, peinados, armas...).

Por supuesto, si has leído tanto *La estratega de la cítara* como *El romance de los tres reinos*, sabrás que hay tres grandes diferencias narrativas que me he dejado para el final:

La primera: Zhuge Liang no muere (al menos no tan pronto). Sí que mueren otros muchos estrategas, siendo Pang Tong[12] el más notable. Uno de sus apodos era Joven Fénix. La arrogancia de Céfiro viene de él.

La segunda: Zhuge Liang nunca vive en otro cuerpo. Pero si hubiera tenido que hacerlo, la opción más aleccionadora parece obvia... ya que no hay un personaje más de diferente de Zhuge Liang que Zhang Fei[13].

La tercera: En la obra, Zhuge Liang no está explícitamente deificado, aunque sus hazañas (como la de invocar la niebla) están envueltas en el misticismo. Sin embargo, él y Guan Yu[14] son venerados y han quedado inmortalizados en la cultura china. Como a muchos hijos de la diáspora, ya me habían contado historias de ambos antes de que llegase a los textos origi-

---

11. Personaje en el que se inspira Xin Gong.

12. Pang Tong, a quien se le ocurrió la estratagema de unir los barcos, muere por una flecha perdida.

13. Personaje en el que se inspira Loto.

14. Personaje en el que se inspira Nube.

nales. Estas historias me hacían sentirme conectada con mis padres y con mi identidad como china-americana de segunda generación.

Pero no siempre se celebraba esta identidad. Me acuerdo cómo, de pequeña, mis padres me advertían de que «*ellos* te verán primero como asiática y después como persona». Cuando hablaban de ellos, se referían a mis compañeros y a mis profesores, y, más tarde, a las universidades y a mis colegas de profesión. En Estados Unidos, en cualquier industria, se juzgaría antes mi identidad que quién era yo. Sería cuantificada. *Tokenizada.* Por ello, siempre luché para ser algo más que la identidad con la que había nacido, la identidad que era más visible, la identidad que un extraño podía deducir antes de saber mi nombre. En la escuela, construí un personaje más basado en mis habilidades que en mi personalidad. Me gustaba que me viesen como la calladita, la artista, la buena estudiante. Pero eso también me hacía sentir encasillada. ¿Qué pasaría si quisiese ser diferente o actuar de otra forma?

¿Qué pasaría si la gente pudiese ver todas mis facetas en lugar de conocerme solo por una?

Según el ideal de Confucio, un gobernante debería actuar como un gobernante; un ministro, como un ministro; un padre, como un padre; un hijo, como un hijo. Pero, tal como Luo Guanzhong exploró en su novela (una obra construida según las dificultades de su propia vida bajo una dinastía de corte autoritario) esos ideales pueden tambalearse por la guerra y la política. Y, ahora, en esta ficción que se basa en aquella ficción, yo exploro una historia que también está modificada por mi experiencia.

Te traigo a Céfiro: la estratega, la deidad, la guerrera.

La persona.

AGRADECIMIENTOS

Ya sé que se supone que las autoras no debemos decir cuál de nuestros libros preferimos, pero yo, como Céfiro, tengo algo que confesar: puede que *La estratega de la cítara* sea, de entre todos, el que más me gusta.

Y lo digo habiendo escrito unos cuantos. Escribí libros cuando era adolescente, inspirados en lo que se publicaba entonces. Pero *La estratega de la cítara* es, sin duda, el libro que he escrito para mi yo adolescente. La historia está cargada de todas las cosas que me gustan y tengo que agradecer a mis padres el inculcarme ese amor. Mamá, papá: conocer las antiguas epopeyas junto a vosotros siempre será uno de los recuerdos más felices de mi infancia.

Tengo que aprovechar también este momento para darle las gracias a Jamie Lee: eres la razón por la que acabé en mi primera clase de Lenguas y Civilizaciones de Asia Oriental en Penn. El resto, como suele decirse, es historia.

A mis valientes primeros lectores, Heather y William. A Heather, por adorar a Cuervo el tuberculoso. A William, que ha leído todos mis libros pero que devoró este de una sentada.

Uno de los apodos de Céfiro es Cambiadestinos, un título que también podría otorgar a mi editora, Jen Besser. Jen, gracias por ver en mi extraño cerebro algo que merecía la pena y, en particular, por luchar por esta historia. Cuando estos días escribo sobre Céfiro y Cuervo, tu voz me resuena en la cabeza.

Mando toda mi gratitud a mi agente, John Cusick, por ser el primero en establecer esta mágica conexión. Al equipo de

Macmillan, especialmente a Luisa, Kelsey, Teresa, Johanna, Jackie Dever, Taylor Pitts y Kat Kopit. A Aurora Parlagreco y a Kuri Huang por otra preciosa cubierta. Los retratos del principio son de ese diamante en bruto que es Tida Kietsungden. El mapa es de Anna Frohman.

Valoro mucho los primeros acercamientos a este trabajo, en particular los de Jamie, Kat, Leigh, June y Em. Hafsah, tú y yo parecemos destinadas a ser compis de plazo de entrega... y no me gustaría que fuese diferente.

Por último, a mis lectores: si me sigues desde *Descendant of the Crane* o desde *The ones we're meant to find*, te brindo una ovación. Gracias por leerme durante tanto tiempo a pesar de saber qué tipo de final tenía en la recámara. Una saga es una cosa muy especial y no es algo que nunca dé por hecho. Haré todo lo que esté en mi mano para hacerlo genial en el segundo libro.

¿TE GUSTÓ ESTE LIBRO?

Escríbenos a

puck@edicionesurano.com

y cuéntanos tu opinión.

ESPAÑA 🅕/MundoPuck 🐦/Puck_Ed 📷/Puck.Ed

LATINOAMÉRICA 🅕 🐦 📷/PuckLatam

▶/PuckEditorial

¡Gracias por vivir otra
#EXPERIENCIAPUCK!